U0095710

CENGAGE
Learning™

CompTIA.

国际高等教育精品教材引进项目

Windows系统管理与维护

Windows System
Management and Maintenance

◎ 著　　　Jean Andrews
◎ 主　编　刘晓川
◎ 副主编　周守东　杜少杰　李　新

北京理工大学出版社
BEIJING INSTITUTE OF TECHNOLOGY PRESS

Windows System Management and Maintenance, 4e

Jean Andrews 著，刘晓川 主编

EISBN：061921760X

Copyright©2007 by Thomson Course Technology, a part of Cengage Learning

Original edition published by Cengage Learning. All Rights reserved. 本书原版由圣智学习出版公司出版。版权所有，盗印必究。

Beijing Institute of Technology Press is authorized by Cengage Learning to publish and distribute exclusively this Adaptation edition. This edition is authorized for sale in the People's Republic of China only (excluding Hong Kong, Macao SAR and Taiwan). Unauthorized export of this edition is a violation of the Copyright Act. No part of this publication may be reproduced or distributed by any means, or stored in a database or retrieval system, without the prior written permission of the publisher.

本书改编版由圣智学习出版公司授权北京理工大学出版社独家出版发行。此版本仅限在中华人民共和国境内（不包括中国香港、澳门特别行政区及中国台湾）销售。未经授权的本书出口将被视为违反版权法的行为。未经出版者预先书面许可，不得以任何方式复制或发行本书的任何部分。

Cengage Learning Asia Pte Ltd

5 Shenton Way, #01 –01 UIC Building Singapore 068808

本书封面贴有 Cengage Learning 防伪标签，无标签者不得销售。

北京市版权局著作权合同登记号　图字 01-2008-3461 号

版权专有　侵权必究

图书在版编目（CIP）数据

Windows 系统管理与维护/刘晓川主编. —北京：北京理工大学出版社，2010. 8

ISBN 978-7-5640-3503-7

Ⅰ.①W… Ⅱ.①刘… Ⅲ.①服务器－操作系统（软件），Windows－系统管理－高等学校－教材

Ⅳ.①TP316. 86

中国版本图书馆 CIP 数据核字（2010）第 146032 号

出版发行／北京理工大学出版社

社　　址／北京市海淀区中关村南大街 5 号

邮　　编／100081

电　　话／(010) 68914775（办公室）　68944990（批销中心）　68911084（读者服务部）

网　　址／http：//www. bitpress. com. cn

经　　销／全国各地新华书店

印　　刷／北京楠萍印刷有限公司

开　　本／787 毫米×1092 毫米 1/16

印　　张／13. 25

字　　数／305 千字

版　　次／2010 年 8 月第 1 版　2010 年 8 月第 1 次印刷　　　　责任编辑／王玲玲

印　　数／1 ~2500 册　　　　　　　　　　　　　　　　　　责任校对／陈玉梅

定　　价／34. 00 元　　　　　　　　　　　　　　　　　　　责任印制／边心超

图书出现印装质量问题，本社负责调换

前言

　　计算机操作系统是计算机系统的灵魂，是控制与管理计算机硬件与软件资源的"管家"。只有熟练掌握一种操作系统，才能更好地管理与维护计算机系统，进而应用于网络环境。

　　Windows 操作系统是一款由美国微软公司开发的窗口化操作系统，采用了 GUI 图形化操作模式，它是目前世界上使用最广泛的操作系统。Windows 2000 是微软推出的面向 21 世纪的、具有时代特征的、通用的计算机操作系统产品，被称为 Windows 新世纪的开端；Windows XP 则是建立在增强的 Windows 2000 之上的具有全新外观的新一代视窗操作系统，它集成了微软 Windows 产品的精华，在可靠性、安全性和稳定性方面都有极大的提升，为众多的计算机及计算机网络用户提供了功能强大的系统平台。

　　本教材详尽地介绍了 Windows 2000 与 Windows XP 的特点与功能，重点介绍了 Windows XP Professional（专业版）的安装、配置与管理、维护等功能与操作方法，在重视技术与操作方法介绍的同时，还注意对容易忽略的问题以及用户可以拓展提高的技术进行介绍，同时，教材的每章都准备了相应的实践项目，使用户在阅读完本教程并认真完成每章的练习题、实践项目后，能够熟练地掌握 Windows 操作系统的操作方法与系统管理方法，并能熟练地将 Windows XP 应用于网络用户端，熟练地进行网络的相关配置。

　　在编写本教材时，我们始终保持教材内容的实际性、正确性与准确性，教材语言精练、图文并茂、实用性强，可作为高等院校师生以及各种 Windows 培训的教材与参考书，也可作为广大计算机网络管理员的技术参考书。

　　本教材参考学时数为 72 学时，全书共分 7 章，教材的内容章节介绍如下：

　　第一章"操作系统概述"：介绍了 PC 机操作系统从 DOS 开始到 Windows、Unix、Linux、OS/2 的发展历程，然后阐述了操作系统的用户界面管理、文件管理、应用程序管理与硬件管理四个基本功能及操作方法，最后介绍了 Windows 提供的桌面、我的电脑、控制面板、设备管理器、系统属性、快捷键等常用管理工具。

　　第二章"安装 Windows 2000/XP"：介绍了 Windows XP 的主要特性，重点阐述了安装 Windows XP 的计划、步骤、方法以及安装后的激活与更新方法，同时也简要介绍了 Windows 2000 的安装方法。

　　第三章"维护 Windows 2000/XP"：介绍了安装应用程序与硬件的方法，并提供了解决硬件常见故障的方法。然后介绍了 Windows 2000/XP 系统文件的保护机制，以及备份与还原系统的方法。最后介绍了实现系统性能优化方面的知识与操作方法。

第四章"管理 Windows 2000/XP 用户及其数据"：介绍了与系统安全有关的用户管理方法，以及包括组策略的管理用户工具。然后介绍了硬盘维护以及数据备份等知识与操作方法。

第五章"解决 Windows 2000/XP 启动故障"：介绍了 Windows 启动过程、启动需要的文件及影响启动的设置等，重点介绍了解决 Windows 2000/XP 启动故障的策略以及解决启动故障的常用工具。

第六章"管理 Windows 2000/XP 的文件系统"：介绍了 Windows 支持的多种文件系统格式，包括 FAT32 和 NTFS 等，然后介绍了使用 NTFS 对文件及文件夹进行压缩的方法，最后介绍了磁盘配额的管理方法。

第七章"监视与诊断 Windows XP 性能"：介绍了任务管理器、事件查看器、系统监视器、性能与维护等系统性能监视与维护工具，并介绍了使用这些工具监视应用程序与进程、系统性能、网络性能等的操作方法。

本教材由刘晓川担任主编，并负责全书的统稿。由周守东、杜少杰、李新担任副主编，其他参编人员有：孙骏、孙玉、杨富宝、朱晓彦。各章具体分工是：第一章由刘晓川编写，第二章由周守东编写，第三章由杜少杰、李新编写，第四章由杨富宝编写，第五章由孙骏编写、第六章由朱晓彦编写，第七章由孙玉编写。

本教材吸取了国外先进的高等教育教学方法与教材的组织方法，每一章均精心设计了学习情境，由情境激发学习兴趣，并围绕情境组织学习内容。同时，特别重视理论联系实际，从职业活动中选取、抽象出每一章的实验项目与实验内容，从而保证教学结果不仅在于启发学生对掌握一种能力的认知，更重要的是让学生实实在在地掌握这种能力。

在编写本书的过程中，笔者参考了大量的相关文献和网站，在此向这些文献的作者和网站管理者深表感谢，因笔者水平有限，书中难免有错误与不妥之处，恳请广大专家读者批评、指正，以促进本教材不断完善。

编　者

本门课程面向职业岗位 ＜＜＜

本课程适用于从事计算机应用与网络相关的专业技术人员，如：售前/售后技术支持、系统集成工程师、系统管理员、网络工程师、网络管理员等。

 相应岗位所需求的知识点 ＜＜＜

熟悉主流的操作系统，能够正确安装、配置与管理操作系统；熟练掌握与安全相关的操作系统用户管理与数据管理，能够熟练对数据进行备份等安全维护工作；能够独立完成日常维护，及时查找及排除故障，能够进行软、硬件故障分析；能够对系统性能进行监视与分析，解决系统瓶颈问题，优化系统的运行；能够在用户端实现网络连接，并能解决常见的网络基本问题。

 参考授课计划或学习计划 ＜＜＜

序　号	章节教学内容	参考学时
1	第一章　操作系统概述	10
2	第二章　安装 Windows 2000/XP	8
3	第三章　维护 Windows 2000/XP	12
4	第四章　管理 Windows 2000/XP 用户及其数据	12
5	第五章　解决 Windows 2000/XP 启动故障	12
6	第六章　管理 Windows 2000/XP 的文件系统	8
7	第七章　监视与诊断 Windows XP 性能	10
合计		72

目录

■ Contents

■Part 1
第一章　操作系统概述

情境引入 ○○○

　　个人计算机已经改变了人们工作、学习和经商的方式。无论是年轻或年迈的人，也不论其所依赖的生活方式如何，每个人在日常生活中都会以一定方式与个人计算机相接触。当我们使用计算机处理日常事务时，经常会遇到并思考诸如以下的现象：

　　当计算机同时运行两个程序，这两个程序在运行过程中同时需要在打印机上打印数据，而系统只有一台物理打印机，此时打印机如何处理这两个程序的打印请求呢？显然，此时计算机系统需要对打印机的使用进行管理，否则就有可能出现打印混乱现象，例如：打印纸上打印的第一行可能是第一个程序的数据，第二行可能是第二个程序的数据，等等。事实上，计算机通过一种称作操作系统的软件对打印机进行管理，使用的主要方法是把每个程序需要打印的数据先存储起来，然后在操作系统的统一控制与协调下一个程序、一个程序地进行打印。

　　事实上，计算机系统中的所有硬件与软件资源都需要通过操作系统进行统一管理与协调。操作系统（Operating System, OS）是配置在计算机硬件上的第一层软件，是对硬件系统的第一次扩充，负责控制与管理计算机系统资源、使用户能够共享系统资源以及为用户提供适宜的操作接口以方便用户的输入/输出工作等。

　　本书将使读者从一个计算机的使用者成长为知晓单击网页上的链接或者更换屏幕保护程序时所发生状况的知情者。读者不仅可以了解所发生的情况，还可掌握自定义操作系统和应用程序、解决操作系统故障和优化操作系统性能等。

　　在本章中，首先将讲述不同种类的操作系统，以及它们的职能和控制多个重要的硬件设备的方法。其次，将讲解操作系统是如何提供用户和应用程序接口来命令和使用硬件设备。最后，将介绍一些 Windows 工具和实用应用程序来检测系统、更改桌面设置和显示或管理硬件设备。

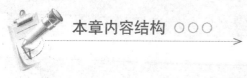

本章内容结构 ○○○

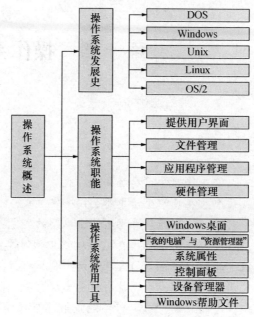

本章学习目标 ○○○

➢ 理解操作系统的概念与功能。

➢ 了解不同的操作系统以及它们之间的差异。

➢ 理解操作系统交互用户、文件与目录、应用程序和硬件的基本功能。

➢ 掌握检测和维护操作系统的常用工具。

1.1 操作系统发展史

操作系统（OS）是一种控制计算机的软件，它可以管理硬件、运行应用程序、为用户提供操作接口并且存取或操作文件。通常情况下，可以把操作系统视为应用程序与硬件、用户与硬件或者用户与应用程序之间的桥梁，如图 1-1 所示。

随着计算机技术的迅速发展，操作系统从第一代的手工系统到监控系统，从单道系统到多道批处理系统、分时系统及实时系统等，也在不断地发展和进行新旧更替。下面介绍新旧操作系统及其支持新硬件技术来拓展用户需求的方法。

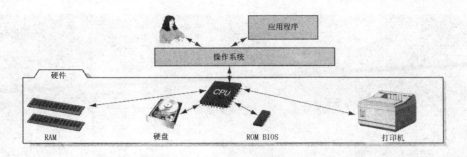

图 1-1　用户和应用程序依赖操作系统来联系所有应用程序和硬件组件

1.1.1　DOS（磁盘操作系统）

DOS 是第一个应用于 IBM 计算机和 IBM 兼容机上的操作系统。图 1-2 是使用 DOS 操作系统的屏幕截图。对于如今的桌面操作系统而言，DOS 已显得过时，但是，还需要对它有所了解，因为某些特殊系统仍在使用专门为 DOS 设计的应用程序和硬件设备。例如，掌管室内电话系统的微型计算机可能会运行 DOS；有时 DOS 会用于升级或诊断硬盘和主板问题的实用应用程序的软盘或 CD 中，这是因为 DOS 能够被用来进行计算机的启动和排障，而其他复杂的操作系统会显得过于烦琐。

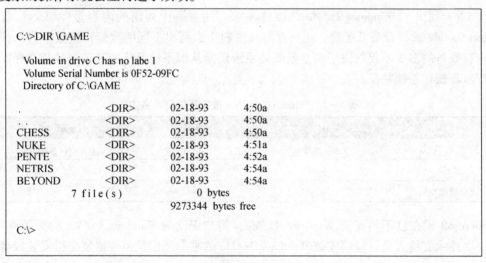

图 1-2　DOS 提供命令提示符来响应用户指令

1.1.2　Windows 9x/Me

早期使用 DOS 核心的操作系统，如 Windows 95、Windows 98 和 Windows Me，统称为 Windows 9x/Me。它们都是建立在以 DOS 为核心、且提供友好用户界面的真实操作系统，如图 1-3 所示。

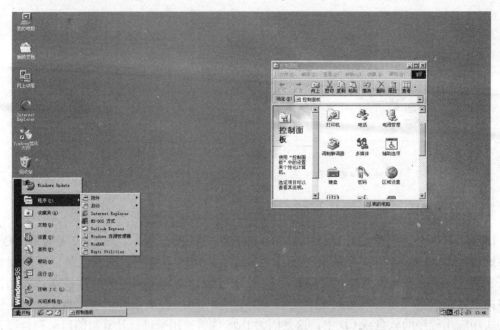

图 1 – 3　Windows 98 第二版桌面

表 1 – 1 列出了 Windows 9x/Me 的硬件需求。注意表中列出的内容是能够运行各版本 Windows 9x/Me 的推荐最低配置。也许在其他资料中会列出不同的数值，这是因为操作系统需要内存数量的多少不仅取决于是全新安装系统还是从旧系统升级安装，而且与选择安装的应用程序和操作系统特征有关。

表 1 – 1　Windows 9x/Me 推荐最低硬件需求

种类	Windows 95	Windows 98	Windows Me
处理器	486 或更高	Pentium	Pentium150 MHz
RAM	8 MB	24 MB	32 MB
剩余硬盘空间	50 MB	195 MB	320 MB

Microsoft 现在已不再支持 Windows 9x/Me，用户无法为 Windows 9x/Me 购买新许可证。作为一个技术支持人员，需要安装 Windows 9x/Me 的唯一原因是需要修复交错安装或者重置硬盘。

1.1.3　Windows NT

Windows NT（New Technology，新技术）分为两种版本：为工作站设计的 Windows NT 工作站版和用来管理网络的 Windows NT 服务器版。因为重写了操作系统内核，所以 Windows NT 修正了许多 Windows 9x/Me 的错误。虽然完全抛弃了 DOS 内核，但其自身又带来了新的错误，不过在随后的 Windows 2000 和 Windows XP 中都得到了解决。

下面列出的是 IBM 兼容 PC 机运行 Windows NT 所需最低硬件配置：

➢ Pentium 兼容处理器或更高。

➢ 16 MB 的 RAM（推荐 32 MB）。

➢ 125 MB 的硬盘空间。

1.1.4 Windows 2000

Windows 2000 是升级版的 Windows NT，同样它也分为几个版本。有些为桌面应用而设计，而其他则为高端服务器而设计。Windows 2000 服务器版、高级服务器版和数据中心服务器版都是网络服务器操作系统。Windows 2000 与 Windows NT 相比有了许多改进，包括更加稳定的环境、支持即插即用、设备管理器、恢复控制台、活动目录、更强大的网络支持和针对笔记本型电脑的特性。Windows 2000 专业版的桌面如图 1-4 所示。

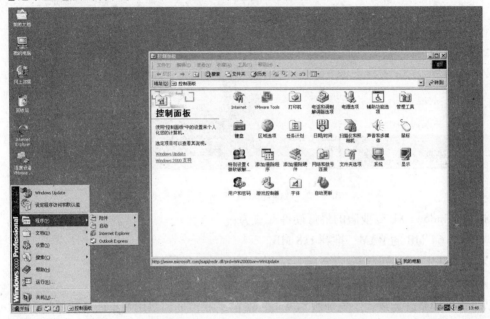

图 1-4　Windows 2000 专业版桌面

运行 Windows 2000 专业版的推荐硬件配置为：

➤ 133 MHz Pentium 兼容处理器。

➤ 2 GB 硬盘空间，至少有 650 MB 的剩余空间。

➤ 64 MB 的 RAM。

Windows 2000 是一个正在消亡的操作系统，用户无法为其购买新的许可证，但可以得到相关的安全补丁。Microsoft 也不再支持此款操作系统。

1.1.5 Windows XP

Windows XP 是 Windows 2000 的升级版，并尝试着整合 Windows 9x/Me 和 2000，而且增加了对多媒体和网络技术的支持。其两个主要版本是 Windows XP 家庭版和 Windows XP 专业版。

Windows XP 的桌面不同于早期版本的 Windows 桌面（如图 1-5 所示）。Windows XP 允许多个用户同时登录计算机并使用各自的应用程序且互不干扰。Windows Messenger 和 Windows Media Player 已成为 Windows XP 的内置组件。Windows XP 还包括许多高级安全特性，如 Windows 防火墙等。

图 1-5　Windows XP 桌面与开始菜单

运行 Windows XP 专业版的最低硬件配置为：
- 最小 64 MB 的 RAM，推荐 128 MB。
- 最少 1.5 GB 的剩余硬盘空间，推荐 2 GB。
- CPU 主频为 233 MHz，推荐 800 MHz；Windows XP 支持双处理器。

Windows XP 已经替代了先前版本 Windows 的家庭市场和多用户桌面系统市场。

1.1.6　Windows Vista

Windows Vista 是 Microsoft 的新一代 Windows 操作系统。在 2007 年 1 月 30 日，Windows Vista 正式对普通用户出售，同时也可以从微软的网站下载。Windows Vista 包含了上百种新功能，其中较特别的是新版的图形用户界面和称为"Windows Aero"的全新界面风格、加强后的搜寻功能（Windows Indexing Service）、新的多媒体创作工具（例如 Windows DVD Maker），以及重新设计的网络、音频、输出（打印）和显示子系统。Vista 也使用点对点技术（peer-to-peer）提升了计算机系统在家庭网络中的通信能力，使得在不同计算机之间分享文件与多媒体内容变得更简单。针对开发者方面，Vista 使用.NET Framework 3.0 版本，比起传统的 Windows API 更能让开发者能简单写出高品质的程序。

1.1.7　Windows Server 2003

Windows Server 2003 是 Microsoft 发行的套装版操作系统，包括 Windows 小型企业服务器 2003 版、存储服务器 2003 版、服务器 2003 Web 版、服务器 2003 标准版、服务器 2003 企业版和服务器 2003 数据中心版。这些操作系统都不是为个人计算机设计的操作系统，故不在此书中进行讲解。

1.1.8　Unix

Unix 是一款用于控制网络和支持互联网上应用程序的深受欢迎的操作系统。Unix 有许多版本，可以分为风格版和发行版。Unix 不在本书中进行讨论。

1.1.9　Linux

Linux 是一款成功的 Unix 变种操作系统，其创始者是当时还是芬兰 Helsinki 大学学生的 Linus Torvalds。这种操作系统的基本版是免费的，而且所有的底层程序指令（也叫源代码）也是免费发布。像 Unix 一样，Linux 也有许多公司发行，这些版本的 Linux 叫做发行版。流行的 Linux 发行版有 SuSE（www. novell. com/linux/suse）、RedHat（redhat. com）和 TurboLinux（www. turbolinux. com）。虽然 Linux 可以同时用于服务器平台和桌面平台，但其在服务器市场极受欢迎。Linux 组织良好并能支持多种服务器应用程序，诸如 Web 服务器或 E-mail 服务器的网络服务等都由运行 Linux 操作系统的计算机提供支持。

下面是运行 Linux 操作系统所需配置的一些提示：

➢ 不需把 Linux 安装到硬盘上来运行它，可从互联网上下载 Linux 并刻录到 CD 或 DVD 中，然后从 CD 或 DVD 上来运行 Linux。还可购买 Linux 配套书籍来获得 Linux 操作系统的 CD。

➢ 可免费下载发行版的 Linux，但大多数情况下，需要为技术支持付费。

➢ 每种发行版的 Linux 所需最低和推荐系统配置都不尽相同，通常情况下，需要至少 Pentium Ⅲ 处理器或 AMD Athlon 处理器，并配有 256 MB 的 RAM。如果想从硬盘加载操作系统，则至少需要 4 GB 的剩余空间。

1.1.10　OS/2

虽然由 IBM 和 Microsoft 共同开发的 OS/2 在家庭桌面 PC 中并不常见，但它在某些类型的网络中会使用到。Microsoft 开发的 Windows NT 使用了某些 OS/2 的核心组件，并有意令其取代 OS/2。OS/2 也不在本书中进行详述。

1.1.11　Mac 操作系统

现在 Mac 操作系统只能运行于 Apple 公司（www. apple. com）生产的 Macintosh 计算机上。Mac 和 Mac 操作系统最早产生于 1984 年，自那时起，已经有几个版本的 Macintosh 操作系统被编写出来，最新版本为 Mac OS X（10）。这个版本的操作系统使用户可以方便接入互联网，并允许 Macintosh 计算机为小型网络充当服务器。

小提醒：最近 Apple 发行了 Boot Camp 软件，使得在 Mac 计算机上安装 Windows 形成与 Mac OS X 的双启动成为可能。双启动可以使计算机登录到安装的两个操作系统之一。

迄今为止，所有的 Macintosh 计算机还都采用 PowerPC 的处理器。几年前，一些 Mac 开始使用 Intel 的处理器，这就意味着 Mac OS X 有可能会运行于 Intel 架构的计算机上。但是 Mac 还要取决于 Apple 是否会发布可购买并可在非 Macintosh 计算机上运行的 Mac OS X 版本。有人认为如果 Apple 采取这条策略，那么 Mac OS X 将会和 Microsoft 一起争夺 IBM 兼容机的桌面操作系统市场。

由于 Mac 操作系统简单易用，它在教育界大受欢迎，从小学到大学随处可见其身影。它同样提供对图形和多媒体应用程序的完美支持，因此在专业桌面发布和图形市场也大行其道。但由于 IBM 兼容机占据了计算机市场的绝大份额，而与 Mac 操作系统相兼容的应用程序并不是很多。运行 Mac OS X 需要至少 128 MB 的 RAM 和 1.5 GB 的硬盘空间。

Mac OS X 致力于尽可能平滑且无须用户干涉地安装硬件，因此其提供超级即插即用功能，使得新硬件添加方便并自动被操作系统所识别。Mac OS X 有别于先前操作系统版本的一个重要区别就是 Mac OS X 为多任务提供更好的支持，而不会因同时运行多个应用程序而出现假死现象。

说明：所有的 Windows 操作系统都由 Microsoft（www. microsoft. com）发行。不同风格的 Unix 和 Linux 由不同的生产制造商提供。可浏览 www. unix. org 和 www. linux. org 以了解更多关于 Unix 和 Linux 的信息。如果想了解更多关于 Mac OS 的信息，可访问 www. apple. com；关于 OS/2 的信息可访问 www. ibm. com。

1.2　操作系统职能

虽然不同的操作系统其功能各有千秋，但它们都具有下面四种基本功能：

1. 提供用户界面

➤ 执行用户发出的常规事务操作命令都会与二级存储设备发生联系，如格式化新磁盘、删除文件、复制文件和更改系统日期等。

➤ 为用户提供管理桌面、硬件、应用程序和数据的方法。

2. 文件管理

➤ 管理位于硬盘驱动器、DVD 驱动器、CD 驱动器、软盘驱动器和其他设备上的文件。

➤ 创建、保存、读取、删除和移动文件。

3. 应用程序管理

➤ 安装和卸载应用程序。

➤ 运行应用程序或通过应用程序来管理硬件接口。

4. 硬件管理

➤ 管理 BIOS（有永久存储程序的硬件设备）。

➤ 管理内存，它是处理中的数据和指令的临时存储空间。

➤ 使用软硬件诊断问题。

➤ 软硬件的接口（即把应用软件的需求转译给硬件，也把硬件的需求转译给应用软件）。

在具体描述这四种基本功能之前，首先介绍每个操作系统所共有的核心组件。

1.2.1　操作系统组件

每个操作系统都有两种重要的内部组件：外壳和内核（如图 1 - 6 所示）。外壳是与用户和应用程序相关的操作系统的一部分。外壳为用户提供诸如把选定音乐刻录至 CD、安装应用程序或更改 Windows 桌面壁纸等的功能。外壳通过多种包含为用户设计的命令、菜单或图标驱动接口的接口工具，如"Windows 资源管理器""控制面板"或"我的电脑"来实现这些功能。对于应用程序而言，外壳提供可供应用程序调用的命令或过程来实现诸如打印表单、读取数据库或在屏幕上显示照片等的功能。

操作系统的核心或内核负责与硬件交互，它比外壳更具有与硬件交互的能力，所以，没有外壳把请求传递给内核，应用程序是无法与硬件进行交互的，这种可以描述为"各自为营，互不干涉"的运行方式为系统的稳定性做出了贡献。如果把操作系统想象成为一个餐馆，那么外壳就好比餐馆的业主和服务顾客的招待，内核则是主厨和厨师。业主和招待只能与顾客交涉，不允许进入准备食物的厨房。

操作系统需要为软硬件配置信息、用户配置和应用程序设置寻找存储空间，因为它们会在操作系统第一次加载时被调用，或者经常被硬件、应用程序和用户所使用。这些信息可以存放在数据库或文本文件中。Windows 使用一种叫注册表的数据库来存放大部分的信息。Windows 还会使用以 .ini 或 .inf 结尾的文本文件来保存数据，也叫初始化文件。例如，应用程序会把最近一个用户的配置信息如背景色、字体和字号等存入文本文件或注册表中。当应用程序启动时，第一件事就是把用户设定的这些配置信息从文本文件或注册表中读出并加载进来。

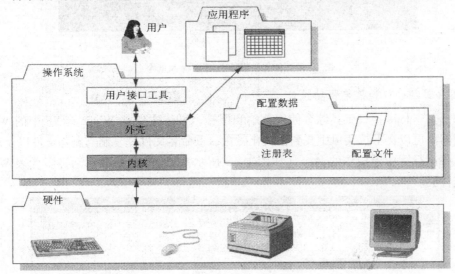

图 1-6 在操作系统内部不同的组件所具有的不同功能

下面具体分析操作系统的四种基本功能。

1.2.2 操作系统提供用户界面

在第一次启动 PC 时，操作系统便加载进来了。一旦操作系统加载完毕，它便会在计算机屏幕上提供界面（叫做桌面）并等待用户的指令（选定、单击、双击或输入）。用户输入命令、单击菜单或双击图标时分别会使用命令驱动、菜单驱动和图标驱动的接口。

1. 命令驱动接口

输入命令就是通过命令驱动接口指令操作系统来执行的操作内容。打字熟练或熟悉 DOS 形式命令的计算机技术人员通常喜欢这种操作系统接口。例如，如果想要在 Windows XP 中输入命令，则单击 Windows 任务栏上的"开始"按钮，再选择"开始"菜单中的"运行"

命令，在弹出的"运行"对话框中输入命令（如磁盘碎片整理命令 DEFRAG C:），或者在运行对话框中输入命令 Cmd 来显示如图 1－7 所示的命令提示符窗口，在该窗口中，可以输入类似于 DEFRAG C：的命令。

图 1－7　在命令提示符窗口输入命令行

2. 图标驱动接口和菜单驱动接口

大部分 Windows 接口工具综合使用菜单和图标。具体实例如 Windows XP 中的 Windows 资源管理器。可以在下拉菜单中找到格式化磁盘、重命名文件、复制与删除文件以及对文件与存储设备进行管理等操作的命令（如图 1－8 所示），还可在图中找到许多代表 Windows 目录的文件夹。

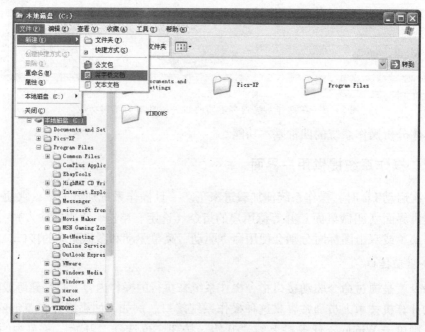

图 1－8　菜单驱动接口：Windows XP 中的 Windows 资源管理器

在单击屏幕上的图标执行操作时，操作系统通过图标驱动接口（也称作图形用户界面，GUI）来响应。

1.2.3 操作系统管理文件与目录

操作系统使用一种叫做文件系统的组织方法，负责在二级存储设备（如 DVD、CD、闪盘或硬盘）上保存文件和目录。

Windows 可以在硬盘上使用 FAT 或 NTFS 文件系统。FAT 文件系统是以文件分配表（File Allocation Table，FAT）来命名的，它是一张存储于硬盘或软盘上用于记录分配文件空间方式的表。FAT32 比 FAT16 能更为有效地组织大硬盘分区。Windows NT/2000/XP 支持新技术文件系统（NTFS），它能比 FAT 文件系统提供更强的安全性和更多的存储容量。

硬盘片或软盘片都由分布于盘面、且成同心圆（一个套一个的圆）形的磁道组成，如图 1-9 所示。每条磁道又被分成几段，每段叫做一个扇区，每个扇区可以容纳 512 字节的数据。磁盘存储文件的最小单位"簇"由一个或多个扇区组成。任何一种文件系统，无论是 FAT 或 NTFS，它们都记录着磁盘上的文件在使用这些簇的方式。

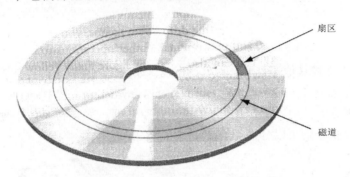

扇区

磁道

图 1-9 硬盘片和软盘片被分成磁道和扇区且多个扇区又组成簇

1. 文件系统工作方式

在 Windows 2000/XP 下，硬盘可以采用 NTFS 和 FAT 文件系统中的任何一种，但在所有的 Windows 操作系统下，软盘通常被格式化成 FAT 文件系统。一张 3.5 英寸[①]高密度软盘的每个磁道有 18 个扇区，如图 1-10 所示。它的每个盘面含有 80 个磁道，所以共有 80 个磁道 × 18 个扇区/磁道 × 2 面 = 2 880 个扇区。其每个簇只有一个扇区，所以有 2 880 个簇。因为每个簇包含 512 字节的数据，因此一张 3.5 英寸高密度软盘可以存放 2 880 × 512 = 1 474 560 字节的数据，把这个数除以 1 024 转化为以千字节为单位，最后得到其存储容量为 1 440 千字节（1.44 MB）。

2. 文件与目录

无论采用何种文件系统，操作系统都只会管理使用目录（Windows 中称为文件夹）、子目录和文件的磁盘。目录表是子目录和文件的列表。新安装物理硬盘时，它要被划分成一块或多块逻辑分区，如本地磁盘 C 或本地磁盘 D 等，这些逻辑磁盘也称为卷。每当一个分区被格式化后，其上便保存有一张目录表，将此目录表叫做根目录，例如对逻辑分区 C 而言，

---

① 1 英寸 = 2.54 厘米。

其根目录为 C:\。

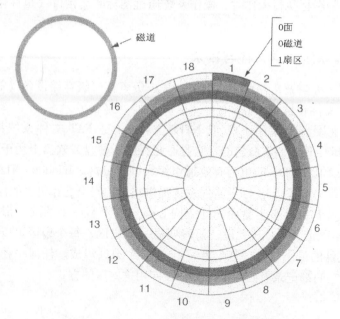

图 1 - 10　3.5 英寸高密度软盘的磁道扇区图

根目录可以包含文件或其他子目录，如 C:\Tools，如图 1 - 11 所示。任何目录都可包含文件和其他的子目录，如图 1 - 11 所示的 C:\wp \ data \ myfile. txt。其中 myfile. txt 是所指示的文件，C: 指示逻辑分区，用 A: 或 B: 来指示软盘驱动器。如果目录位于硬盘的逻辑分区、CD、闪盘或 DVD 中，则可以分别用 C:、D: 和 F: 来表示。

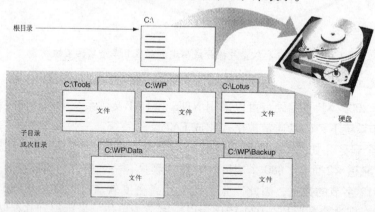

图 1 - 11　硬盘分区由目录和包含文件的子目录组成

说明：文件的完整路径包括逻辑盘符、目录、文件名和扩展名；路径中的冒号、反斜杠和句点用于分隔各个项目。

如果使用盘符和目录来定位文件，如 C:\wp \ data \ myfile. txt，那么这些盘符和目录被称为文件的路径（如图 1 - 12 所示）。为文件命名时，句点前的部分叫文件名（myfile），句点后的部分叫扩展名（txt）。扩展名在 DOS 和 Windows 中常为三个字符或更少，其指出了文件的类型。例如，. doc 表示 Microsoft Word 文档文件，. xls 表示 Microsoft Excel 表单文件。

图 1-12　文件的完整路径

3. 硬盘中的分区和逻辑分区

　　一块硬盘被划分为一个或多个分区。分区可以是主分区，也可以是扩展分区（如图 1-13 所示）。主分区中只有一个逻辑分区，而扩展分区中可以有多个逻辑分区。

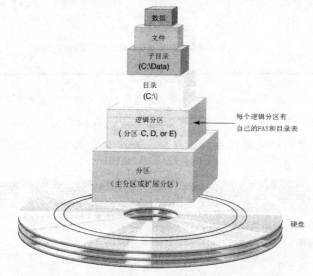

图 1-13　硬盘被划分和组织为多个层次

　　有时每个逻辑分区也被称为卷，它可以被格式化成不同的文件系统。例如，如果一块硬盘被划分成两个逻辑分区，逻辑分区 C 可能使用 FAT32 文件系统，而逻辑分区 D 使用 NTFS 文件系统。每个逻辑分区都有其自己的根目录和子目录。

　　刚安装完驱动器、首次安装操作系统或现有分区产生交错都需要为硬盘重新分区。当全新安装操作系统时，安装程序如有需要会对硬盘进行分区并格式化。安装 Windows 2000/XP 后，可以使用磁盘管理工具来察看分区、创建新分区和格式化逻辑分区。使用下列方式之一可打开磁盘管理实用应用程序：

　　➢ 在 Windows"控制面板"窗口中，运行"管理工具"应用程序，显示计算机管理窗口，再单击"磁盘管理"，显示磁盘管理窗口。

　　➢ 选择"开始"菜单中的"运行"命令，在弹出的"运行"对话框中输入 Diskmgmt. msc 命令，再按下回车键。

　　在如图 1-14 所示的磁盘管理窗口中，此硬盘有三个分区，分别格式化为 C、D 和 E。逻辑分区 C 使用 FAT32 文件系统，而逻辑分区 D 和 E 使用 NTFS 文件系统。

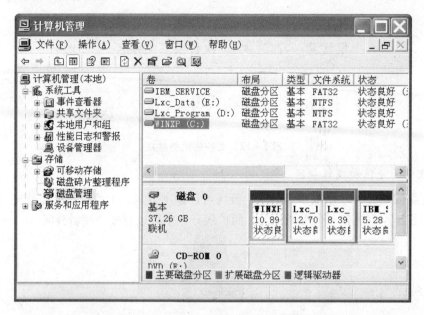

图 1-14　使用 Windows 2000/XP 中的磁盘管理实用程序查看硬盘分区情况

小技巧：在使用"Windows 资源管理器"或"我的电脑"时，Windows 也会显示硬盘分区情况，如图 1-15 所示。使用鼠标右击其中一个分区，然后在快捷菜单中选择"属性"，便可查看分区相关属性值。

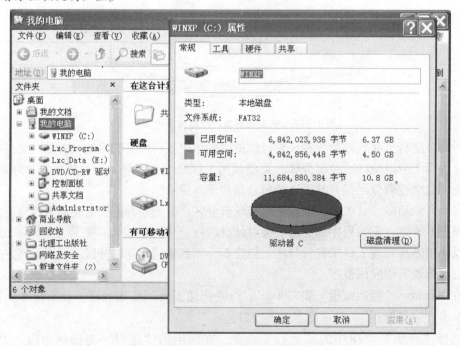

图 1-15　Windows 资源管理器显示三个独立的逻辑分区

1.2.4　操作系统管理应用程序

用户通过操作系统在 PC 上安装和运行应用软件。用户的应用软件（如 Microsoft Word）

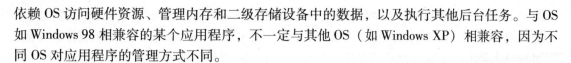

依赖 OS 访问硬件资源、管理内存和二级存储设备中的数据，以及执行其他后台任务。与 OS 如 Windows 98 相兼容的某个应用程序，不一定与其他 OS（如 Windows XP）相兼容，因为不同 OS 对应用程序的管理方式不同。

1. 安装应用软件

应用软件通常情况下要安装到硬盘来运行，操作系统利用应用程序提供的安装程序来安装软件。在安装过程中，安装程序创建目录并将相应文件存储在其中。在 Windows 中，安装程序还需要在注册表中添加项目、在桌面上放置图标、或者在开始菜单中添加快捷方式。因为安装程序为用户进行了所有的工作，所以安装软件是一件十分轻松的事情。

2. 从 Windows 桌面上调用应用软件

Windows 2000/XP 提供四种运行软件的方式：

➤ 使用快捷图标。把经常使用的软件的快捷图标放置在桌面上，快捷方式包含执行应用程序的命令行。

➤ 使用开始菜单。选择"开始"菜单中的"所有程序"命令，然后从安装软件列表中选择应用程序。

➤ 使用运行命令。选择"开始"菜单中的"运行"命令，弹出运行对话框（如图 1 - 16 所示）。在此对话框中，输入命令行或者单击"浏览"按钮来搜索要执行的应用程序。

➤ 使用"Windows 资源管理器"或"我的电脑"。在 Windows 资源管理器或我的电脑中双击文件名来执行程序或调用应用程序。

图 1 - 16　Windows 运行对话框允许输入 DOS 形式的命令

3. 实操作模式（16 位）、保护操作模式（32 位）与长字节操作模式（64 位）

CPU 运行于三种模式：16 位、32 位与 64 位，它们分别叫做实模式、保护模式与长字节模式。虽然三种模式各有不同，但从根本上而言，16 位模式或实模式中 CPU 一次处理 16 字节的数据；32 位模式或保护模式中 CPU 一次处理 32 字节的数据；64 位模式或长字节模式中 CPU 一次处理 64 字节的数据。

早期的计算机都使用实模式，但如今的操作系统已经摒弃了这种模式。在实模式中，应用程序完全使用所有硬件资源，这种开放政策表面上看似不错，但应用程序对硬件制造冲突或错误命令时会发生问题；相反地，在保护模式和长字节模式中，操作系统控制应用程序使用硬件资源。这在多个程序同时运行即多任务型系统中非常有用，使得应用程序避免由其他应用程序对硬件制造的冲突请求。在保护模式和长字节模式中，操作系统为每个应用程序提供有限受控的硬件资源使用请求。若系统中只有一个 CPU，两个程序不能逐个地多任务运行。这是因为 CPU 一次只能处理一个任务。这两个程序只是看似能够进行多任务运行，因为在保护模式或长字节模式中，操作系统只能在一段时期内为应用程序分配 CPU 时间，然后再抢占进程并分配 CPU 给队列中的另一个应用程序，这种方式叫做抢占式多任务处理，如图 1 - 17 所示。最终结果就是计算机呈现出一种多任务处理的表象，但实际上并非如此。Windows 95 是第一个实现抢占式多任务处理的 Windows 操作系统。

某些计算机有位于同一处理器内的多 CPU 或者位于同一主板上的两个独立处理器。对于这种系统，如果操作系统予以支持，便可为每个 CPU 单独分配任务，这叫做真正的多进程处理。Windows NT 是第一个支持多进程处理的 Windows 操作系统。

图 1 -17　采用抢占式多任务处理

4. 16 位、32 位与 64 位软件

为 Windows 3. x 编制的软件叫做 16 位 Windows 软件。每次处理 16 位数据，并且每个程序都不能侵犯其他可能正在运行的程序的资源。为 Windows NT/2000/XP 和 Windows 9x/Me 编制的程序叫做 32 位程序，为 Windows XP 专业版 x64 编制的程序叫做 64 位程序。

如今几乎所有的程序都是 32 位或 64 位（为 Itanium、Opteron 和 Athlon 64 处理编写）。虽然 16 位程序仍然存在并有可能工作于任何版本的 Windows 中，但是，16 位的设备驱动程序并不能工作于 Windows 2000/XP 或 Windows Me 中。

1.2.5　操作系统管理硬件

虽然操作系统负责与硬件进行通信，但其并不直接与硬件联系。反之，操作系统使用设备驱动程序或 BIOS 来完成工作（图 1 - 18 显示了这种关系）；因此，多数软件可以分为以下三类：

➢ 设备驱动程序或 BIOS。

➢ 操作系统。

➢ 应用软件。

1. 操作系统如何使用设备驱动程序管理设备

设备驱动程序是存储于硬盘并用于指令操作系统如何与诸如打印机、网卡或调制解调器等特定设备进行通信的一小段程序。当全新安装操作系统后或者向系统中添加了新硬件时，这些驱动程序便安装到硬盘上。

　　操作系统提供一些设备驱动程序,而与其相交涉的特定硬件厂商则提供其他驱动程序。无论是何种情况,设备驱动程序都是为特定的操作系统而编写,而且很可能因更换操作系统需要重新编写。

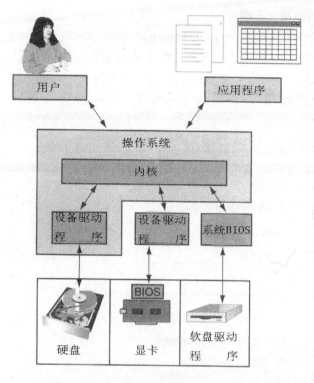

图 1 – 18　操作系统通过 BIOS 或设备驱动程序联系硬件

　　当购买打印机、DVD 驱动器、数码相机、扫描仪或其他硬件设备时,随机附赠的设备可能是包含驱动程序的 CD 或一沓软盘(如图 1 – 19 所示)。有时附赠的是用户指南和使用设备的应用软件。大多数情况下,先安装设备再安装驱动程序。但也有例外,如数码相机使用 USB 接口下载图片,此时需要先安装数码相机的驱动程序再接入数码相机。

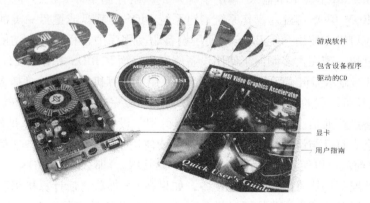

图 1 – 19　随机附赠的物品

　　有三种设备驱动程序:16 位实模式驱动程序、32 位保护模式驱动程序和 64 位长字节模式驱动程序。Windows 9x 支持 16 位和 32 位驱动程序。Windows Me、Windows NT/2000、

Windows XP 家庭版和 Windows XP 专业版仅支持 32 位驱动程序。Windows XP 专业版 x64 只支持 64 位驱动程序。Windows 9x/Me 和 Windows 2000/XP 为多种设备提供上百种 32 位驱动程序；而设备生产商则提供自己的 16 位、32 位和 64 位驱动程序，它们都与设备一起赠送，或者可以从生产商的网站上下载。

　　小技巧：假设刚向朋友借来一台 HP Photosmart 7760 Deskjet 打印机，但是忘记借来包含打印机驱动程序的 CD，为了不想再返回到朋友的公寓去借驱动程序，可以登录 Hewlett - Packard 网站（www. hp. com），把驱动程序下载到本地目录，然后在 Windows 中进行安装。图 1 -20 显示了列出所有 HP 喷墨打印机驱动程序下载列表的网页。

图 1 -20　从生产商网站下载最新设备驱动程序

　　2. 操作系统如何使用系统 BIOS 管理设备

　　主板上的系统 BIOS（基本输入/输出系统）是一组存储于计算机芯片中的代码程序段，它叫做固件或 ROM BIOS 芯片。操作系统通过系统 BIOS 与软盘或键盘一类的简单设备进行通信。操作系统可以在使用系统 BIOS 或使用设备驱动程序中进行选择来访问硬件。由于设备驱动程序速度快，现在大多倾向于使用设备驱动程序而非 BIOS 来管理硬件。

　　Windows 直到显示器可显示信息、键盘能够使用或计算机检测到软盘插入到软驱中，或者 CD、硬盘找到可加载的操作系统才算把操作系统加载完毕。这也说明 CPU 无须操作系统便可与这些设备进行通信。CPU 从系统 BIOS 处得到与设备通信的指令。虽然在 OS 加载完毕后，它可能会有自己与设备通信的指令或者继续使用系统 BIOS 与设备通信，但如果计算机在 OS 加载之前就可以使用像显示器或键盘一类的设备，那么系统 BIOS 在 OS 使用这些设备完成任务的情况下仍然可以控制这些设备；如果在 OS 加载之后计算机仍不能使用像鼠标或打印机一类的设备，那么它只能通过设备驱动程序与设备通信更改 CMOS 设置可以设置系统 BIOS 来识别和使用设备的方式。如果想要进入 CMOS 设置，则在计算机启动初期就开始按键。如在启动时，屏幕上会显示"按 F12 进入设置"或"按 DEL 进入设置"等相关提示信息，这时按相应的键就会进入 CMOS 设置的实用程序。

3. 操作系统如何管理内存

位于主板上称为 DIMM 或 RIMM 模组中的内存或 RAM 用来暂时存放 CPU 处理中的指令和数据（如图 1-21 所示）。操作系统负责把这些数据和指令移进/移出内存并保持刷新。计算机启动时，操作系统调用一两个实用程序来管理内存且调查内存容量，然后 OS 为每个内存单元分配地址——这些地址常以 16 进制数显示在屏幕上。

图 1-21　主板上的 DIMM 模组容纳 512 MB 的内存

内存地址分配完毕后就可以同各软件层进行通信。计算机在运行时，设备驱动程序、操作系统和应用软件都在运行。在输出操作中，应用软件必须向 OS 传递信息，即依次向设备驱动程序传递信息。而设备驱动程序管理输入设备时则向 OS 传递信息，即传向应用程序。根据数据的内存地址软件层可以确定它们想要共享的数据（如图 1-22 所示）。

图 1-22　应用程序、操作系统和驱动程序通过与保存数据的内存地址通信来交换数据

在 16 位实模式环境中，DOS 允许应用程序直接访问内存；而 Windows 9x/Me 提供混合环境，即应用程序可以运行于实模式（直接访问内存）或保护模式（操作系统控制内存访

问）。Windows NT/2000/XP 则强制所有程序运行于保护模式，并控制软件如何访问内存。例如，在图 1 – 23 中，可以发现运行于实模式的 16 位程序直接访问 RAM。但是在保护模式中可以运行多个程序，但它们必须依靠 OS 来访问 RAM。如果 OS 发现可用 RAM 很低，便会把某些数据存储到硬盘。这种把硬盘当做 RAM 使用的机制叫做虚拟内存；以文件形式存放于硬盘上的虚拟内存数据叫做交换文件或页面文件。Windows 2000/XP 的交换文件是 Pagefile. sys。OS 管理所有的进程，而且应用程序对用硬盘代替 RAM 一无所知。

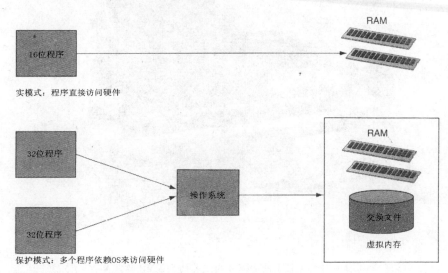

图 1 – 23　保护模式允许多个程序同时运行且 OS 保护彼此间的程序

1.3　操作系统常用工具

目前已讲解了多种操作系统以及 OS 组件和功能。在系统维护和排除故障时，学会如何使用 OS 工具来检测和更改系统是非常重要的。

1.3.1　Windows 桌面

Windows 桌面是 Windows 外壳提供的主要工具。Windows 2000/XP 桌面可被自定义为以存放提供管理应用程序和常用文件的友好界面。图 1 – 24 显示了用户单击开始菜单后的 Windows XP 桌面。注意观察当前登录到计算机中的用户名被显示在开始菜单的顶部。

开始菜单顶部的应用程序被称为是"钉"在菜单中的，即除非在开始菜单设置中进行更改，否则它永远停留在此处。位于"钉"应用程序下面的应用程序列表会随时改变。开始菜单左侧浅色区域内的应用程序是用户常用的应用程序，而右侧深色区域内的程序则由操作系统指定，这可能经常会被系统管理员或系统技术人员所用到。

当用鼠标指向如图 1 – 24 所示的"所有程序"菜单命令时，当前计算机中已安装的软件列表便显示出来。图 1 – 25 显示的是当指向"附件"中的"系统工具"菜单命令时出现的默认程序列表，这些程序可以用来备份数据、清理硬盘、计划任务、恢复 Windows 设置或进行其他解决 Windows 系统问题时的操作。

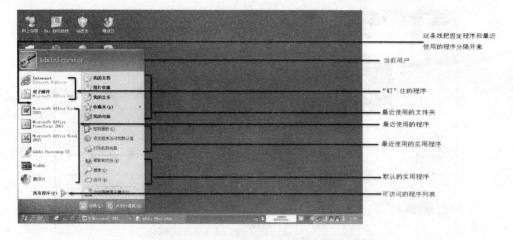

图1-24　Windows XP 桌面与开始菜单

可以自定义 Windows 桌面，例如，设置开机自启动程序、更换桌面背景（也叫壁纸），为文件和应用程序创建快捷方式、控制任务栏图标以显示或友好化环境等。下面介绍几种自定义桌面的工具。

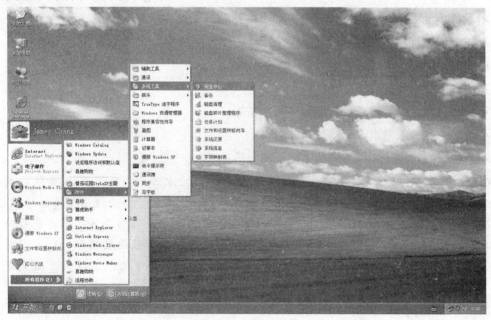

图1-25　单击"开始"按钮后所有程序列出的所有已安装软件的列表

1. 显示属性对话框

更改桌面显示方式的工具是"显示 属性"对话框，要打开此对话框，在桌面任意处右击并从弹出的快捷菜单中选择"属性"菜单命令。

图1-26 的左侧部分显示了 Windows XP 中的"显示 属性"对话框中的桌面标签页。在"显示 属性"对话框中可进行以下操作：

图 1-26　在 Windows XP 的显示属性对话框中设置桌面

➢ 选择桌面壁纸照片和样式，或为桌面选择彩色样式。

➢ 选择屏幕保护程序并更改其设置。

➢ 为显示器更改电源设置。

➢ 更改图标和快捷方式设置。

➢ 更改色彩范围、屏幕分辨率和屏幕刷新率。

➢ 为显卡和显示器更改驱动程序。

➢ 使用或禁用已安装到系统的多显示器。

小技巧：在 Windows XP 中更改壁纸（桌面背景）的方法是：在"显示 属性"对话框中单击"桌面"标签，选择壁纸后再单击"应用"按钮。此时，可以使用 Windows XP 默认存储图片目录（一般是 My Pictures）中的任何图片作为壁纸。当然也可使用其他目录中的照片，但需要单击"浏览"按钮来搜索。更改壁纸的另一种方法是使用 Windows 资源管理器，在资源管理器中，右击图片文件名，并在弹出的快捷菜单中选择"设为桌面背景"菜单命令。

全新安装 Windows XP 后，桌面上默认只显示"回收站"图标。可以使用"显示 属性"对话框来添加其他快捷方式。在对话框中单击"自定义桌面"按钮以显示"桌面项目"对话框，如图 1-26 所示。选中"我的文档""我的电脑""网上邻居"和"Internet Explorer"前的复选框来把这些图标添加到桌面上。

2. 任务栏与系统托盘

任务栏默认位于 Windows 桌面的底部，显示运行程序的信息和提供对其他程序的快速访问（如图 1-27 所示）。系统托盘默认位于任务栏的右侧并显示运行的服务。

可以在"任务栏和开始菜单属性"对话框中控制任务栏、系统托盘和开始菜单。打开此对话框的第一种方法是：在 Windows XP 中，使用鼠标右击"开始"按钮并在弹出的快捷菜单中选择"属性"菜单命令。第二种方法是：右击"任务栏"，然后在弹出的快捷菜单中选择"属性"菜单命令。第三种方法是：使用控制面板。在控制面板中，打开任务栏和开始菜单应用程序。"任务栏和开始菜单属性"对话框如图 1-28 所示。

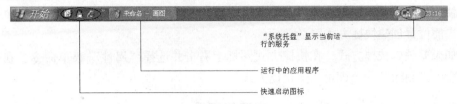

图 1-27 Windows XP 任务栏

任务栏中显示的项目可以是正在运行或未运行的应用程序或服务。运行中的应用程序会在任务栏中显示其标题（如图 1-27 所示）。使用任务栏左侧的快速启动图标可以快速查找并运行应用程序。如果想要打开或关闭快速启动栏，则右击"任务栏"，在弹出的快捷菜单中选择"工具栏"命令，然后在"工具栏"级联菜单中单击"快速启动"菜单命令。

位于任务栏右侧的系统托盘用于显示正在运行的服务，这些服务包括音量控制和网络连接。Windows XP 会自动隐藏这些图标。如果想要显示它们，则单击任务栏右侧的箭头。如果 Windows 系统运行迟缓，需要查看系统托盘中的所有运行服务，然后尝试禁用占用系统资源的服务。

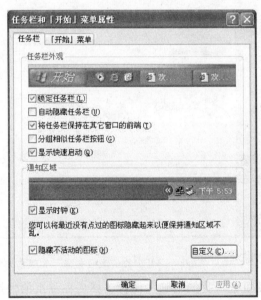

图 1-28 "任务栏和开始菜单属性"对话框

3. 快捷方式

桌面上的快捷方式是一个指向可执行程序、文件或目录的图标。用户双击图标就可运行对应的程序。在 Windows 2000/XP 中，有以下几种创建快捷方式的方法：

➤ 在"Windows 资源管理器"或"我的电脑"中，选定文件、目录或程序，在窗口的"文件"菜单中，选择"创建快捷方式"菜单命令。

➤ 在资源管理器窗口的"文件"菜单中，选择"新建"菜单中的"创建快捷方式"菜单命令。

➢ 在想创建快捷方式的文件、目录或程序上右击，然后在弹出的快捷菜单中选择"创建快捷方式"菜单命令。

➢ 使用鼠标右键拖曳文件、目录或程序到桌面上，松开鼠标，在弹出的快捷菜单中选择"在当前位置创建快捷方式"的选项。

➢ 如果要编辑快捷方式，在快捷方式图标上右击并选择"属性"菜单命令，在弹出的菜单中选择"删除"命令即可删除快捷方式。

1.3.2 我的电脑与 Windows 资源管理器

浏览计算机中文件和目录的两个最有用的工具就是"我的电脑"和"Windows 资源管理器"。在 Windows XP 中，可以通过双击桌面上的"我的电脑"图标打开"我的电脑"窗口，图 1-29 显示了 Windows XP 中"我的电脑"窗口。

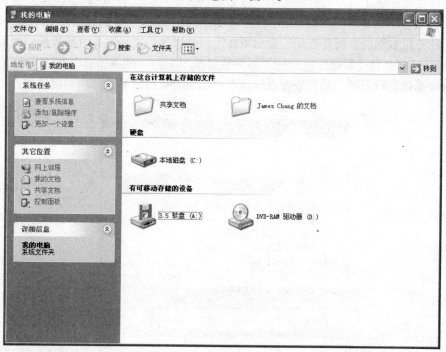

图 1-29　使用 Windows XP 中的"我的电脑"管理系统资源

使用鼠标右键单击桌面上"我的电脑"图标，然后在弹出的快捷菜单中选择"资源管理器"菜单命令，可以打开"Windows 资源管理器"窗口。

1. 使用快捷菜单

在"资源管理器"或"我的电脑"窗口中管理驱动器、磁盘、目录和文件的最简单方法是使用快捷菜单。获取快捷菜单的操作方法是：使用鼠标右击想要使用的项目对象，图 1-30显示了硬盘逻辑驱动器（C：）的快捷菜单。

在默认状态下，文件、目录、驱动器和磁盘快捷菜单中的某些选项是相同的，其他的则视具体情况而定。快捷菜单中的附加选项可能会不同，取决于为特定项目安装的应用程序。使用快捷菜单可以完成以下任务：

➢ 单击"打开"选项可以查看磁盘、目录的内容，或者运行选定的应用程序。

➢ 单击"创建快捷方式"可以为选定项目创建快捷方式图标。

➢ 选择"属性"选项，弹出显示选定项目信息的对话框，可以为选定项目更改设置。

➢ 单击"格式化"选项可以格式化磁盘或驱动器。格式化操作会清除磁盘或驱动器上的所有数据。

➢ 单击"共享和安全"选项，可以与网络上的其他用户共享驱动器、目录或文件。

➢ 选定文件后，使用快捷菜单中的附加选项对文件进行编辑、打印、E-mail 或病毒扫描等操作。

➢ 如果想要在 Windows 2000/XP 中创建文件，则在资源管理器右侧窗口的空白区域处右击并选择"新建"选项。快捷菜单中列出了当前目录中可用于创建文件的应用程序。

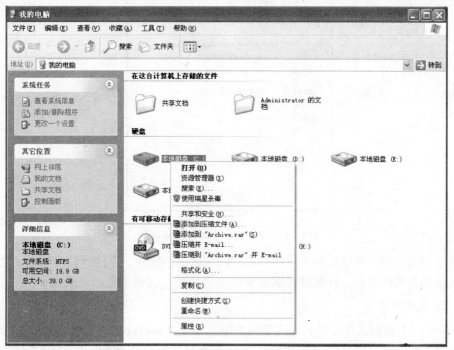

图 1-30　在资源管理器中使用快捷菜单管理项目

2. 创建目录

在"我的电脑"或"资源管理器"窗口中，选定需要创建子目录的目录，然后选择"文件"下拉菜单中的"新建"命令，再在级联菜单中选择"文件夹"命令，此时将创建一个名为"新建文件夹"的新目录，新建文件夹这几个字自动全选并高亮显示以提醒用户输入新名称。

3. 删除目录

如果想要在资源管理器中删除目录，则右击目录并选择"删除"菜单命令即可。此时系统将弹出一个确认对话框并出现是否要删除目录的提示，如果选择"是"，则将目录及其包含的子目录的所有内容送至系统回收站中。

送至回收站的文件和目录并非真正删除，除非清空回收站，清空回收站会释放相应的硬盘空间。在桌面上使用鼠标右键单击"回收站"图标，并选择"清空回收站"命令，便可清空回收站。

4. 更改文件属性

使用"资源管理器"或"我的电脑",可以查看或更改赋予文件的属性,使用这些属性,可以隐藏文件、制作只读文件或者标记备份文件。在"资源管理器"或"我的电脑"中,右击文件并在弹出的快捷菜单中选择"属性"命令,将打开"属性"对话框,如图1-31所示。

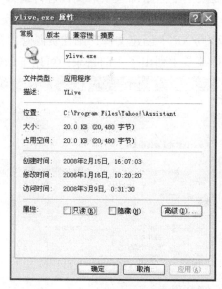

图 1-31　Windows 文件属性对话框

在属性对话框中,可以更改文件的只读、隐藏或存档属性。存档属性用来说明文件自从上次备份起是否被修改过,在属性对话框中单击"高级"按钮可更改此属性。

5. 更改文件夹选项

Windows 主要根据文件扩展名确定文件类型。如果 Windows 已经打开或执行某种文件的应用程序时,Windows 资源管理器会默认不显示文件扩展名。例如,刚装完系统后,Windows 会隐藏.exe、.com、.sys 和.txt 等扩展名,而.doc、.ppt 或.xls 等扩展名并不隐藏,除非安装了打开这些文件的应用程序。Windows 也默认隐藏了系统文件,除非用户强制显示它们。

用户可以通过查看和更改赋予文件夹的选项,来控制如何查看文件夹中的文件。查看隐藏文件和扩展名的操作方法为:

➤ 打开"我的电脑"或"资源管理器"窗口。

➤ 单击"工具"菜单中的"文件夹选项",打开"文件夹选项"对话框(如图1-32所示)。

➤ 单击"查看"标签页,选中"显示所有文件和文件夹"单选框;取消"隐藏已知文件类型的扩展名"复选框选项;取消隐藏受保护的操作系统文件选项。Windows 会出现不推荐显示这些文件的提示,单击"是"按钮,可确定要显示这些文件。

➤ 单击"应用"按钮,再单击"确定"按钮,关闭"文件夹选项"对话框。

图1-32 使用文件夹选项对话框显示隐藏系统文件

1.3.3 系统属性

"系统属性"对话框用于显示系统信息以及管理 Windows 工具和特性。如果想要打开"系统属性"对话框,可以在桌面上使用鼠标右键单击"我的电脑"图标,在弹出的快捷菜单中单击"属性"命令。"系统属性"对话框如图1-33所示。在"系统属性"对话框中可以进行以下操作:

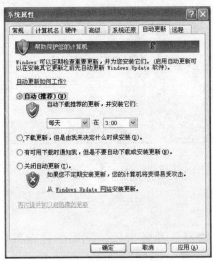

图1-33 使用 Windows XP 的"系统属性"对话框设置自动更新

➢ "常规"标签页列出了系统的基本信息,包括操作系统版本、RAM 容量以及注册信息。

➢ Windows XP 中的"计算机名"标签页中，可以更改计算机在网络中的名称；在 Windows 2000 中需要在网络身份标签页中更改。

➢ 在"硬件"标签页中可以打开设备管理器和创建新硬件配置文件。

➢ 在"高级"标签页中可以控制计算机性能和处理系统失败的方式。

➢ 在 Windows XP 的"系统还原"标签页中可以打开或关闭还原。

➢ 在 Windows XP 的"自动更新"标签页中可以控制自动更新方式（如图 1-33 所示）（Windows 2000 中没有自动升级功能）。

➢ 在 Windows XP 的"远程"标签页中可以管理外部用户如何控制计算机。

1.3.4 控制面板

"控制面板"是一个包含许多用于管理硬件、软件、用户和系统的实用程序的窗口。在 Windows XP 中，通过选择"开始"菜单中的"控制面板"命令可以打开"控制面板"窗口，如图 1-34 所示。在"控制面板"窗口中单击"切换到经典视图"选项，可以显示与先前 Windows 版本的控制面板相同的视图。

注意： 并非所有的应用小程序都会显示在控制面板中，可以使用 Windows 搜索功能来查找所有以 .cpl 结尾的文件。

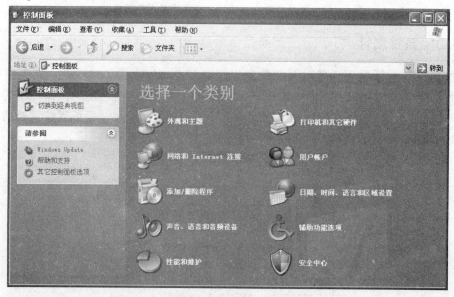

图 1-34 Windows XP 的控制面板窗口

1.3.5 设备管理器

在 Windows 中，"设备管理器"是解决硬件问题的首选工具，它以图形界面显示 Windows 配置下的硬件设备及其使用的资源和驱动程序。通过设备管理器，可以更新或卸载设备的驱动程序，还可使用设备管理器来打印系统配置报告。

在 Windows XP 中打开设备管理器的操作方法为：在"系统属性"对话框的"硬件"标签页中，单击"设备管理器"按钮，或者在"运行"对话框中输入 Devmgmt. msc 命令。图

1-35 显示了 Windows XP 中的设备管理器。单击项目左侧的 " + " 号展开项目，单击 " - " 号合并项目。

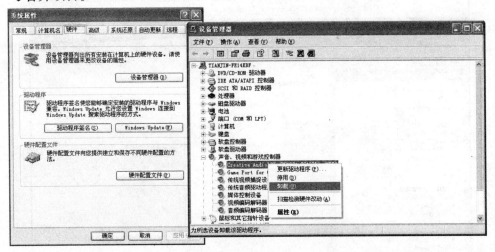

图 1-35 Windows XP 设备管理器提供设备信息并允许卸载设备

如果想要查看设备的更多信息，则右击设备并选择"属性"命令，图 1-36 显示了网卡的属性对话框。如果设备存在问题，在此窗口中一般会显示设备问题的相关信息。

图 1-36 设备属性对话框可解决设备问题

1.3.6 Windows 帮助文件与 Microsoft 网站

通过 Windows 帮助文件提供的信息，可以帮助用户解决一些常见问题。如果想要寻求 Windows 帮助，可以在"开始"菜单中单击"帮助和支持"命令。

大多数情况下，帮助信息可为用户提供解决问题的建议。例如，用户正准备通过电话线连接互联网，但是却无法接通电话。经过对电话连接、调制解调器指示灯和其他能检测的物件进行检测后，仍无法正常工作。这时就需要向 Windows 帮助工具求助，搜索拨号连接的相关内容，弹出如图 1 - 37 所示的窗口，Windows 帮助会提出相关的解决问题的建议。

图 1 - 37　帮助文件提供解决使用调制解调器连接互联网问题的建议

同样，如图 1 - 38 所示的 Microsoft 网站（http：//support. microsoft. com）提供了更多的排障帮助信息。对设备、错误信息、Windows 使用程序、症状、软件、更新版本号或关键词的搜索可提供问题和解决方案的资料。还可登录 www. microsoft. com，浏览软硬件兼容列表。

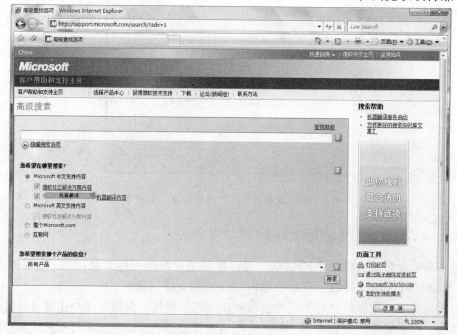

图 1 - 38　Microsoft 技术支持站点

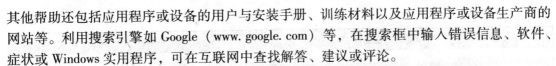

其他帮助还包括应用程序或设备的用户与安装手册、训练材料以及应用程序或设备生产商的网站等。利用搜索引擎如 Google（www. google. com）等，在搜索框中输入错误信息、软件、症状或 Windows 实用程序，可在互联网中查找解答、建议或评论。

注意：要小心避免进入恶意网站。有些站点只会简单地猜测、提供不完整或可能错误的解决方案，甚至提供一些声称可以解决问题但只包含弹出广告或间谍软件的实用程序。

1.3.7　操作系统中的快捷键

表 1-2 列出了使用 Windows 时常用的快捷键，包括启动时可用的功能键。当然也可使用鼠标来完成工作，但有时使用快捷键会更迅速，另外，在解决某些问题时，鼠标可能会不可使用，此时，使用快捷键可有助于解决问题。

表 1-2　快捷键令用户更方便地使用 Windows

常规操作	快捷键	描述
加载 Windows	F8	在 Windows 2000/XP 中,进入安全模式
	Shift + F8	在 Windows 2000/XP 中,以向导方式确认启动
管理 Windows 与应用程序	Alt + Tab	切换运行中的应用程序
	Ctrl + Tab 与 Ctrl + Shift + Tab	切换对话框中的标签页
	Alt + Esc	按应用程序打开的顺序循环应用程序
	F6	在 Windows 2000/XP 中,在窗口或桌面的屏幕对象中循环
	Win 或 Ctrl + Esc	显示开始菜单。使用方向键遍历菜单(Win 键是标有 Windows 徽章的键)
	Win + E	打开 Windows 资源管理器
管理 Windows 与应用程序	Win + M	最小化所有窗口
	Win + Tab	在任务栏项目间移动
	Win + R	打开运行对话框
	Win + Break	显示系统属性窗口
	F5	刷新窗口内容
	Alt + F4	关闭活动窗口;如果没有则关闭 Windows
	Ctrl + F4	关闭活动文档窗口
	Alt + 空格	在 Windows 2000/XP 中,显示活动窗口菜单。要关闭活动窗口,使用方向键选中关闭
	Alt + M	先把焦点定位到开始菜单(使用 Win 或 Ctrl + Esc),然后按 Alt + M 最小化所有窗口,并把焦点定位到桌面
	F10 或 Alt	激活活动窗口菜单栏
	F1	显示帮助
	Ctrl + Alt + Del	显示任务列表,可使用其切换至其他应用程序、结束任务或关闭 Windows
	应用程序	显示选定项目的快捷菜单(应用程序键是标有盒子和箭头的键)

常规操作	快捷键	描述
Windows 中的文本编辑	Ctrl + C	复制
	Ctrl + V	粘贴
	Ctrl + A	选中所有文本
	Ctrl + X	剪切
	Ctrl + Z	撤销
	Ctrl + Y	重做/恢复
	Shift + 方向键	按字符选中文本
管理文件、目录、图标和快捷方式	拖动文件时按住 Ctrl + Shift	创建快捷方式
	拖动文件时按住 Ctrl	复制文件
	Shift + Delete	不经回收站直接删除文件
	F2	重命名项目
	Alt + Enter	显示项目属性对话框
选择项目	Shift + 单击	要选中列表中的连续多个项目(如资源管理器中的文件名),先单击第一个项目,按住 Shift 键后单击要选择的最后一个项目,那么其间的所有项目都被选中
	Ctrl + 单击	要选中列表中多个不连续项目,先单击第一个项目,然后按住 Ctrl 键并单击项目,所有单击过的项目都将被选中
使用菜单	Alt	激活菜单栏
	Alt + 字母	菜单栏被激活后,按下字母选择菜单选项。字母必须是菜单中标有下画线的字母
	Alt + 方向键 + 回车	使用 Alt 键激活窗口中的菜单栏,然后使用方向键移动并高亮要选择的选项,最后按下回车选择此选项
	Esc	不选择任何选项并退出菜单
复制到剪贴板	Print Screen	把桌面复制到剪贴板
	Alt + Print Screen	把活动窗口复制到剪贴板

 复习与思考 <<<

【本章小结】

➤用于桌面计算机的操作系统有 DOS、Windows 9x/Me、Windows NT/2000/XP、Unix、Linux、OS/2 以及 Mac OS。Windows 2003 服务器版只应用于服务器中。

➤ 操作系统管理硬件、运行应用程序、为用户提供接口以及存储、读取和操作文件。

➤ 每一种 OS 都由两种内部组件组成:与用户和应用程序交互的外壳部分以及与硬件交互的内核部分。

➤ 操作系统为用户提供的接口有命令驱动接口、图标驱动接口和菜单驱动接口。

➢ OS 使用文件系统管理文件和目录。FAT 和 NTFS 是两种 Windows 文件系统。

➢ 硬盘被组织成包含一个或多个逻辑磁盘或卷的多个分区。

➢ 软件类型包括 BIOS（固件）与设备驱动程序、操作系统（OS）以及应用软件。有时，设备驱动程序会作为 OS 的一部分。

➢ 与 OS 相关的应用软件通过 BIOS 或设备驱动程序控制硬件。

➢ 大多数处理器可运行于实模式或保护模式。实模式中，CPU 一次处理 16 位的数据；而在保护模式中，CPU 一次处理 32 位的数据。某些高端处理器工作于 64 位模式（长字节模式）。

➢ 设备驱动程序能够以 16 位、32 位或 64 位代码编写。如今大多数驱动程序都是 32 位，且从注册表中加载的工作于保护模式的驱动程序。

➢ Windows Me 和 Windows NT/2000/XP 仅使用 32 位驱动程序，但 Windows XP 专业版 x64 使用 64 位驱动程序。

➢ 虚拟内存技术通过使用硬盘空间增加可使用总内存量，Windows 中虚拟内存存储于交换文件中，Windows 2000/XP 的交换文件是 Pagefile.sys。

➢ 在 Windows 桌面上，可以从开始菜单、快捷方式的图标、运行对话框、Windows 资源管理器或我的电脑中调用程序。

➢ 用于维护和自定义系统、收集系统信息和排障的 Windows 实用工具有显示属性对话框、任务栏和开始菜单属性对话框、Windows 资源管理器、我的电脑、系统属性、控制面板、设备管理器。

➢ 用户可以利用 Windows 帮助和 Microsoft 网站来解决问题和查找有用信息。

【复习题】

1. 列出 OS 的四种主要功能。

2. 哪种操作系统只能用在 Apple Macintosh 计算机上？

3. 哪种操作系统使用 OS/2 核心组件并由 Microsoft 开发、旨在替代 OS/2？

4. 哪种操作系统常应用于服务器上并且是 Unix 的变种？

5. OS 提供给用户的三种接口是什么？试简述各自功能。

6. 哪种 Microsoft 操作系统支持 16 位设备驱动程序或 32 位设备驱动程序？

7. 列举 Windows 注册表中保存的三种类型的信息。

8. 列举从 Windows 桌面调用应用程序的四种方法。

9. 如何打开显示属性对话框？可在此对话框中更改哪两项设置？

10. Windows 2000/XP 中的什么实用程序可以用来为设备更新设备驱动程序？

11. 用户和应用程序依赖什么来访问硬件组件？

12. 打开设备管理器需要在运行对话框中输入什么命令？

13. 控制面板中的应用小程序的文件扩展名是什么？

14. 哪种 Windows 操作系统允许多个用户同时登录，并能运行各自的应用程序？

15. 打开 Windows 2000/XP 的磁盘管理实用程序需要在运行对话框中输入什么命令？

16. 软盘由磁道组成，磁道又由扇区组成。扇区的容量是多少？

17. Windows 2000/XP 中用于保存虚拟内存数据和指令的文件名是什么？

18. 哪两种 OS 核心组件包含 Windows 桌面？哪两种 OS 核心组件包含 Windows 内存管理

器？

19. 如何在 Windows XP 设备管理器中卸载设备？

20. 使用哪个快捷键可以在运行程序间切换？哪个快捷键可以在 Windows 桌面中显示开始菜单？哪个快捷键可以关闭活动窗口？哪个快捷键在无运行程序时可以关闭 Windows？

【实验项目】

实验 1−1：使用免费诊断实用程序

可从互联网上下载许多免费诊断实用程序，并使用它们来检测、排障和评测系统。按照下列步骤下载并使用这些实用程序：

1. 访问 CNET 网站（www. download. com）并使用网站的搜索命令来查找 Fresh Diagnose。下载此实用程序并存放到硬盘中的 Download 目录中。

2. 双击文件以执行程序并安装软件。安装时将在桌面上创建软件的快捷方式。

3. 双击快捷方式运行 Fresh Diagnose 程序。

4. 浏览 Fresh Diagnose 的菜单并回答下列问题：

➢使用何种 OS 以及 OS 版本号是多少？

➢ CPU 主频是多少？

➢ BIOS 生产商和版本分别是什么？

➢ 显存容量是多少？

➢ 管理并行端口的驱动文件名是什么？串行端口的文件名是什么？

➢ 系统中当前使用哪个 DMA 通道？它如何工作？

实验 1−2：使用设备管理器

使用 Windows 2000/XP 中的设备管理器，回答相关问题。

➢计算机上有安装的网卡吗？如果有，它叫什么名称？

➢ 列举三种可以在设备管理器中更改的设置名称。

➢ 设备管理器都能识别出哪些硬件设备？

实验 1−3：使用快捷方式

在桌面上创建记事本（Notepad. exe）的快捷方式。用另一种创建快捷方式的方法在桌面上添加 Windows 命令提示符（Cmd. exe 或 Command. com）的快捷方式。首先，在"开始"菜单中单击"搜索"命令，使用搜索或查找对话框在硬盘中定位这两个程序，然后再创建快捷方式。写出创建每个快捷方式的步骤。

实验 1−4：练习快捷键

移除鼠标并练习使用快捷键，就如同在鼠标失效时必须使用快捷键来解决系统问题一样。按照如下步骤进行：

1. 打开资源管理器并显示 C 盘根目录下的文件。写出完成此操作的步骤和快捷键。

2. 显示此目录中的所有隐藏文件。Windows 2000/XP 中，在"工具"菜单中选择"文件夹选项"命令，选择"查看"标签页，再选择"显示所有文件和文件夹"单选框，同时取消"隐藏已知文件类型的扩展名"选项。写出完成此操作的步骤和使用的快捷键。

【疑难问题及解答】

问题：担当 PC 支持技术人员

假如某人刚被雇用为所在大学信息技术系的一名 PC 支持技术人员，在面试过程中，他被告知有两周的试用期，但刚上班第一天不久他便发现所谓的"试用期"就是要十分快速地训练自己。下面所列出的是他当天遇到的一些问题，试说明解决这些问题的方法以及所使用的 Windows 工具。

1. 一位历史教授自称他想升级自己的计算机内存，他想知道其现在的内存容量。试说明解决此问题的方法。

2. 一位体育讲师发现这位历史教授安装的是桌面版的 Windows XP，而她的电脑安装的是 Windows 9x/Me 中的一种，她想知道具体是哪种操作系统。试说明解决此问题的方法。

3. 今天职业教育的处长在家办公，她打电话自称需要连入互联网但拨号连接不成功。她想确认 Windows XP 能否正确识别调制解调器，试列出解决此问题所采取的步骤。

4. 计算机实验室的一位学生正在尝试回答关于 Windows XP 自动升级的问题，她想知道系统是否设置为自动接收 Windows 更新，请说明解决此问题的方法。

5. 媒体中心的一位学生抱怨显示器一直频闪，他怀疑 Windows XP 下的分辨率设置过低。试列出找到 Windows XP 系统中当前分辨率的步骤，并明确显示器支持的最高分辨率。

6. 计算机实验室的一位学生想知道她安装 Windows XP 中 C 盘的剩余空间大小。试说明解决此问题的方法。

7. 某位上司让下属去大厅休息室中，找出装有 Windows XP 的计算机中光驱（CD 驱动器或 DVD 驱动器）的设备驱动程序路径和名称。试说明解决此问题的方法，并明确计算机中 Windows XP 下光驱的设备驱动程序路径和名称。

■Part

第二章 安装 Windows 2000/XP

情境引入 ○○○

　　李明是一家电脑公司的技术人员，他的朋友王华有一天拿着一台电脑来找他，自称其 Windows XP 不能启动。在尝试过所有已知的恢复手段后，李明确定王华的电脑操作系统已无法修复，需要重新安装操作系统。这可把王华吓坏了，他以为电脑要报废不能要了，而且电脑里面还存放有很多重要的数据，可怎么办啊。让我们大家一起来帮助他吧！

　　Windows XP 是微软公司发布的一款视窗操作系统，它是目前世界上使用最广泛的操作系统，界面美观、大方，办公、娱乐多功能一体化，简化了的 Windows 2000 的用户安全特性，并整合了防火墙，以用来确保长期以来一直困扰微软的安全问题。

　　本章将讲述的是技术员如何为客户计算机在多种条件下安装 Windows 2000/XP，了解操作系统安装前的准备工作、安装过程、安装时要注意的问题，以及安装完成后要进行的优化设置。

本章内容结构 ○○○

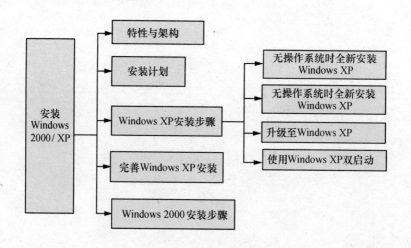

本章学习目标 ○○○

➤ 了解 Windows 2000/XP 的特性与架构。

➤ 掌握 Windows 2000/XP 的安装计划。

➤ 掌握安装 Windows XP 的步骤。

➤ 了解 Windows XP 安装后的任务。

➤ 了解 Windows 2000 专业版的安装。

Windows 2000 和 Windows XP 都具有共同的 Windows 架构和相似的特征。过去，Windows 2000 曾是从 16 位 DOS 系统向真正的 32 位、模块化操作系统进化的 Microsoft 操作系统巅峰，它具有改进的安全性、友好的即插即用和其他简单易用的特性，包含着对多媒体、即插即用和遗产软件支持的 Windows XP，最终令 Microsoft 实现了把 Windows 9x/Me 与 Windows NT 整合成单一操作系统的愿望。

本章中，首先将讲解 Windows 2000/XP 的架构，然后指导安装 Windows XP 与 Windows 2000 专业版，并说明安装后的相关事宜。

2.1　Windows 2000/XP 的特性与架构

本节将主要讲解 Windows 2000/XP 的特性、版本和构架。首先介绍 Windows 2000/XP 的版本分类；然后详述 Windows 使用的操作模式、网络特性以及处理硬盘和文件系统的方式；最后介绍使用 Windows XP 与 Windows 2000 的情形。

2.1.1　Windows XP/2000 的版本与特性

Windows XP 可以分为几种版本：Windows XP 专业版、Windows XP 家庭版、Windows XP 媒体中心版、Windows XP Tablet PC 版及 Windows XP 专业版 x64（Windows XP 64 位版）。

Windows XP 家庭版和 Windows XP 专业版有如下特性，而 Windows 2000 并不包括这些特性：

➤新用户界面，如图 2-1 所示。注意它与如 Windows 98 和 Windows 2000 等先前版本的区别。

➤ 允许两个或多个用户同时登录到计算机。Windows XP 为每个用户创建单独的目录，并可以随意切换。

➤ Windows XP 内置的 Windows Media Player 可以更好地处理数字媒体。

➤ 用于即时消息、会议和应用程序共享的 Windows Messenger。

➤ Windows XP 服务补丁包 2（SP2）添加了 Windows 安全中心。

➤ 拖放文件或目录至 CD-R 设备图标即可实现刻录 CD（如图 2-2 所示）。

➤ 可以远程控制计算机以帮助其他用户操作，叫做远程协助。

➤ 扩展的帮助特性。

➤ 高级安全特性。

图 2-1 新用户界面和样例窗口

图 2-2 拖放文件至 CD 目录即可进行刻录

此外，Windows XP 专业版还单独提供如下特性：

➢ 远程控制其他计算机用户的桌面，叫做远程桌面。

➢ 管理员通过服务器管理用户文件（Roaming Profiles）。

➢ 增强的安全特性。

➢ 多语言能力。

➢ 对高性能处理器的支持。

Windows XP 媒体中心版是 Windows XP 专业版的加强版，增加了对数据娱乐设备的支持，如对整合 TV 输入的视频录制设备的支持。首次运行媒体中心（如图 2-3 所示），需要通过向导来选择 TV 连接的方式（卫星、电缆或机顶盒）以及跟踪当地有线公司电视列表（如图 2-4）的方式。此版本专为高端 PC 家庭市场设计，而且只能安装于由 Microsoft 合作商生产的高端 PC 上。Windows XP Tablet PC 也是基于 Windows XP 专业版设计，但增加了对 Tablet PC 的支持。

图 2-3　设置媒体中心以接收和录制 TV

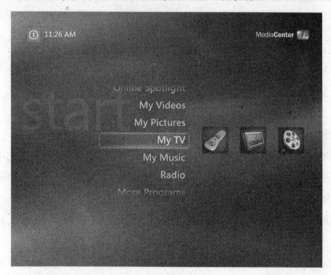

图 2-4　通过设置媒体中心来观看 TV、录制 TV、搜索在线 TV 指南和播放电影

　　Windows XP 专业版 x64 也称为 Windows XP 64 位版。这个版本的 Windows XP 使用 64 位代码编写并配合使用如 AMD Athlon 64 位的处理器。OS 可以用于使用 AMD 处理器的高端游戏计算机、服务器或者进行科学与工程计算，以及对内存和性能要求高的技术工作站。例如，用软件设计航天飞机并模拟不同条件对航天飞机材料的影响时，可能会使用 Windows XP 专业版 x64 来满足对资源密集模拟和动画应用程序的需求。

　　Windows XP 内置许多特性来管理音频和视频，包括从数码相机和扫描仪中读取图像、编辑视频的 Windows Movie Maker 和 Windows Media Player 8（Windows Me 内置 Windows Media Player 7）。通过 Media Player，可以播放 DVD、CD 和在线音频，管理 MP3、CD 音乐等音频文件，或刻录个性化的 CD。如果想要打开 Media Player，则单击"开始"按钮，选择"开始"菜单中的"所有程序"命令，然后在"所有程序"级联菜单中单击"Windows

Media Player"。图 2 – 5 显示了 "Windows Media Player" 窗口。

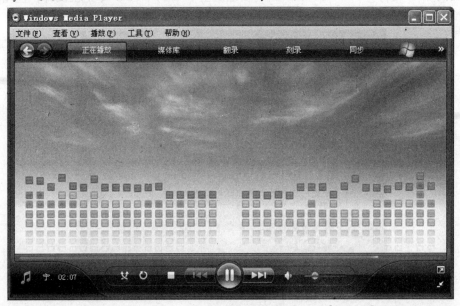

图 2 – 5 　 "Windows Media Player" 窗口

小提醒：Windows Internet Explorer、Windows Media Player、防火墙和其他 Microsoft 产品都内置于 Windows XP 操作系统。人们对此褒贬不一。内置可以令这些应用程序与其他应用程序或操作系统联系更为紧密，但又阻止了第三方软件兼容；且在安装或卸载内置软件时容易引发问题。

Windows 2000 包括以下四个版本：

➢ Windows 2000 专业版为替代 Windows 9x 和 Windows NT 而设计，它用于个人桌面计算机或笔记本型计算机的操作系统。它是 Windows NT 的改进版，使用了访问软硬件的新技术，而且包含 Windows 9x 的流行特性，如即插即用。

➢ Windows 2000 服务器版是 Windows NT 服务器版的改进版，它是为低端服务器设计的网络操作系统。

➢ Windows 2000 高级服务器版与 Windows 2000 服务器版类似，它是为更高性能服务器设计的。

➢ Windows 2000 数据中心版是 Windows 2000 高级服务器版的升级，应用于大型企业运营中心。

2.1.2　Windows 2000/XP 的架构与运行模式

Windows 2000/XP 运行于两种模式：用户模式与内核模式，其分别利用了 CPU 不同优势的功能与特点（Windows 2000/XP 的架构与 Windows NT 的相同）。图 2 – 6 显示了 OS 分为用户模式与内核模式两部分。

1. 用户模式

用户模式是一种处理器模式，它允许程序只能访问系统信息，而且只能通过其他 OS 服务来访问硬件。OS 有许多子系统，且 OS 模块通过这种方式联系用户和应用程序。如常用的

Windows 资源管理器就工作于用户模式。

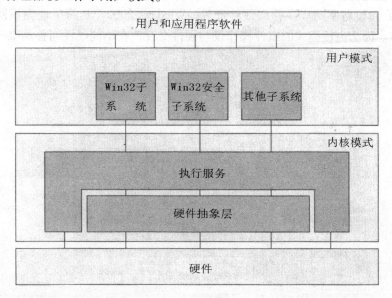

图 2-6 中的 Win32 子系统是用户模式中最主要的子系统，因为它为所有 32 位程序包括用户界面（如资源管理器）管理和提供运行环境。Win32 安全子系统管理用户登录和其他安全功能，如文件访问权限。

所有运行于 Windows 2000/XP 的程序都直接或间接地与 Win32 子系统发生联系。图 2-7 显示了多种运行于 Windows 2000/XP 的程序如何与子系统发生联系。例如，所有 DOS 遗产程序都寄存于 NTVDM。NTVDM（NT 虚拟 DOS 机）是由这两种操作系统提供的一种谨慎受控环境。在这种环境中，DOS 应用程序都仅与一个子系统发生联系，且与外系统没有联系。所有的 16 位 Windows 3.x 应用程序运行于 Win32 中的 Win16 环境（WOW）。在 WOW 中，16 位的应用程序只能与其他 16 位程序和 WOW 进行交互。图 2-7 显示了三个 16 位 Windows 3.x 程序寄存于一个 NTVDM 中的 WOW。由于每个 DOS 应用程序想令自己成为 PC 上运行的唯一程序，所以它们每个都有 NTVDM。

从图 2-7 中可以发现，32 位程序无须 NTVDM 并且可以直接与 Win32 子系统通信，因为它们都被编写为运行于保护模式的程序。它既可以同 Win32 子系统单线通信（叫做单线程），也可以有多重接触（叫做多线程），这都取决于所要处理的内容。线程是单个任务的来自内核的处理请求，如打印文件。进程是单独程序或一组程序，外加其所使用的系统资源，如内存地址、环境变量和其他资源等。图 2-8 显示了 Microsoft Word 的进程与线程。

进程有时也叫做实例，如用户可能会说"打开两个 Internet Explorer 实例"。从技术上讲，打开的是两个 Internet Explorer 的进程。Microsoft Word 在读取大文件时打印另一个文件，便是一个多线程的实例。当应用程序不接受同时运行的进程，或者处理完一个线程再进行另一个时，都可将它们视为单线程。

2. 内核模式

内核模式是一种操作系统模式，允许程序扩展地访问系统信息和硬件。内核模式可分为两部分：HAL 和执行服务。HAL（硬件抽象层）是介于 OS 与硬件的层次。HAL 有不同的版本，但都为描述特殊的 CPU 技术细节而设计。执行服务介于用户模式的子系统与 HAL 之间。通过 HAL 和设备驱动程序管理硬件资源。Windows 2000/XP 简单地为不同硬件设备设计不同的端口。因为内核模式的组件操作仅与硬件交互，在不同硬件间移动唯一需要改变的就是端口。

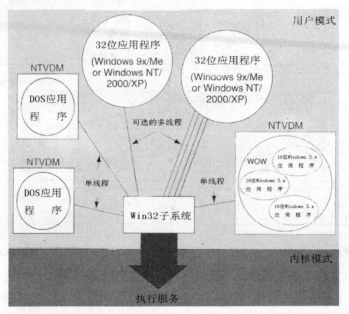

图 2 – 7　Windows 2000/XP 用户模式的环境子系统

（注：它包括运行 DOS 或 Windows 3.x 应用程序的 NTVDM 以及 32 位

程序的可选多线程）

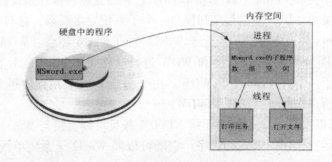

图 2 – 8　进程包括运行的程序和使用的资源

　　用户模式中的应用程序无权访问硬件资源。内核模式中的执行服务也受限访问硬件资源，但 HAL 是访问硬件资源的主力。针对 HAL 的受限访问可以使整个 OS 更紧凑。按照这种安排方式，应用程序不会由对硬件资源的错误请求而导致系统挂起；HAL 和执行服务对慢速低效应用程序的独立操作也会提供 OS 的整体性能。

2.1.3　Windows 2000/XP 的网络特性

　　运行 Windows 2000/XP 的工作站可以是工作组或域中的一员。工作组是一组共享资源的计算机和用户（如图 2 – 9 所示），其中管理员、资源和工作站的安全都由工作站控制，每台计算机都维护一张用户及其权限的列表。Windows 域是一组共享包含用户帐户①信息和组内计算机安全信息的中心目录数据库的网络计算机（如图 2 – 10 所示）。工作组内使用点对点式网络模型，而域使用客户端/服务端式的网络模型。在客户端/服务端中，目录数据库由网络操作系统（NOS）控制。流行的 NOS 有 Windows Server 2003、Windows 2000 服务器版、Novell NetWare、Unix、Linux 和 Mac OS。桌面版 Windows 2000 内置网络客户端软件，支持 Windows 服务端（Microsoft 客户端）、Mac OS（AppleTalk 客户端）和 Novell NetWare（Net-Ware 客户端）。Windows XP 支持 Microsoft 客户端和 NetWare 客户端，也可选择安装 Novell 自己的客户端。

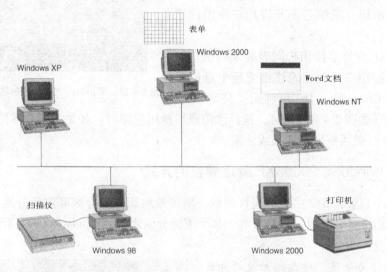

图 2 – 9　Windows 工作组采用点对点式网络模式

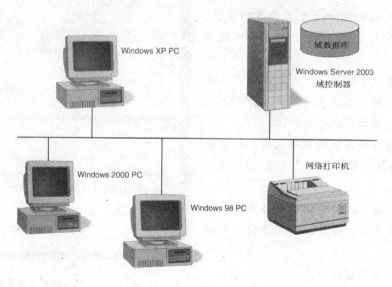

图 2 – 10　Windows 域采用客户端/服务端式网络模式且
每台 PC 或设备的安全由域控制器中的中心数据库来控制

---

①　帐户、帐号等应为"账户""账号"，本书为了与图中写法保持一致，仍采用"帐户""帐号"的写法。

无论 Windows 2000/XP 计算机联网与否，每个 Windows 2000/XP 工作站都默认创建管理员帐户，管理员有权查看所有的计算机软硬件资源，并负责设置用户帐户和权限分配。在 Windows 2000/XP 的安装过程中，会要求用户输入默认的管理员帐户密码。

Windows 2000/XP 要求用户必须登录才能使用 OS。Windows XP 默认显示登录界面；在 Windows 2000 中按下 Ctrl + Alt + Del 可以显示登录界面，输入用户名和密码后，单击"确定"按钮就可登录计算机。Windows 2000/XP 会跟踪是哪位用户登录了系统，并根据用户所在的组或管理员的设定赋予用户不同的权限。如果没有输入用户名密码，系统是不允许用户使用计算机的。

Windows XP 允许多位用户同时登录系统。如果用户是工作组用户，现在想注销或换个身份登录系统，按下 Ctrl + Alt + Del 可弹出"注销 Windows"对话框（如图 2 – 11 所示），选择注销或切换用户即可。如果用户是域用户，则弹出"Windows 安全"对话框即可登录或注销。

图 2 – 11　Windows XP 中的切换用户和注销

2.1.4　Windows 2000/XP 管理硬盘的方式

硬盘由单个容量为 512 字节的扇区组成，扇区被组织成为分区和逻辑分区。OS 通过文件系统管理逻辑分区，并且其自身安装于某个逻辑分区之中。Windows 2000/XP 通过如下四个步骤组织硬盘：

➢ 柱面被分为分区，硬盘起始处的分区表记录了每个分区的开始和结束位置。

➢ 分区又被分为一个或多个逻辑分区，并按照 C、D、E 等顺序命名（这两步叫做对硬盘分区）。

➢ 每个逻辑分区（也叫卷）被格式化成带有文件系统的分区，如 FAT16、FAT32 或 NTFS，这步叫做格式化逻辑分区。

➢ 如果硬盘是系统的启动设备，则最后一步就是准备在逻辑分区 C 上安装 OS。这步叫做安装 OS。

下面将介绍分区、逻辑分区和文件系统的组织和工作方式，以及如何"分割"逻辑分区。

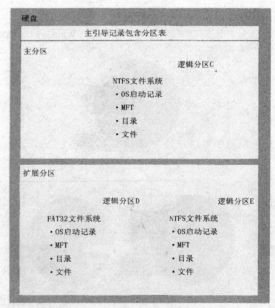

图 2 – 12　硬盘被划分为包含
逻辑分区的一个或多个分区

1. 理解分区与逻辑分区

硬盘可被组织为分区，而分区又可划分为多个逻辑分区。图 2 – 12 显示了划分为两个分区的硬盘。第一个分区包含一个逻辑分区（盘符 C），第二个分区有两个逻辑分区（盘符 D 和盘符 E）。硬盘起始处的首扇区（位于 0 磁头，0 磁道，1 扇区的 512 字节）叫做主引导扇区，或者更通俗地称为主启动记录（MBR）。它包含有以下两个内容：

➤ 主引导程序（446 字节），用于加载存储在 OS 启动记录中的 OS 启动程序（用于处理 OS 的加载）。

➤ 分区表，包含每个分区的描述、位置和大小（最多 4 个）。

表 2-1 列出了 MBR 的内容，第一条是主引导程序，其余五条组成了分区表。

表 2-1 硬盘 MBR 包含主引导程序和分区表

项目	使用字节数	说明
1	446 字节	调用 OS 启动记录中 OS 启动程序的主引导程序
2	总计 16 字节	第一分区的说明
	1 字节	是否是启动分区（是 =90H，否 =00H）
	3 字节	分区起始位置
	1 字节	系统指示器，可能值有： 0 = 非 DOS 分区 1 = DOS 的 12 位 FAT 4 = DOS 的 16 位 FAT 5 = 非首分区 6 = 大于 32MB 的分区
	3 字节	分区结束位置
	4 字节	分区表的首扇区相对于硬盘起始位置
	4 字节	分区中的扇区数
3	16 字节	同第一分区的结构描述第二分区
4	16 字节	同第一分区的结构描述第三分区
5	16 字节	同第一分区的结构描述第四分区
6	2 字节	分区表签名，通常是 AA55

在计算机启动（POST）过程中，主引导程序被执行并检查分区表的完整性。如果发现有任何错误，则停止运行，磁盘也不可用；否则主引导程序查找活动分区。大多数情况下，第一个分区即为活动分区。活动分区是硬盘上用于启动 OS 的分区。它通常只包含单独的逻辑分区（盘符 C），并且是硬盘上的第一个分区。Windows 2000/XP 中的活动分区被称为系统分区。

主引导程序在活动分区的首扇区内查找并执行 OS 启动程序。活动分区的首扇区称为 OS 启动记录；如果活动分区是硬盘的第一个分区，那么这个扇区通常位于硬盘的第二个扇区上，紧跟着 MBR 扇区。

DOS 或 Windows 9x 允许有一到两个分区，而 Windows 2000/XP 则可支持四个分区。一个分区可以是主分区（仅包含一个逻辑分区的分区，如盘符 C）或扩展分区（可以包含多个逻辑分区，如盘符 D 和盘符 E）。一块硬盘上只能有一个扩展分区。所以使用 DOS 或 Windows 9x 的计算机硬盘中只有一个主分区和一个扩展分区。虽然 Windows 2000/XP 支持四个分区，但也只能有一个扩展分区。活动分区是主分区。

注意：要求掌握以下术语的区别：活动分区、主分区、扩展分区和逻辑分区。

2. Windows 2000/XP 启动分区与系统分区

Windows 2000/XP 赋予容纳 OS 分区的两种功能（如图 2-13 所示）。一种分区叫系统分区，通常是分区 C，是硬盘的活动分区，含有 OS 启动记录。刚开机时 MBR 程序通过此 OS 启动记录查找启动程序。另一种分区叫启动分区，即 Windows 2000/XP 所安装的分区。

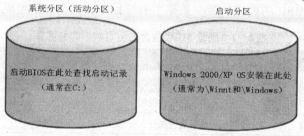

图 2-13　Windows 2000/XP 中硬盘分区的两种类型

通常情况下，系统分区和启动分区是相同的。如 Windows 安装在 C:\Windows（Windows XP）或 C:\Winnt（Windows 2000）中。不同的情况如 Windows XP 和 Windows 2000 组成双启动。图 2-14 显示了 Windows XP 安装在 C 盘，而 Windows 2000 安装在 E 盘。对于 Windows XP 而言，系统分区和启动分区都是 C 盘。（对于 Windows 2000 而言，系统分区是 C 盘，启动分区是 E 盘。）

图 2-14　Windows XP 和 Windows 2000 都安装在同一系统中

注意：不要混淆了这里的术语。依据 Windows 2000/XP 的术语，Windows OS 在启动分区上，但启动分区在系统分区上。PC 从系统分区上启动，但 Windows 2000/XP 的加载都从启动分区开始。

3. 理解文件系统

注意：要查看逻辑分区使用的文件系统，在 Windows 资源管理器中，右击分区并选择属性（如图 2-15 所示）。

每个逻辑分区或卷都必须安装文件系统，这个过程叫做格式化。OS 通过文件系统定位文件与目录。

第一章讲述了软盘使用 FAT12 文件系统。FAT12 与 FAT16 或 FAT32 的区别仅在于 FAT 中每条记录使用的位数不同。启动记录的结构、FAT 和根目录组成的 FAT12 结构同样也适用于 FAT16 和 FAT32。

注意：使用 Windows 工具更改分区或逻辑分区的大小、文件系统等会擦除所有数据。若想无损转换则需要使用第三方软件。由 Symantec（www. symant ec.com）出品的 Norton PartitionMagic 是一款出色的分区软件。图 2－16 显示了使用 Norton PartitionMagic 无损转换数据。

小提醒：当从 Windows 9x/Me 升级至 Windows 2000/XP 时，虽然也可以完成安装后再进行格式转

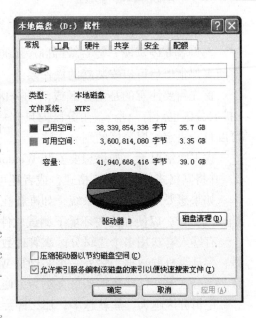

图 2－15　磁盘 D 使用 NTFS 文件系统

换，最好在安装 OS 时将磁盘格式化为 NTFS 格式。若想把 FAT32 转换成 NTFS，先把分区内的重要数据进行备份，然后在命令提示符中输入 convert D：/FS：NTFS 命令。其中 D：是要转换分区的盘符。注意转换是需要分区有足够的剩余空间的。如果空间不足，转换自动终止。

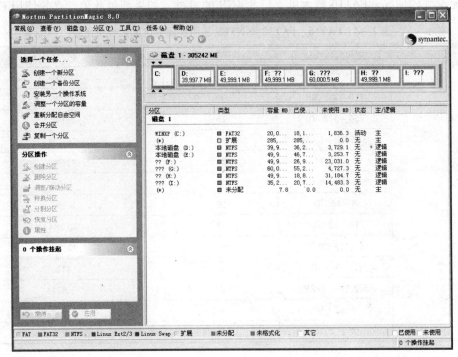

图 2－16　使用 Norton PartitionMagic 创建、更改和合并分区以及重新分配硬盘剩余空间

4. 硬盘的分区设置

当设置新硬盘或安装完 Windows 2000/XP 后需要对硬盘进行分区。因此，需要预留一些空间来保证以后可以安装新的操作系统。

首先需要注意的是主分区或活动分区内只有一个逻辑分区。分区总数最多可以有四个（扩展分区也只有一个），主分区内只有一个逻辑分区，但扩展分区内可以有多个逻辑分区，可以自行决定扩展分区的划分方法。

大多数情况下，如果想要安装 Windows 2000/XP，只需要在主分区内放置一个逻辑分区 C，并将其格式化成 NTFS 格式，或者还可以使用多个分区和多个逻辑分区。

如果想要准备安装双系统，如准备在一个分区内安装 Windows 98，在另一个分区内安装 Windows XP，以便在这些环境下测试软件；遇到这种情况，就创建两个分区。

有些人喜欢用多个逻辑分区来管理数据。例如，单独创建一个逻辑分区用于备份网络上另一台计算机的数据。另外一个实例是 Windows 中的应用程序在一个分区上，而所有数据在另一个分区上。这些数据备份会更为方便。

逻辑分区越大，簇就越多，那么碎片或浪费的空间也就越多。对于大硬盘可创建两个或多个逻辑分区来减少簇的大小。在这种情况下，使用少的逻辑分区可使簇的大小降至最低。

FAT16 或 FAT32 最大支持的硬盘空间是有限的，所有创建的多个逻辑分区可以有效使用全部硬盘空间。表 2－2 提供了如何划分硬盘的建议信息。注意 DOS 或 Windows 9x 中 FAT16 支持的最大容量为 2GB（这由 16 位的 FAT 能存储的最大簇号所决定），Windows 2000/XP 中 FAT16 最大支持 4GB 的硬盘容量。从表 2－2 中可得知，分区越大，簇的大小也越大。无论哪种情况，FAT16 最大可支持 8.4GB 的容量，如果超过此值，必须使用 FAT32。

表 2－2　FAT16、FAT32 与 NTFS 不同容量分区的簇容量比较

文件系统	逻辑分区大小	每簇的扇区数	每簇的字节数
FAT16	最大 128 MB	4	2 048
	128～256 MB	8	4 096
	256～512 MB	16	8 192
	512 MB～1 GB	32	16 384
	1～4 GB*	64	32 768
FAT32	512 MB～8 GB	8	4 096
	8～16 GB	16	8 192
	16～32 GB	32	16 384
	大于 32 GB**	64	32 768
NTFS	最大 512 MB	1	512
	512 MB～1 GB	2	1 024
	1～2 GB	4	2 048
	大于 2 GB	8	4 096

创建逻辑分区后系统会为新分区分配盘符。对于主分区而言，一般会分配为 C，其余按照 D、E、F 等顺序分配下去，但如果系统中还有第二块硬盘，系统在分配盘符时还要考虑这块硬盘。若第二块硬盘中也存在主分区，那么把 D 分配给这个主分区，其余分区按照字

母表的顺序分配下去。例如，在一个含有两块硬盘的系统中，每块硬盘上都有一个主分区和一个扩展分区，共三个逻辑分区。那么第一块硬盘中的分区盘符为 C、E、F；第二块硬盘中的分区盘符为 D、G、H。

如果不用第二块硬盘启动，则它没有必要设置主分区。可以直接把第二块硬盘中的分区放入扩展分区中，然后为第一块硬盘分配 C、D、E 的盘符，而第二块硬盘分配 F、G、H 的盘符即可。

2.1.5　使用 Windows 2000 和 Windows XP 的情形

如果考虑是否从 Windows 2000 升级到 Windows XP，Windows XP 一般要比 Windows 2000 更稳定，因为它已经解决了驱动程序或应用软件使 Windows 2000 失效的情况。安装 Windows XP 要比安装 Windows 2000 要容易许多。此外，Windows XP 还加强了安全性，例如，为保护使用一直在线的互联网连接、以电缆调制解调器或 DLS 等家用 PC 而专门设计的内置 Internet 防火墙。还有些硬件设备驱动程序和应用程序只为 Windows XP 而设计。

另外，因为各笔记本电脑生产商都会生产具有其特色的操作系统，所以如果用户正在使用装有 Windows 2000 的旧型笔记本电脑，则可继续使用此生产商版本的 OS。一般来讲，如果用户不需要新操作系统提供的新特性，就无须升级操作系统。对笔记本电脑用户的忠告：不要惹是生非。如果笔记本电脑同 Windows 2000 能很好地协作，就不要将 Windows 2000 升级为 Windows XP。

2.2　Windows 2000/XP 安装计划

本节主要讲解安装 Windows 2000/XP 前的计划。好的计划可以顺利完成系统安装，并确保所有软、硬件都可以在系统中正常工作。

一般来讲，安装 Windows 2000/XP 前需要进行以下几项工作：

➢ 对于 Windows XP 而言，首先要确保计算机满足表 2－3 中列出的最小推荐设置。对于 Windows 2000 而言，必须保证至少有 650 MB 的剩余硬盘空间、至少 64 MB 的 RAM 以及 133 MHz 的 Pentium 兼容 CPU。其次，还需要保证所安装的软硬件与操作系统相兼容，并且为硬件设备找到设备驱动程序。最后还要确保硬盘有足够的空间来容纳 OS、应用程序和数据。

表 2－3　Windows XP 专业版的最小推荐设置

设备类型	最小需求	推荐设置
一个或两个 CPU	Pentium Ⅱ 233 MHz 或更高	Pentium Ⅲ 233 MHz 或更高
RAM	64 MB	128 MB，最大 4 GB
硬盘分区	2 GB	大于 2 GB
硬盘分区剩余空间	1.5 GB（仅主干）	2 GB 或更多
CD－ROM 或 DVD－ROM	12×	12× 或更快
显卡	Super VGA（800×600）	分辨率越高越好
输入设备	键盘或鼠标或其他定点设备	键盘或鼠标或其他定点设备

➢ 决定安装类型。第一种是全新安装（一切从头开始），第二种是升级安装（保留先前

设置与安装软件），第三种是双启动（保留现有系统，再另外安装 Windows 2000/XP）。

> 决定如何划分硬盘并选择要使用的文件系统。

> 决定计算机的联网方式。PC 可被设置为工作站或工作组或域中的任何一员。

> 决定安装过程。可以从原装 CD 上安装，也可以从硬盘存储文件中安装，还可以从网络进行安装。此外，还可以选择是否有人工参与安装过程。

> 制作列表检查事项是否准备完毕。

2.2.1 最小需求与硬件兼容性

注意：虽然 Microsoft 有时也会调整最小或推荐设置，但是 OS 的需求依据所安装的软、硬件的不同而不同。

在安装 Windows 2000/XP 之前，通过以下内容来检查是否达到安装要求，并收集系统中所需的软、硬件的信息：

> CPU 的安装型号和 RAM 容量大小。在第一章中已详细讲解使用 Windows 桌面上的我的电脑图标来查看当前 CPU 以及内存容量（如图 2 – 17 所示）。

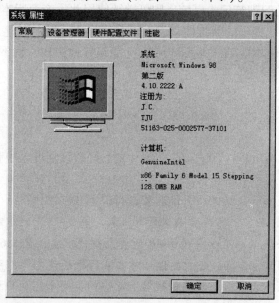

图 2 – 17 Windows 98 报告当前 RAM 容量且
这是决定升级至 Windows 2000/XP 的关键因素

> 可用的硬盘空间容量大小。如果想要查看逻辑分区的剩余空间，则打开 Windows 资源管理器，右击驱动器盘符，在弹出的快捷菜单中选择"属性"选项卡（如图 2 – 18 所示）。有时升级安装会清空磁盘，从而释放硬盘空间。尽管 Windows XP 最少需要 1.5 GB 的硬盘空间，但强烈推荐安装 Windows XP 的分区剩余空间要达到 2 GB 以上（Windows 2000 最少需要 650 MB 的安装空间），最好使用 10 GB 的分区剩余空间以便可以容纳其他应用软件。对于要安装大量应用程序的用户而言，使用 15 GB 的逻辑分区最佳。如果想要查看分区数量及容量，在 Windows 9x/Me 中可使用 Fdisk 命令；在 Windows 2000/XP 中使用磁盘管理实用程序。图 2 – 19 显示了 Windows 98 中使用 Fdisk 实用程序显示分区信息，在如图所示的分区上安装 Windows 2000/XP 需要重新划分更大的分区。

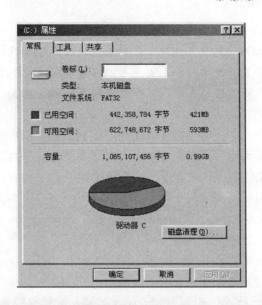

图 2-18　确保有足够的空间安装 Windows 2000/XP

图 2-19　使用 Windows 98 的 Fdisk 命令来察看硬盘分区情况

➤ 主板 BIOS 合格与否。主板 BIOS 应当符合由 Intel、Microsoft 和 Toshiba 共同提出的高级配置与电源接口（ACPI）标准，它是使系统 BIOS、OS、某些硬件或软件在不活动时处于节能状态。要完全使用 Windows 2000/XP 的电源管理实用程序，系统 BIOS 必须是 ACPI 可兼容的；否则 Windows 不会安装 ACPI 支持，而是使用不支持 ACPI 的遗产 HAL。如果随后刷新 BIOS 使其兼容 ACPI，则还需重装 Windows 以支持 ACPI。于 1999 年 1 月以后生产的 BIOS 都是 ACPI 可兼容的，所以无须升级。要知道 BIOS 是否兼容，可进入 CMOS 设置并查找 ACPI 的信息和特性。如果 BIOS 不兼容，则刷新 BIOS 以支持 ACPI。

➤ 软件在 Windows 2000/XP 下工作与否。大多数为 Windows 2000 或 Windows 98/Me 编写的软件都可以在 Windows XP 下正常工作，但是还是有确定它的方法。方法之一就是运行兼容分析器。使用 Windows XP 的 CD 盘中的命令，把 CD - ROM 的盘符替换即可，即 D:\I386\Winnt32\checkupgradeonly，不同版本的 Windows XP 其路径也不尽相同。分析过程用时约 10 分钟，即可显示可保存的报告，默认路径和文件名为 C:\Windows\compat.txt。报告对于确定软件能否正确运行十分重要。如果报告显示软件不兼容，可升级软件或安装双系统（双系统将在本章稍后讲解）。对于 Windows 2000 而言，要检查兼容性，可以运行 Windows 2000 安装 CD 的只检查升级模式。

➢ 硬件在 Windows 2000/XP 下工作与否。如果能为相应设备找到驱动程序，便可顺利地在 Windows 2000/XP 下安装并使用硬件。首先可以在设备安装 CD 上查找驱动程序。如果没有找到，可以去设备生产商的网站去查找。如果找到 Windows 2000/XP 下的驱动程序，下载并安装即可。

如果不准备安装某个硬件，可以把其驱动程序放到软盘、CD 或网盘中保存起来以备后用。如果找不到升级的驱动程序，则先可以使用为同类设备编制的驱动程序，但是首先要查找设备驱动程序的说明文件以保证兼容性。最为重要的一点是拥有网卡的 Windows 2000/XP 驱动程序，因为升级要用到网卡。

注意：Microsoft 在 testedproducts. windowsmarketplace. com 上为测试产品提供 Windows 市场。单击"硬件"标签，查看硬件设备分类列表。图 2－20 显示了符合条件的调制解调卡。但是找到所需的设备后，还需要 Windows 2000/XP 下的相应驱动程序。因为没有列出的设备未必能在 Windows 2000/XP 下工作。

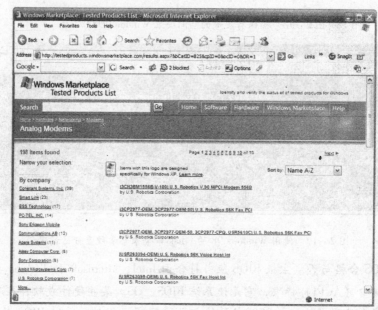

图 2－20 利用 Microsoft 网站检验计算机、外围设备
和应用程序是否符合 Windows 2000/XP 的要求

➢ 找不到驱动程序的解决方法。如果没有办法获得设备在 Windows 2000/XP 下的驱动程序，那么安装双系统便是一个最佳的解决方法。获得相应的驱动程序之后便可卸载后来安装的 OS。

2.2.2 升级、全新安装或双启动

在全新硬盘上安装 Windows 2000/XP 便是全新安装。如果已经安装过 Windows 2000/XP，那么有如下三种选择：

➢ 全新安装，覆盖当前操作系统和应用程序。

➢ 进行升级安装。

➢ 在第二个分区上安装 Windows 2000/XP，制作双启动。

每种选择都有其各自的优劣。

1. 全新安装——覆盖当前所有安装

覆盖现有安装的全新安装有其优点，如它是一个全新的开始。如果采用升级，原有的加载系统问题得不到解决，但如果清除一切（格式化硬盘），则保证注册表和应用程序全新如初。但这种安装方式也有其缺点，系统安装完成后，必须重新安装所有应用软件并从备份中恢复数据。如果选择全新安装，那么可以先格式化硬盘，或者直接覆盖现有操作系统。如果不选择格式化硬盘，虽然数据仍然在硬盘上，但先前操作系统的设置和应用程序都会丢失。

要想全新安装操作系统，应保证拥有所有的应用程序安装 CD、软盘和软件文档。备份所有数据并确保其可用。然后格式化磁盘或者不格式化磁盘进行安装。如果不格式化磁盘，一定要保证当前使用的杀毒软件最新。

2. 决定升级或全新安装

如果决定安装双系统，那么可以全新安装 Windows 2000/XP。但如果已安装一个操作系统但不准备安装双系统，那么需要决定是升级安装还是全新安装。

升级安装的优点就是现有的应用程序和数据可以直接应用到新系统中，而且安装过程更快。升级安装必须从当前 OS（即 Windows 桌面）开始。如果远程控制，那么升级安装无法进行。

要在升级安装还是全新安装中做出选择，应为当前系统和将要安装的系统考虑如下因素：

➢ 可以使用价格较低廉的升级版 Windows XP 专业版，从 Windows 98、Windows Me、Windows NT 4.0 和 Windows 2000 升级到 Windows XP 专业版。

➢ 可以使用价格较低廉的升级版 Windows XP 家庭版，从 Windows 98、Windows Me 升级到 Windows XP 家庭版。

➢ 如果现在安装的是 Windows 95，那么只能购买价格昂贵的"为新 PC 使用"的 Windows XP 专业版或 Windows XP 家庭版。

➢ 如果安装的是 Windows 9x/Me，那么升级到 Windows 2000/XP 就需要有此环境下的硬件设备驱动程序，许多应用程序也需重新安装。所以从全新的系统中升级不失为一个最佳选择。

➢ 从 Windows 2000 升级到 Windows XP 比从 Windows 9x/Me 升级的成功几率要大。因为相应的驱动程序、应用程序和注册表项都可以全部带入新系统。

➢ 如果要升级 NTFS 版本的 Windows NT，升级程序会自动把文件系统自动升级到 Windows 2000/XP 的 NTFS。

➢ 如果在 Windows NT 中使用 FAT16 或第三方软件，而在 Windows NT 中使用 FAT32，那么升级程序会询问是否要升级到 NTFS。

3. 创建双启动

在同一台计算机中从 Windows XP 和 Windows 2000 中同时启动，或者 Windows 2000/XP 和其他操作系统，如 DOS 或 Windows 98 一起启动叫做双启动。在确实需要两个系统时才会创建双启动，例如，想要得知软件在删除旧系统前是否能在 Windows 2000/XP 下正常工作。Windows 2000/XP 不支持在同一分区安装两种操作系统，所以需要多划分出一个分区。

Windows 2000/XP 在同一块硬盘最多可支持四个分区。这四个分区可以都是主分区（每个分区中只有一个逻辑分区），或者有一个扩展分区（包含多个逻辑分区）。对于主分区，即活动分区而言，它为逻辑分区 C。而在双启动中，其中一个 OS 安装到逻辑分区 C 上，另一个 OS 安装到另一个分区上。

由于 Windows NT 的 NTFS 与 Windows 2000/XP 的 NTFS 不兼容，所以不推荐 Windows NT 和 Windows 2000/XP 的双启动。

2.2.3 硬盘分区和文件系统

安装 Windows XP 需要 2 GB 的硬盘且最少有 1.5 GB 的剩余空间（有大的分区就使用它）。虽然 Windows 2000 只用最少 650 MB 的空间，但 2 GB 以上最为合适。可以在同一分区上安装 Windows 2000/XP，但原先的 OS 会被覆盖。如果没有 2 GB 以上的分区，那么把小分区删除后重新分区。删除分区会擦除其中的数据，所以应首先备份数据。下面列出了保证 OS 正常安装所需分区的划分方法：

➤ Windows 9x/Me 中，在命令提示符中输入 Fdisk 命令来实现分区；Windows 2000 中使用磁盘管理控制台来划分硬盘、分配盘符和查看剩余空间。

➤ 如果现有分区过小，就检查剩余空间。如果剩余空间足够大，就利用其划分出大于 2 GB 的分区。

➤ 如果无法创建比 2 GB 大的分区，那么就先备份数据，然后把小分区删除，最后再创建大于 2 GB 的活动分区。

➤ 如果硬盘上其他分区中有剩余空间，则不要急于划分。应在安装完 Windows XP 后，使用操作系统内置的磁盘管理控制台来划分剩余空间。

开始安装前应先决定使用文件系统的类型。Windows 2000/XP 支持的文件系统有 FAT16、FAT32 和 NTFS。下面是选择文件系统的建议：

➤ 若对文件和目录安全、文件压缩、磁盘空间配额等感兴趣，那么需要使用 NTFS 文件系统。

➤ 如果有双启动，为保证 Windows 9x/Me 和其他 OS 对所有分区都能进行读取，那么需要使用 FAT32 文件系统。

➤ 如果使用 MS – DOS 和 Windows NT 双启动，则需要使用 FAT16 文件系统。

➤ 如果是 Windows 2000 和 Windows XP 双启动，则 FAT32 和 NTFS 都可。

2.2.4 PC 加入工作组或域

在网络中安装 Windows 2000/XP 时需要决定计算机访问网络的方式。如果计算机数目少于 10 台，Microsoft 推荐使用工作组把这些计算机组织起来，其中每台计算机控制自己的资源，而且帐户被存放在各自的计算机上并彼此独立，没有中心资源控制。反之，如果计算机台数多于 10 台，那么 Microsoft 推荐使用 Windows Server 2003 等操作系统把这些计算机组织到域中（安装 Windows 2000 或 Windows XP 专业版的计算机充当客户端）。如果要从中心管理安全资源或共享资源，需要使用域控制器。

说明：Windows XP 家庭版不支持加入域。若要使用域控制器，请安装 Windows XP 专业版。

如果想要知道如何通过网络配置计算机，在安装以前需要知道以下内容：

➤ 点对点网络中计算机名和工作组名。

➢ 域中的用户名、密码、计算机名和域名。

➢ TCP/IP 网络的 IP 分配方式。在动态分配（当首次连接时使用 DHCP 服务器分配 IP）和静态分配（IP 地址永久分配给计算机）中选择一种分配方式。如果使用静态分配，还需知道具体的 IP 地址。

2.2.5　安装进程的工作方式

若在网络 PC 上安装 Windows 2000/XP，需要选择存放安装文件的存储区域。若没有网络，可以选择从 CD 或硬盘上安装；若有网络，可把安装文件放到网络中的文件服务器进行安装。此做法在为多台计算机安装系统时十分有效。将安装 CD 中的 \ i386 目录全部复制到文件服务器中并共享此目录。安装过程中若询问安装文件位置，应指向共享目录。

若在没有安装光驱的台式机或笔记本电脑上安装 OS，可以考虑使用 USB 外接 CD 来安装。如果需要从安装 CD 启动，需要知道现在计算机支持 USB 外接 CD。如果不支持，可从软盘中启动计算机并从命令行中启动 Windows 安装。

Windows 2000/XP 提供无须顾及的无人值守安装程序。安装方法之一就是无人值守安装程序使用被 Windows 2000/XP 称为答案文件、且包含安装过程中提供问题答案的文本文件或脚本。安装 CD 中提供答案文件样例。如果为多台计算机安装系统，无人值守安装程序就值得一试。此程序可以为升级安装和全新安装所使用。本书不讨论如何设置无人值守安装程序。

小技巧：在单机上安装 Windows 2000/XP 前，可能想把 \ i386 目录复制到硬盘。如果不准备格式化磁盘，并且磁盘已完成格式化时可以进行这种操作。硬盘上存有安装文件的副本对于以后安装系统组件时非常方便。

安装的另一种方法是使用分区镜像，或者叫做磁盘克隆或磁盘镜像，它用于在新计算机或同一计算机上的不同分区上复制分区内容。分区上的所有内容包括操作系统、应用程序、数据等全部复制到新分区上。可以使用 Sysprep. exe 来删除标志计算机信息的内容，如计算机名等。克隆整块硬盘需要使用第三方软件。分区镜像软件有 Drive Image、Symantec 公司（www. symantec. com）的 Norton Ghost 以及 Phoenix Technologies 公司（www. phoenix. com）的 ImageCast 等。

最后一种方法就是决定如何继续安装进程。在安装初期，安装程序会询问如何继续安装进程，包括自定义、典型、快速和其他。自定义安装可以进行更多的设置，但常用的是简单易用的典型或快速安装。本章稍后将讲解相关内容。

2.2.6　检查清单

在开始安装之前，应检查表 2 - 4 所列的各个项目：

表 2 - 4　安装 Windows 2000/XP 前的计划表

检查项目	具体内容
PC 是否符合最小推荐设置	CPU： RAM： 硬盘分区大小： 分区剩余空间：
是否有 Windows 2000/XP 下的设备驱动程序	列出需要升级的硬件和软件：

续表

检查项目	具体内容
决定如何连接网络	工作组名： 域名： 计算机名：
是升级安装还是全新安装	当前操作系统： 旧系统是否符合升级要求：
是否全新安装双启动系统	列出安装双启动系统的原因： 对于双启动而言 第二分区的大小： 第二分区的剩余空间： 要使用的文件系统：
决定使用哪种文件系统	要使用的文件系统：
是否备份硬盘上的重要数据	备份位置：

注意：安装序列号位于 Windows XP 安装 CD 的封面上，或者在 Windows XP 使用指南手册的封底，如图 2-21 所示。技术人员有时也会把产品序列号不干胶贴到机箱一侧。尝试找找看（如图 2-22 所示）。笔记本电脑用户可以在笔记本电脑底部找到产品序列号。如果丢失序列号并把 Windows XP 的安装程序已移至其他计算机，可以尝试用软件把序列号查找出来。在安装有旧 OS 的计算机上从 Magical Jelly Bean Software 处（www. magicaljellybean. com/keyfinder. shtml）下载序列号查找器。

图 2-21　产品序列号位于 Windows XP 指南后的不干胶

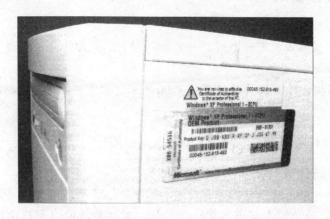

图 2-22 产品序列号有时位于机箱的前面或侧面

2.3 Windows XP 安装步骤

本节主要讲解全新安装 Windows XP（有或没有其他 OS 存在）、升级安装以及双启动安装的步骤。在开始之前，先了解安装 Windows XP 的相关提示：

➤ 如果想从安装 CD 或 USB 设备启动计算机，须在 BIOS 中更改启动设备加载顺序，如图 2-23 所示，不同品牌的 BIOS 设置有所不同，详细内容可参考主板说明书。

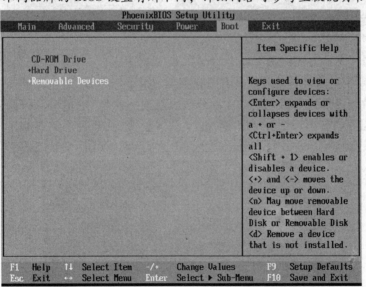

图 2-23 在 CMOS 设置启动顺序以使光驱第一个被加载

➤ 在 BIOS 将 CD-ROM 设置为第一启动项之后，重启电脑之后就会发现如图 2-24 所示的 "boot from CD" 提示符，这个时候按任意键即可从光驱启动系统。

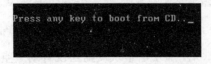

图 2-24 屏幕提示 "请按任意键从光盘启动"

小提醒：

➤ "任意键"：键盘上没有一个叫 "任意键" 的键，"按任意键" 是指在键盘上选择任意一个键按下。

➤ 如果超时未按，计算机将跳过图 2 – 24 所示过程，而从 BIOS 指定的第二启动项目启动。

2.3.1 无操作系统时全新安装 Windows XP

下面是无 OS 时全新安装 Windows XP 的步骤：

（1）从 Windows XP 安装 CD 启动，并显示如图 2 – 25 所示的菜单。此菜单可能会因版本不同而略显不同。按下回车键进入第一个选项，此时显示最终用户协议，如图 2 – 26 所示，按 F8 键接受协议。

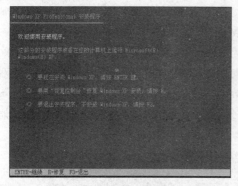

图 2 – 25　Windows XP 安装起始菜单　　　　图 2 – 26　Windows XP 许可协议

（2）安装程序会列出硬盘上的所有分区及其使用的文件系统和容量，也会显示未划分的剩余空间。在此步骤中可以创建或删除分区以及选择安装 OS 的分区。如果计划分割多个分区，现在只需要划分出一个分区即可，这个分区至少 2 GB 大小并有 1.5 GB 的剩余空间。当然，如果想安装应用软件，可划分出较大的分区，如 10 GB。安装完成后，使用磁盘管理

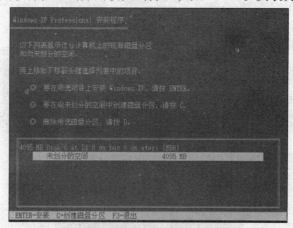

图 2 – 27　安装过程中可创建或删除分区以及选择安装 Windows XP 的分区

控制台来划分其他分区。图 2 – 27 显示了整块硬盘还没有划分空间时由安装程序显示的分区列表。新买的硬盘还没有进行分区，所以首先要进行分区，按 "C" 键进入硬盘分区划分的

页面。如果硬盘已经分好区，则不用再进行分区。在这里把整个硬盘都分成一个区，如图 2-28所示，当然在实际的使用过程中，应当按照需要把一个硬盘划分为若干个分区。分区结束后，就可以选择要安装系统的分区了。选择好某个分区以后，按回车键即可进入下一步，如图 2-29 所示。

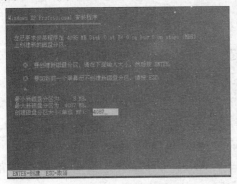
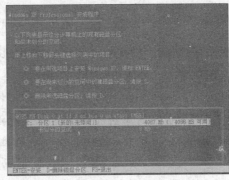

图 2-28　划分硬盘分区安装 Windows XP　　　图 2-29　选择 C 区安装 Windows XP

（3）在上一步分区完毕后，安装程序会询问分区所使用的文件系统是 NTFS 还是 FAT。如果分区大于 2 GB，FAT 将变为 FAT32，如图 2-30 所示，选择完成后安装程序开始格式化分区。进行完这些设置之后，Windows XP 系统安装前的设置就已经完成了，接下来就是复制文件，如图 2-31 所示。随后文本安装界面部分完成，剩余安装过程以图形化界面继续，最后 PC 重启。

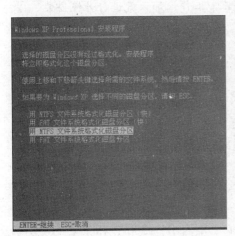
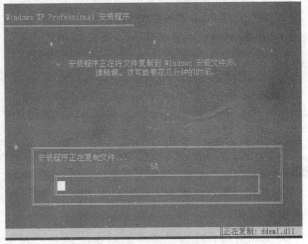

图 2-30　选择 FAT32 或 NTFS 文件系统　　　图 2-31　开始复制安装文件

（4）从列表中选择所在的地理位置。Windows 会根据所选的地理位置决定如何显示日期、时间、货币和数字。选择键盘布局，不同的键盘布局可以适应不同语言的需求。

（5）输入名字、组织名称和产品序列号。

（6）输入计算机名和管理员帐户的密码。此密码存储于计算机的安全数据库中。如果在域中，由管理域控制器的管理员会把计算机名作为计算机域名。

注意：千万不要忘记管理员密码，否则无法登录系统。

（7）选择日期、时间和时区。PC 需要重启。

（8）如果在网络中，系统会要求设置网络连接。典型设置会安装 Microsoft 网络客户端、文件和打印机共享以及 TCP/IP 协议动态分配 IP。自定义设置可以设置用户的个人配置。如果不知道如何选择，则选择典型设置。

（9）输入工作组或域名。如果已加入了域，网络管理员会指导用户如何设置域帐户。

2.3.2　有操作系统时全新安装 Windows XP

下面是有 OS 时全新安装 Windows XP 的步骤：

➢ 关闭所有打开的应用程序。关闭所有在后台运行的启动管理软件或杀毒软件。

➢ 插入 Windows XP 安装 CD。自动运行打开安装界面，如图 2 - 32 所示，不同版本的 Windows XP 可能会有所不同（如果界面没有出现，可以在"运行"对话框中输入 D：\i386 \ winnt32. exe 命令，把 D：替换成实际的光驱盘符即可）。

➢ 选择"安装 Windows XP"。在下一界面中的安装类型中选择"全新安装"，阅读并接受许可协议，剩余安装过程同上个小节第 2 步相同。

2.3.3　升级至 Windows XP

下面是升级至 Windows XP 的步骤：

➢ 清理硬盘：删除无用文件或临时文件，清空回收站，整理磁盘碎片（使用 Windows 9x/Me 或 Windows 2000 的磁盘整理工具），并扫描硬盘错误（使用 Windows 9x/me 的 Scan-Disk 或 Windows 2000 的 Chkdsk）。

➢ 如果决定升级安装并确保软、硬件在新系统下正常工作，那么就进行升级安装。

➢ 若主板 BIOS 不是最新，应刷新 BIOS。

➢ 备份重要数据。

➢ 使用最新版本杀毒软件扫描病毒。

➢ 如果有压缩分区，则先解压缩。如果使用 Windwows NT 的 NTFS 压缩分区，则无须解压。

➢ 卸载所有已知与 Windows XP 不兼容或者不想升级后使用的硬件和软件，再重启系统。

➢ 现在准备升级系统。插入安装 CD，自动运行显示如图 2 - 32 所示的安装菜单，选择"安装 Windows XP"。

➢ 如果没有出现安装菜单，则在"运行"对话框中输入 D：\i386 \ winnt32. exe 命令，并把 D：替换为实际的光驱盘符，此路径会依不同版本的 OS 而不同。

➢ 然后在安装类型中选择"升级安装"。菜单中提供两种选择：

● 快速升级安装：使用现有 Windows 目录和设置进行升级。

● 自定义升级安装：可以更改安装目录和语言，还可更改至 NTFS 文件系统。

➢ 选择升级类型，并接受许可协议。

➢ 选择安装 Windows XP 的分区。如果分区为 FAT 格式，而想把它转换为 NTFS，则在此处设定。注意 Windows XP 中的还原至 Windows 98 功能将在 FAT 转为 NTFS 后不可用。

➢ 安装程序分析系统并报告任何兼容问题。如果发现在安装后无法操作系统，则取消安装。

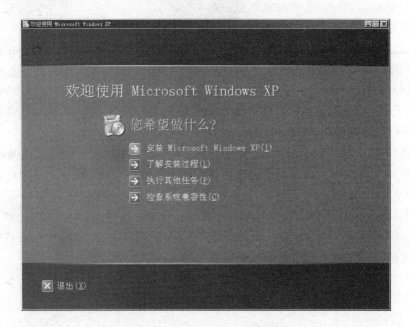

图 2-32 Windows XP 安装菜单

➢ 从 Windows 98 或 Windows Me 升级至 Windows XP 时，安装程序会把注册表中一切能转换的项目带入新系统中；最后询问是否要加入域中。如果从 Windows NT 或 Windows 2000 升级，则不会要求设置这些信息，因为 Windows XP 会转换所有注册表中的信息。

2.3.4 使用 Windows XP 双启动

Windows XP 可被设置为与其他系统一起双启动，在其他系统存在时可进行全新安装。安装时以其他分区进行 Windows XP 的全新安装。Windows XP 发现有其他系统存在后就自动生成启动菜单。安装完成后重启计算机，就会显示"启动加载菜单"并询问进入哪个系统，如图 2-33 所示。

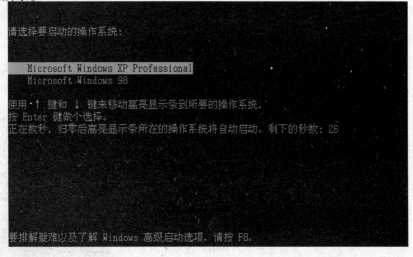

图 2-33 双启动菜单

注意: 安装双启动时,首先安装低版本的 OS。

活动分区必须使用两个操作系统都可识别的文件系统,例如,带 Windows 98 的双启动要使用 FAT32 文件系统;带 Windows 2000 的双启动使用 NTFS 或 FAT32 文件系统。首先安装完一个 OS 后,就可在另一个分区上安装 Windows XP。当在另一个分区安装 Windows XP 时,它仅向活动分区,即系统分区放置启动所需的文件。这个操作系统使得 Windows XP 优于其他 OS 双启动。Windows XP 的剩余文件被安装到启动分区里。Windows NT 和 Windows 2000 管理与旧 OS 双启动时采取相同策略。

早期版本的 Windows 操作系统无法识别其他 OS 中安装的软件,例如,在 Windows 98 和 Windows 2000 的双启动中,所有的应用程序必须安装两次。但是 Windows XP 可以在双启动中使用其他 OS 中的应用程序,例如,在 Windows XP 和 Windows 98 的双启动中,安装于 Windows 98 的应用程序可以在 Windows XP 中执行,并显示在 Windows XP 的开始菜单中。如果没有显示,则可以通过资源管理器定位到程序,双击并执行。此功能使得安装双启动十分便利,因为无须分别在两个操作系统中安装相同的软件。

2.4 完善 Windows XP 安装

安装完 Windows XP 后,需要进行以下操作以准备使用系统和保护系统:

➤ 使用产品激活来激活 Windows XP(马上将讲解如何操作)。

➤ 检查网络和互联网连接。访问互联网以下载更新所有 OS 服务包和补丁。

➤ 检查所有硬件是否正常工作,并按需要添加硬件,如打印机。

➤ 创建用户帐户。

➤ 安装其他 Windows 组件。要添加组件,可打开控制面板中的"添加或删除程序"应用程序,单击"添加或删除组件",如图 2-34 所示。选中想要添加的组件并单击"下一步"按钮,按照向导完成操作。

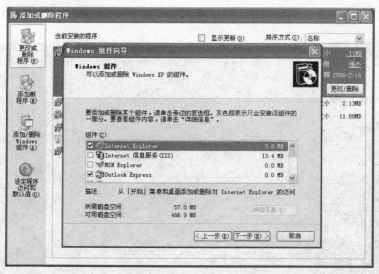

图 2-34 添加或删除程序中的添加或删除 Windows 组件

➢ 安装应用程序。（在完成系统更新前不要进行这一步。）

　　小提醒：要求读者了解 Windows 安装完成后要应用服务补丁与更新、校验用户数据以及安装其他 Windows 组件。

➢ 检查系统功能是否正确，并备份系统状态。此备份在系统失败恢复时十分重要。

2.4.1　产品激活

　　产品激活是 Microsoft 为打击盗版软件而采用的一种方法。在 Microsoft Office XP 中也曾使用相同的方法，并且 Microsoft 宣称以后会在所有产品中使用这项技术。安装完系统后的第一次登录会弹出带有三个选项的激活对话框，如图 2-35 所示。

　　如果选择第一项而且计算机已连入网络，那么激活过程很快。Windows XP 向 Microsoft 服务器发送确认信息，然后服务器向 PC 返回认证信息来激活 Windows。安装 Windows XP 后有 30 天的试用期，逾期系统将不能启动。如果使用相同的安装 CD 在新 PC 上进行安装并激活，那么 Windows 会弹出可能违反了许可协议的警告对话框，可以致电 Microsoft 运营商解释原因。如果原因合理（例如在旧 PC 上卸载了 Windows XP，而又安装到了新 PC 中），那么运营商可能会另给一个有效许可。在计算机启动过程中，可在弹出的对话框中输入此许可便可进入系统。

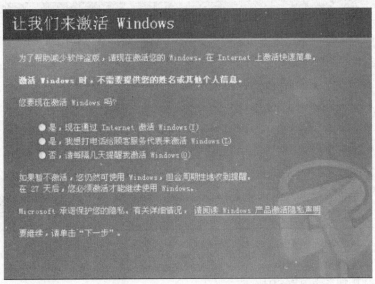

图 2-35　产品激活是 Microsoft 打击盗版软件的一种策略

2.4.2　更新 Windows

　　Microsoft 网站提供解决已知问题的补丁、修补程序和升级更新，以及大量的问题解决方案知识库。了解这些内容对于保持系统最新和防止病毒侵扰非常有用。

　　注意：如果没有接入互联网，可在其他计算机上下载完更新后再传送至这台没联网的计算机上，或者从 Microsoft 定购 Windows XP 服务包，它包含了增强的安全特性（同其他产品相比）。

1. 如何安装更新

要运行 Windows 更新，可接入互联网后单击"开始"按钮，选择"开始"菜单中的"所有程序"命令，然后在"所有程序"的级联菜单中单击"Windows Update"命令；或者登录 Windows 更新网站 windowsupdate. microsoft. com，进入网站后，单击"快速安装（推荐）"，开始更新。

注意：如果想以后卸载某个重要的更新或服务包，在安装时选中"保存卸载信息"。随后重新运行补丁安装程序就可进行卸载。在选项中选择"卸载先前安装的服务包"。

Windows Update 使用 ActiveX 来扫描系统、查找设备驱动程序和系统文件，以及同 Windows Update 服务器上的文件进行比较。如果没有安装相应的 ActiveX 插件，则当访问网站时会要求安装。在 Windows Update 扫描完系统并定位出更新包、新版本的驱动程序和系统文件后，它便提供了下载文件选项。单击"现在下载并安装"，然后就可在如图 2 – 36 所示的右侧区域中查看更新进度。

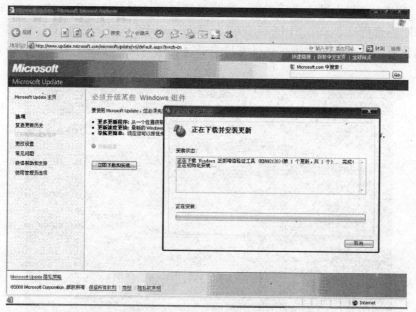

图 2 – 36　Windows XP 安装更新

2. Windows XP 服务包 2（SP2）

迄今为止，Microsoft 发布了 Windows XP 的三个重要更新，最新版本是 SP3，本次以 SP2 安装为例。服务包 2 提供了许多重要特性，包括 Windows 防火墙和 Internet Explorer 弹出窗口阻止器。当系统可以安装服务包 2 时会通过自动更新来进行。安装服务包 2 需要较长时间并重启计算机，而且安装分区至少需要 1.8 GB 的剩余空间。

3. 自动更新

当 Windows XP 更新至最新后，可以设置自动更新。单击"开始"按钮，右击"我的电脑"并选择"属性"，在"系统属性"窗口中，单击"自动更新"标签，如图 2 – 37 所示。

应按照 PC 连接类型和用户习惯来设置自动更新。对于一直在线的宽带用户（如电缆调制解调器用户、DSL 用户等），可选择"自动更新（推荐）"和每天下载并安装更新。如果

PC 没有一直在线的 Internet 连接（如拨号），则要选择"通知我但不要自动下载或安装更新"，这个选项对于那些不愿意花费很长时间去等待下载安装更新的用户十分有用。此外，还要保证在没有将自动更新设置为完全自动的情况下，用户要进行每周至少一次的手动更新。

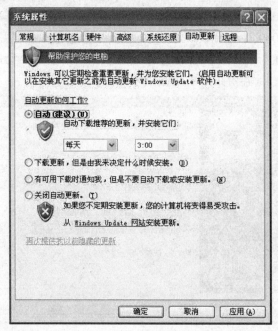

图 2－37　将自动更新设置为每天自动更新

2.5　Windows 2000 安装步骤

本节将主要讲解安装 Windows 2000 和 Windows XP 的不同之处。Windows 2000 的全新安装、升级安装和双启动安装与 Windows XP 使用相同的程序：16 位的 Winnt. exe 或 32 位的 Winnt32. exe。本节以无操作系统时 Windows 2000 的全新安装为例来演示安装过程。

2.5.1　无操作系统时全新安装

Windows 2000 安装包包含文档和 CD，在美国发售的版本还单独提供一张包含 128 位的数据加密软盘（此软件不再其他国家的发行版本中包含，因为法律不允许此数据的加密软件出境）。如果 PC 支持从光驱启动，则插入 CD 并打开计算机电源；然后出现安装欢迎界面，按下回车键，开始安装；下一个界面中，按下 F8 键，接受最终用户许可协议（EU-LA）；然后跳至下面列出的第 6 步。如果无法从 CD 启动，但有一个全新分区，可以先创建一系列的 Windows 2000 启动盘来启动计算机并开始安装，剩余的安装过程从 CD 完成。

按照如下步骤制作启动盘：

➤ 使用正常工作的计算机格式化 4 张软盘。

➤ 在光驱中放入 Windows 2000 安装 CD 以及在软驱中放入一张已格式化的软盘。在 Windows 9x/Me 中，在"开始"菜单中单击"运行"按钮，然后在"运行"对话框中输入

D：\bootdisk \ makeboot. exe A：命令，可以把 D：和 A：分别替换为实际的光驱盘符和软驱盘符。

➢ 按照要求插入新的软盘。最后在盘面上标出 Windows 2000 启动盘1、2、3、4。

➢ 现在开始安装 Windows 2000。使用第一张软盘启动计算机并按要求依次插入剩余三张软盘。最后插入 Windows 2000 CD。

➢ 显示 Windows 2000 许可协议。接受协议后出现欢迎界面，如图 2 - 38 所示，选择"全新安装 Windows 2000"并单击"下一步"按钮，下一屏显示许可协议。随后的安装过程与从 CD 安装完全相同。保存四张启动软盘以备他用。

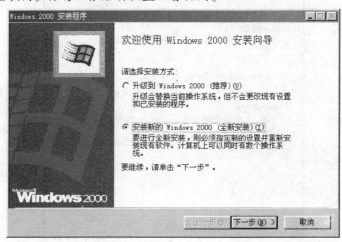

图 2 - 38　在安装向导中可以选择全新安装或升级安装

➢ Windows 2000 搜索分区并询问要安装到哪个分区中。如果没有分区则自动创建分区，并询问使用何种文件系统。如果分区容量大于 2 GB 而又选择使用 FAT 文件系统，那么安装程序会自动以 FAT32 文件系统格式化分区。

➢ 安装过程中，需要选择键盘、输入用户名和公司名称、产品序列号。此外，还要进行日期和时间设定，以及管理员密码的确定。

➢ 如查安装程序发现用户处于网络中，便会弹出网络设置窗口来设置计算机访问网络的方式。选择典型设置使安装程序自动为 OS 设置网络连接。如果不合要求，以后可自行更改。

➢ 此时移除安装CD并单击"完成"按钮。Windows 2000 加载后，当完成网络连接处理后会询问网络类型（例如，是加入工作组还是加入域）。设置完毕后确认能否访问网络。

　复习与思考 <<<

【本章小结】

➢ Windows XP 有五个版本：Windows XP 家庭版、Windows XP 专业版、Windows XP 媒体中心版、Windows XP Tablet PC 版和 Windows XP 专业版 x64。

➢ Windows 2000 实际上是一整套操作系统，包括：Windows 2000 专业版、Windows 2000

服务器版、Windows 2000 高级服务器版和 Windows 2000 数据中心版。

> Windows 2000/XP 的两种结构模式是用户模式和内核模式。内核模式可分为两种：执行服务和硬件抽象层（HAL）。

> 进程是程序所用资源与一组程序的唯一实体。线程是来自内核的处理请求，如打印文件。

> 工作组是一组共享资源的计算机和用户。每台计算机都含有用户及其权限列表。域是一组共享包含用户帐户信息和安全的中央目录数据库的网络计算机。

> Windows 2000/XP 中管理员帐户具有最高权限，可以创建其他用户帐户并分配权限。

> Winnows 2000 可运行于原始模式和混合模式。原始模式用于所有的域服务器都是 Windows 2000 的服务器。混合模式用于 Windows 2000 和 Windows NT 所共同管理的网络。

> Windows 2000/XP 支持 FAT16、FAT32 和 NTFS 文件系统。Windows NT 的 NTFS 文件系统不与 Windows 2000/XP 的相兼容。

> 硬盘被划分为分区，分区又可被划分为逻辑分区，或者叫卷。主引导记录（MBR）位于硬盘的最开始处，包含分区表信息。每个逻辑分区都有各自的文件系统，如 FAT16、FAT32 或 NTFS。

> Windows 2000/XP 支持四个分区，其中一个可以是扩展分区。活动分区在 Winnows 2000/XP 中也叫做系统分区，用来启动 OS。

> Windows 2000/XP 提供全新安装和升级安装两种模式。全新安装重新覆盖硬盘上先前 OS 的所有信息。

> 可以设置 Windows XP 和 Windows 2000 双启动，因为它们共享相同版本的 NTFS。要安装 Windows 2000/XP 与 Windows 9x/Me 或 Windows NT 的双启动，必须使用 FAT16 或 FAT32 文件系统。总之，要先安装低版本的 OS，并且把 Windows 2000/XP 安装到其他分区上。

> 软硬件必须与 Windows 2000/XP 兼容。安装前先登录 Microsoft 网站查询兼容性。如果要刷新 BIOS，应在安装前进行。

> Microsoft 在 Windows XP 等产品中使用产品激活以打击盗版。

> 安装完成后，安装所有的 Windows 更新或服务包及任何其他组件。安装所有软硬件并保证其正常工作。

【复习题】

1. 列出 Windows XP 的五种版本。
2. 在笔记本电脑上安装 Windows XP 服务包 2 时，为什么选择使用交流电源而非电池？
3. 在从 Windows 2000 升级到 Windows XP 的过程中，如何确定已安装 RAM 的容量？
4. Windows XP 在一个系统中支持几个处理器？
5. Windows XP 安装需要多少分区的多少剩余空间？若想流畅操作需要多少空间？
6. 安装 Windows XP 需要多少 RAM？Windows XP 运行应用程序需要多少内存？
7. 必须要激活 Windows XP 的时限是多长？如果不激活会发生什么情况？
8. 首款使用产品激活技术的 Microsoft 产品是什么？
9. Windows XP 兼容分析器生成的报告文件默认放在哪里？
10. Windows 2000/XP 负责与硬件的交互层是哪一层？仅限 Windows 2000/XP 的一两个

组件与硬件交互是什么原因？

11. Windows 2000/XP 架构的两种模式是什么？

12. 哪两种模式包括 NTVDM？

13. 在安装 Windows 2000/XP 前，如何确定 OS 支持所有的硬件？

14. Windows XP 支持哪些文件系统？

15. Windows 2000/XP 的两个安装程序中哪个是 32 位的安装程序？哪个是 16 位的安装程序？

16. 安装 Windows 2000/XP 需要使用一个系统分区和一个启动分区。哪个分区必须是硬盘的活动分区？

17. 如果管理员关心系统安全，那么他应采用何种文件系统？

【实验项目】

实验 2 - 1：准备 Windows XP

使用 Microsoft 的 testedproducts. windowsmarketplace. com，检查家庭或实验室中一台没有安装 Windows XP 的计算机是否符合安装 Windows XP 的条件。根据网站上的条件要求填写表 2 - 5。

表 2 - 5 实验 2 - 1 表

硬件设备或应用程序	特定设备名或应用程序名称和版本号	符合 Windows XP 的安装要求吗？
主板或 BIOS		
显卡		
调制解调卡（如果有）		
声卡（如果有）		
打印机（如果有）		
网卡（如果有）		
CD - ROM（如果有）		
DVD 光驱（如果有）		
SCSI 硬盘（如果有）		
其他设备		
应用程序 1		
应用程序 2		
应用程序 3		

实验 2 - 2：准备升级

在安装有 Windows 2000 或先前版本的 Windows 计算机中，从 Windows XP 安装 CD 中运行兼容分析器来查看计算机是否符合安装 Windows XP 的要求。为不兼容的硬件和软件制作列表，并制订升级计划。

实验 2 - 3：升级 Windows

在有 Internet 连接的 Windows XP 计算机中，选择"开始"菜单中的"所有程序"命令，然后在"所有程序"级联菜单中单击"Windows Update"命令，进入 Microsoft 网站，并搜索符合系统安装的更新。打印推荐的更新列表。

实验 2-4：安装 Windows 组件

在 Windows XP 中，以管理员身份登录并安装 Windows 组件。列出安装组件的必要步骤。

实验 2-5：使用 Internet 解决问题

登录 support. microsoft. com，访问 Windows XP 支持。打印一篇有关解决安装问题的知识库文章。

实验 2-6：安装 Windows XP

全新安装 Windows XP。按照本章中的讲解进行安装。写下安装过程中所做的决定。如果遇到错误问题，列出解决步骤，并估计安装所花费的时间。

【疑难问题及解答】

问题 2-1：崩溃的 Windows 安装

张敏是一名小公司的 PC 支持技术人员，他负责 PC、小型网络和用户的支持。他的同事在一次会餐时自称其 Windows XP 不能启动，且很多重要的数据存放在电脑里；但他又不知道这些数据存放在何处。除了他现在工作使用的数据外，他还担心丢失 E-mail 地址、E-mail 和 Internet Explorer 收藏夹。

在尝试过所有已知的恢复手段后，这名技术人员确定同事的 OS 已崩溃并无法修理。依据本章的所学知识，列出保留这些数据并重新安装 Windows XP 的方法。

问题 2-2：升级故障解决

Thomas 的计算机桌面刚从 Windows 2000 升级到 Windows XP。但是在安装后他始终无法拨号连接。由于其调制解调器不能正常工作，所以他寻求帮助。经过检查得知，这块调制解调器是 PC 原装配件，由 Uniwill 计算机公司生产的 Smart Link 56K 调制解调器。根据下列内容制订排障计划：

1. 列出询问 Thomas 可以诊断出症状的问题。

2. 列出解决问题的步骤。

3. 找出问题的根源并解释其答案。

Part 3

第三章　维护 Windows 2000/XP

情境引入 ○○○

　　小张是畅联电脑的售后服务人员，负责解决用户使用电脑中的软件、硬件问题。由于服务的用户人数多，遇到的电脑故障也是千奇百怪。买来的扫描仪，连上线之后却不能使用；有个游戏，在别人的电脑上玩得挺好，到自己的电脑上却不能运行；电脑的运行速度很慢。更严重的是，遭遇病毒，电脑里的文件全部乱了套。为了解决用户的这些问题，需要系统地学习 Windows XP 操作系统中软、硬件维护以及系统保护、优化等知识。

　　本章面向电脑技术人员，介绍 XP 操作系统的使用、维护和文件保护问题。主要有如何安装硬件及驱动程序；如何安装软件及软件兼容；如何优化系统保持性能最佳；日常使用中如何备份与还原，保护系统文件。

本章内容结构 ○○○

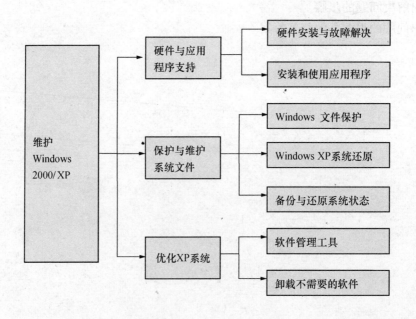

本章学习目标 ○○○

➤ 掌握如何在 Windows 2000/XP 中安装硬件，能够解决硬件常见故障。

➤ 掌握如何在 Windows 2000/XP 中安装应用程序，能够应对异常程序。

➤ 理解 Windows 2000/XP 系统文件的保护机制。

➤ 掌握 Windows 2000/XP 中创建还原点的步骤，能够还原系统。

➤ 掌握 Windows 2000/XP 备份工具，能够备份、还原系统状态。

➤ 掌握任务管理器、系统配置程序的功能和用法。

➤ 能够使用三种方法卸载不需要的软件。

3.1　硬件与应用程序支持

　　本节将讨论如何在 Windows XP 中安装硬件和应用程序。由于硬件的各异性，需要使用一些特殊工具和方法来进行安装。首先介绍如何使用 Windows 诊断硬件错误；其次讲解如何安装应用程序，以及解决应用程序在使用中遇到的问题。

3.1.1　硬件安装与故障解决

1. 安装前的准备

　　要正确安装设备，须首先获得专门为 XP 操作系统编制的驱动程序。有些硬件（如网卡）的驱动程序已经内置在系统安装盘中，此时应首选内置的驱动程序。对那些未内置驱动程序的硬件，可到设备厂家的网站去下载正确的驱动程序。图 3-1 显示了在方正科技公司网站（www. foundertech. com）查找超越扫描仪 T35 的驱动程序。

　　如果在设备厂家的网站中找不到，则到以下网站中查找：

➤ http：//drivers. mydrivers. com（驱动之家）

➤ http：//driver. zol. com. cn（中关村在线驱动频道）

➤ http：//driver. it168. com（IT168 驱动版块）

➤ http：//www. qudong. com（驱动中国）

下面是在 Windows XP 中安装硬件的几点建议：

➤ 需要时下载驱动程序到本地硬盘，并要记住存放的位置。

➤ 仔细阅读产品说明书，特别是弄清楚先安装设备还是先安装驱动程序。留意说明书中指出的特殊安装过程。

➤ 如果产品说明书中说明在安装设备前先安装软件，那么应按照指示进行。软件安装中会提示用户连接设备。

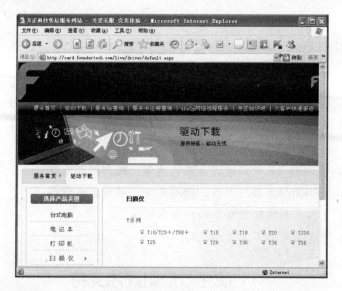

图 3-1 从生产商的网站中下载驱动程序

2. 硬件安装步骤

按照以下步骤在 Windows XP 中安装硬件：

➤ 首先关闭计算机电源，物理安装硬件，把硬件连接到适当的接口（如果使用 USB 或火线接口，无须关闭计算机电源）。

➤ 设备安装完成后启动 Windows XP，在系统托盘区会出现泡泡提示，提示发现新硬件（如图 3-2 所示），并同时打开"找到新硬件向导"（如图 3-3 所示），询问用户是否到 Windows Update 网站上搜索驱动程序，单击单选框"否，暂时不"，然后单击"下一步"按钮。

图 3-2 Windows XP 检测到新硬件

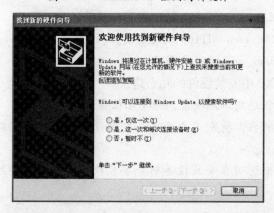

图 3-3 Windows XP 找到新硬件向导指导用户完成硬件安装

➤ 随后出现图 3-4 所示窗口，选择安装方式。如果使用下载的驱动程序，单击单选框"从列表或指定位置安装（高级）"。如果使用 XP 操作系统内置驱动，则选择"自动安装软件（推荐）"。单击"下一步"按钮。

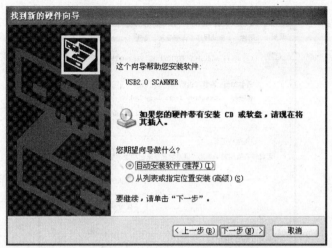

图 3-4　找到新硬件向导询问安装方式

➤ 然后出现搜索位置窗口（如图 3-5 所示）。单击单选框"在这些位置上搜索最佳驱动程序"，如果驱动程序在 CD 上，选择"搜索可移动媒体"复选框。若在硬盘上，选择"在搜索中包括这个位置"，单击"浏览"按钮来确定具体的搜索位置。单击"下一步"按钮。

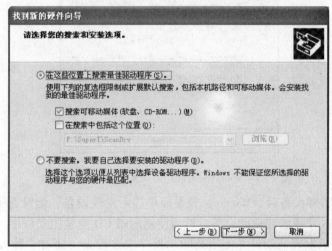

图 3-5　找到新硬件向导询问驱动程序位置

➤ Windows XP 定位文件并安装驱动程序。显示"完成"窗口后，单击"完成"按钮。

说明：Windows 2000/XP 搜索驱动程序时，会寻找以 .ini 结尾的信息文件。

➤ 打开"设备管理器"，右击该设备，在出现的下拉菜单中单击"属性"按钮，确认设备是否正常工作。图 3-6 显示了正常工作设备的"属性"窗口。

注意：有些设备在安装时，如果 Windows 识别出所安装的驱动程序没有经过数字签名，则会显示警告对话框，如图 3-7 所示。现在需要做出决定，是停止安装并到 Microsoft 网站查找适合的驱动程序，还是继续安装。一般继续安装不会出现问题，所以直接单击"仍然继续"按钮。

图 3-6　设备管理器显示新安装硬件正常工作

➤ 测试设备以确定其正常工作。例如刚安装了 CD - RW，刻录一张 CD 来检测它是否正常工作。

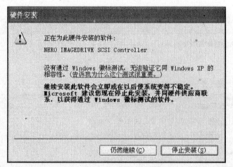

图 3-7　Windows 询问是否安装未签名驱动程序

有时，在安装物理设备后，Windows 只是简单提示发现设备，但没有了下文。如果遇到这种情况，使用设备管理器卸载此设备，然后使用附赠 CD 安装驱动程序。当下次启动 Windows 后，系统会提示发现新硬件并使用此驱动程序安装设备。还有一种方法是先使用 Windows 内置的驱动程序，随后使用设备管理器升级到厂商提供的驱动程序即可。如何升级驱动程序将在本章稍候讲解。

3. 解决硬件故障

在解决计算机故障之前，一般是询问用户最近对系统进行了哪些改动，然后对软硬件问题做出初始判断。在解决完问题后，不要忘记记录初始症状、改动内容以及结果。如果设备在 Windows XP 下不工作或出错，可尝试以下方法：

➤ 重启计算机。大多数情况下，重启计算机可解决问题。

➤ 使用设备管理器。使用设备管理器来查找设备问题的有用信息。

➤ 使用设备管理器卸载设备。使用设备管理器卸载设备，重启后并卸载驱动程序。要卸载设备，右击设备管理器中的设备并选择"卸载"项，如图 3－8 所示。

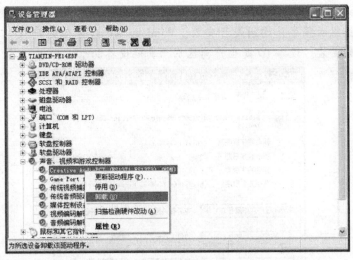

图 3－8　使用设备管理器卸载设备

小提醒：只有以管理员身份登录后才能在设备管理中操作。

➤ 通过实用软件卸载设备。某些 USB 或火线设备不会在设备管理器显示。对于这些设备，在添加或删除程序中连带驱动程序一起删除。

➤ 更新设备驱动程序。有些情况下可以更新驱动程序来解决问题。稍候将讲解如何更新。

➤ 返回驱动程序。如果更新后的驱动程序有问题，它可以返回至原先的驱动程序。设备管理器可以进行此操作。

➤ 还原至先前的还原点。使用 Windows XP 的系统还原功能把系统还原到未安装设备以前的状态。

➤ 检查设备驱动程序。若怀疑驱动程序，可查看它是否为 Microsoft 所验证。稍候将讲解如何操作。

➤ 使用设备捆绑的应用程序。硬件附赠 CD 中会包含控制设备的应用软件。在开始菜单中的所有程序中查找此应用程序，或者查找所有相关的诊断程序。对于设备驱动程序，可以登录生产商网站去查找诊断工具。

现在已经了解了如何检测错误。下面将讲述如何更新、返回驱动程序、并检查某个驱动程序是否通过验证。

（1）更新或返回驱动程序。假如安装了新的驱动程序但其中的功能键无法使用，或者想尝试安装新的声卡驱动。这种情况下，使用更新驱动不失为一个最佳方法。下面是使用设备管理器来更新驱动程序的方法：

➤ 为设备定位驱动程序，或在附赠 CD 中，或从生产商的网站中下载。

➤ 在设备管理器，右击"设备"并选择"属性"按钮。显示"设备的属性"窗口（如图 3－9 所示）。

➤ 单击"驱动程序"标签页并选择"更新驱动程序"按钮。显示"硬件更新向导"窗口。在向导的第一屏中，询问是否要去 Windows Update 网站查找驱动程序。如果有现成的驱动程序，则单击单选框"否，这次不"并单击"下一步"按钮。但如果更新使用 Windows 驱动程序的组件（如 Microsoft 键盘、鼠标或指纹阅读器），则选择"是"。此时向导会连接服务器、查找驱动程序并询问是否安装。Windows XP 只会在更新 ID 与设备 ID 完全相同时才会进行更新安装。设备 ID 是生产商区别于其他设备的唯一标识。

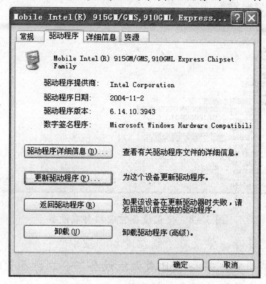

图 3 - 9　使用设备管理器为设备更新驱动程序

➢ 如果有现成的驱动程序，在下一屏中选择"从列表或指定位置安装（高级）"。然后在下一屏中，选择"在这些位置搜索最佳驱动"，并选中"包含这些搜索位置"，单击"浏览"来选择位置。Windows 会搜索以 .ini 结尾的文件来确定驱动程序，然后按照向导提示完成操作。

如果新的驱动程序不发挥作用，可以选择返回使用旧的驱动程序。在设备的属性窗口中，单击"返回驱动程序"，如图 3 - 9 所示。如果旧的驱动程序存在，则自动进行安装。大多数情况下，Windows 会保存旧的驱动程序。但注意 Windows 不会保存打印机的旧驱动程序或不能正常工作的驱动程序。

可从其他 PC 复制旧的驱动程序，或者从备份媒体中进行恢复。需要复制两种文件：.sys 文件和 .ini 文件。.sys 文件是真正的驱动程序，.ini 文件只是驱动程序的信息文件。把这些文件放至 C:\WINDOWS\system32\ReinstallBackups\目录即可实现返回操作。

小提醒：如果没有一直在线的 Internet 连接而又想使用 Windows 的在线搜索驱动程序功能，可在搜索前连接 Internet。

说明：设备管理器默认隐藏不支持即插即用的异常设备。要显示这些设备，可在"查看"菜单中选择"显示隐藏设备"，如图 3 - 10 所示。

（2）确认驱动程序被 Microsoft 所验证。Windows XP 支持经过数字签名的设备驱动程序和应用程序，说明这些程序经过了 Microsoft 硬件质量实验室（WHQL）对 Windows XP 的验证。如果怀疑驱动程序的正确性，可以通过以下方法来检查其是否经过数字签名：

➢ 使用文件签名验证工具。在运行对话框中输入 sigverif.exe 命令，打开文件签名验证工具，对设备驱动程序和应用程序文件进行验证，并反馈验证结果，如图 3 - 11 所示。验证日志位于 Windows \ sigverif. txt 文件中。（Windows 一般是在 C：\）。

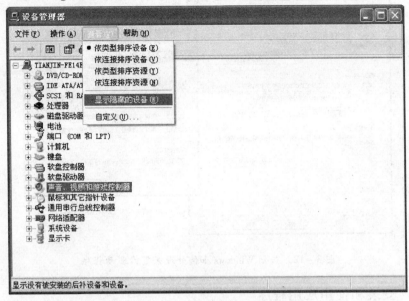

图 3 - 10　Windows XP 在设备管理器中默认
隐藏异常设备并使用查看菜单来显示它们

　　小提醒：在系统正常时使用驱动程序检验工具来保存系统信息。以后若系统发生问题，则可以同这份报告对比，从而查找出问题。

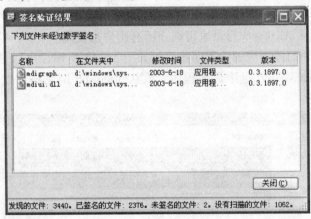

图 3 - 11　文件签名验证结果

　　➤ 使用驱动程序检验工具。要直接输出包括数字签名信息至文件，在"运行"对话框中输入 driverquery　/si >　myfile. txt 命令（/的前面有一个空格，>的两边各有一个空格）。
　　➤ 使用设备管理器。在"设备属性"对话框中，选择"驱动程序"标签页并单击"驱动程序详情"。在窗口的数字签名中，查看 Microsoft Windows XP 发布者（对于 Microsoft 驱动程序）或 Microsoft WHQL（对于生产商的驱动程序）。
　　Windows 管理员想查看其他用户如何安装非签名驱动程序。打开"系统属性"对话框并单击"硬件"标签页，然后单击"驱动程序签名"按钮。显示"驱动程序签名选项"窗口，如图 3 - 12 所示。选择如何让 Windows 处理未签名驱动程序并单击"确定"按钮。

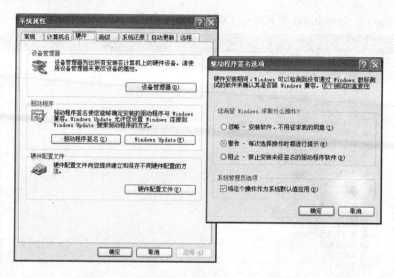

图 3 - 12 告知 Windows 如何处理未签名驱动程序

3.1.2 安装和使用应用程序

1. 应用程序的安装

在 Windows XP 下安装应用程序和其他软件，可以使用控制面板中的添加或删除程序，或者在运行对话框中运行安装程序，或者直接双击应用程序的安装文件（只有拥有管理员权限才能进行安装）。若对所有用户安装，则在系统加载后所有用户都可运行；安装在 C：\ Documents and Setting \ All Users 目录也可以让所有用户都使用。

在 Windows XP 中的添加或删除程序窗口，如图 3 - 13 所示，可以更改或卸载已安装的程序。此外还可从系统安装光盘中添加程序，或从 Microsoft 网站添加以及添加或删除 Windows 组件。

图 3 - 13 使用添加或删除程序来卸载程序

2. 如何解决应用程序问题

Windows XP 如果遇到程序错误便会生成报告并给出提示框，如图 3 - 14 所示。如果已接入互联网，单击"发送错误报告"以便向 Microsoft 发送此错误，并帮助其在以后的 Windows 更新或补丁中解决此错误。

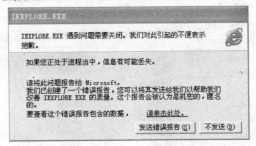

图 3 - 14　严重的 Windows 错误会产生此 Microsoft Windows 对话框

信息发送后，会显示消息提示框，在此提示框中查看 Microsoft 对此问题的见解和建议。若是 Microsoft 产品产生的问题则会直接给出补丁或更新的下载地址。

下面是解决应用程序错误的一些建议：

➢ 重启。重启系统并查看是否可以解决问题。

➢ 怀疑是否是病毒引发的问题。扫描病毒并查看任务管理器是否有异常进程，如何使用任务管理器将在 3.3 节中进行讲解。

➢ Windows Update 可能会解决问题。当 Microsoft 注意到 Windows 产品会引发问题时，通常发布补丁来解决，所以保持 Windows 最新。

小提醒：在 Windows XP 中更新，可单击"开始"按钮，选择"开始"菜单中的"所有程序"命令，然后在"所有程序"级联菜单中单击"Windows Update"项；此外，还可登录 windowsupdate. microsoft. com 进行在线更新。

➢ 系统资源低。关闭所有应用程序。检查任务管理器以确保没有运行不必要的进程。如果同时运行多个程序，为占用资源较少的程序赋予较高的级别。单击"任务管理器"中的"进程"标签页，右击"进程"并选择设置优先级，最后提高优先级别（只对当前会话有效）。

➢ 下载应用程序的更新或补丁。软件厂商经常会发布解决已知问题的补丁或更新，下载并安装补丁。

➢ 卸载后重新安装程序。程序交错也会引发问题，尝试卸载后重新安装，但是这样会丢失自定义设置、宏或脚本。

3. 使用依赖性分析器

Windows XP 为用户提供了其他支持工具，位于系统光盘的 \ SUPPORT \ TOOLS 目录下。双击目录中的 SETUP. EXE 文件即可进行安装（如图 3 - 15 所示），或者在"运行"对话框中输入 F: \SUPPORT \ TOOLS \ SETUP. EXE 命令，并把 F: 更换为实际的光驱盘符。在此目录中，还能找到这些工具的说明文档。

其中一个支持工具叫做依赖性分析器（Depends. exe），主要用于解决应用程序不能正常工作的问题。在能够正常运行此程序的计算机上用分析器获得一份程序依赖性列表，然后再回到不能工作的计算机上获得相同的一份列表。比较这两份列表，找出错误安装、大小有误或日期时间戳不正确的 DLL 文件。DLL 文件是以 . dll 结尾并用以与 Windows 相联系的应用程序调用文件。依赖性分析器还能处理常规保护失败错误。使用相同方法即可解决问题。

图 3 – 15　Windows XP 系统安装盘中的支持工具

要使用 Windows XP 的依赖性分析器，可单击"开始"按钮，选择"开始"菜单中的"所有程序"命令，选择"所有程序"级联菜单中的"Windows Support Tools"项，然后在"Windows Support Tools"的级联菜单中单击"Command Prompt"。在当前路径 C：\Program Files\Support Tools 处弹出命令提示符对话框。如果想要查看支持工具列表，则输入 dir 后按"Enter"键。在弹出的窗口中输入命令 depends 后按"Enter"键，可显示依赖性分析器窗口。在该窗口的菜单栏中单击"File"，选择"File"下拉菜单中的"Open"命令，定位要分析的程序后单击"打开"按钮，依赖性分析器会显示与此程序有关的文件。图 3 – 16 显示了 notepad.exe 程序的依赖关系。

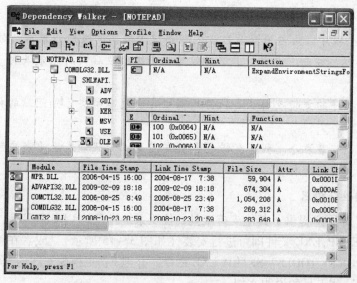

图 3 – 16　依赖性分析器显示了 notepad.exe 运行所需要的文件

3.2　保护与维护 Windows 系统文件

作为 Windows XP 用户，要培养保持 Windows 更新和备份数据及用户数据的好习惯，这样能更好地保护 XP 操作系统和重要的文件。上章中已经讲解了如何进行 Windows 更新，本节将讲解如何备份数据。Windows XP 备份与保护重要文件的工具包括：Windows 文件保护、系统还原、备份系统状态。

Windows XP 把系统成功加载的相关文件叫做系统状态数据。这些文件包括启动 XP 系统所需的文件、Windows XP 注册表以及所有位于 C:\WINDOWS\SystemRoot 目录下的文件（假定用户系统安装在 C 盘）。

3.2.1　Windows 文件保护

Windows XP 提供一种名为 Windows 文件保护（WFP）的机制，用于防止系统文件的更改或删除。当安装应用程序时，有可能会覆盖 Windows 已知版本的系统文件，或者其他程序也使用相同的共享文件，则可能会发生错误或无法使用。如果某些恶意软件篡改系统文件，WFP 也会阻止其进行。WFP 保护以 .sys、.dll、.ttf、.fon、.ocs 或 .exe 结尾的文件。

说明：虽然 WFP 保护系统文件，但不阻止对这些文件的合法升级。

WFP 把信任的备份系统文件放置在 C:\WINDOWS\system32\dllcache 中，如图 3-17 所示。当 WFP 要检验系统文件时会和此目录中存放的文件相比较。如果目录中没有备份文件，则会要求插入安装 CD 来复制新文件。

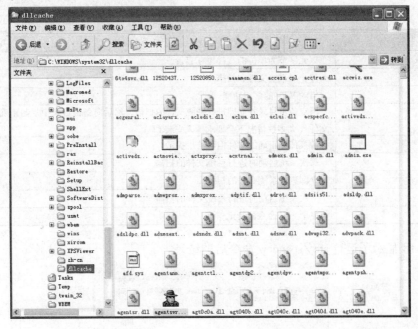

图 3-17　WFP 在 C:\WINDOWS\system32\dllcache 目录存放备份的系统文件

WFP 对文件的保护有两种方式。一种是后台监控进程。如果 WFP 检测到有文件系统被改动，就会检测文件的签名来确定是否为正确的 Microsoft 版文件。如果不是，则会从备份目录中复制正确的文件，或者要求插入系统安装盘来进行恢复。插入安装盘后对系统文件的替换要求有管理员权限方可进行。如果非管理员用户登录在计算机中，而且又发生了替换事件，则此时 Windows 不会通知用户进行替换，直到管理员登录后才会给予提示。

说明：如果文件已被改动但有着合法的 Microsoft 签名，WFP 会自动把文件复制到备份目录以备后用。

如果 WFP 要还原文件，会默认显示如下信息（filename 为实际要还原的文件名）：

检测到要对受保护的系统文件 filename 进行替换。为了维护系统的稳定性，此文件被还原到正确的 Microsoft 版本。如果使用的应用程序发生错误，请联系应用程序发售商。

出现此错误后，仔细查看当前所使用的应用程序及在错误发生前所进行的操作，例如可能安装的程序、检测到的病毒、对交错的程序进行了非法操作或者用户错误等。搜集越多的信息对于解决问题越有帮助。

WFP 工作的另一种方式是使用系统文件检查器（SFC，其文件名是 sfc. exe）。例如安装无人值守程序后，它会检查所有的系统文件在安装过程中是否被修改过。如果检测到被修改文件，则会从备份目录中复制文件或者要求从系统安装盘中进行恢复。

管理员可以使用 SFC 命令来对系统进行检查和维护。例如，XP 系统启动后发现应用程序提示错误或者 Windows 一直给出错误提示，那么用户可能会怀疑系统文件损坏。要使用系统文件检查器，在命令提示符或"运行"对话框中输入 sfc. exe 或 sfc 命令，还可在命令后加入表 3 - 1 中列出的参数来执行不同程度的任务。例如，立即进行系统文件扫描可使用/scannow 参数。

注意：SFC 命令和参数的/之间有一个空格。

表 3 - 1　SFC 命令参数

参数	功能
/cachesize = x	以兆字节为单位的文件缓存容量
/cancel	停止对系统文件和扫描
/enable	启动 WFP 的常用功能
/purgecache	清空备份目录并立即进行系统文件的扫描，然后向备份目录中复制正确版本的系统文件（大多数情况下会要求插入安装 CD）
/quiet	替换掉不正确的文件但不给出提示
/scanboot	每次系统启动时进行系统文件的扫描
/scannow	立即进行系统文件的扫描
/scanonce	下次系统启动时进行系统文件的扫描
/?	显示 SFC 命令的帮助信息

图 3 - 18 显示了运行 sfc /scannow 命令后的结果。

图 3 - 18　使用 SFC 扫描交错的系统文件

3.2.2　Windows XP 系统还原

系统还原是 Windows XP 的新特性。系统还原可以定期为 Windows 系统文件进行快照。当系统发生问题时，可以使用还原功能回滚到拍摄快照时的状态。

还原不对用户数据产生影响，但对已安装的软、硬件、用户设置和系统配置信息产生影响。同时系统还原可以免除病毒的困扰，除非病毒在系统加载时就已发挥作用。系统还原是利用先前制作的系统状态进行快照，也叫还原点来进行还原。系统会在安装软、硬件或对系统进行修改之前制作还原点，当然也可手动制作还原点。

说明：系统还原从已备份的注册表文件中来还原注册表信息，只能部分还原注册表中的错误，对于完全交错的注册表它也无能为力。

在默认情况下，Windows XP 自动开启系统还原，可按照以下步骤检查系统还原是否打开：

➢ 右击"我的电脑"并选择"属性"，弹出"系统属性"对话框。

➢ 单击"系统还原"标签页，如图 3 – 19 所示。确定不选中复选框"在所有驱动器上关闭系统还原"，在此对话框中，可查看还原点占用的硬盘空间大小。

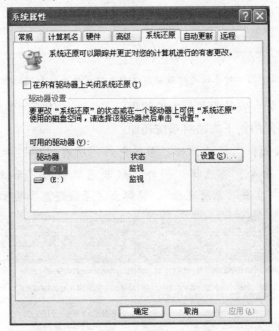

图 3 – 19　使用系统属性对话框来打开或关闭系统还原

➢ 更改完毕后单击"应用"按钮，使用新设置。单击"确定"按钮，关闭该对话框。

手动创建还原点的方式如下：

➢ 单击"开始"按钮，选择"开始"菜单中的"所有程序"命令，选择"所有程序"级联菜单中的"附件"命令，再选择"附件"级联菜单中的"系统工具"命令，然后在"系统工具"级联菜单中单击"系统还原"，弹出"系统还原"窗口，如图 3 –20 所示。

➢ 有两种选择：从上一还原点还原系统和创建还原点。选择"创建还原点"，单击"下一步"按钮。

➤ 为还原点输入介绍，如安装显卡驱动前的系统。程序会自动为还原点加入日期和时间。

➤ 单击"创建"后，关闭该窗口。还原点存放在 C 盘的系统卷信息目录中（用户组的用户无法进入此目录）。

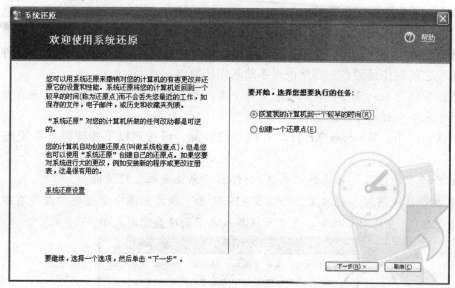

图 3 - 20　对系统进行改动前使用系统还原手动创建还原点

若系统发生错误，如在安装设备后发生错误，首先尝试用返回驱动程序来解决问题，以减少损失。如果不行再使用如下方法将系统还原：

➤ 单击"开始"按钮，选择"开始"菜单中的"所有程序"命令，选择"所有程序"级联菜单中的"附件"命令，再选择"附件"级联菜单中的"系统工具"命令，然后在"系统工具"级联菜单中单击"系统还原"，将弹出"系统还原"窗口，如图 3 - 20 所示。

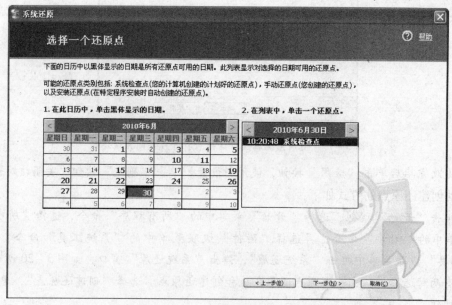

图 3 - 21　每天自动创建或者添加新软、硬件前生成还原点

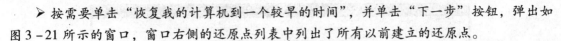

➤ 按需要单击"恢复我的计算机到一个较早的时间",并单击"下一步"按钮,弹出如图 3-21 所示的窗口,窗口右侧的还原点列表中列出了所有以前建立的还原点。

➤ 选择要还原的还原点,单击"下一步"按钮。

随后,Windows XP 重启并还原到还原点所保存的状态。如先前所述,对用户数据没有影响,但对系统有影响。此外,还原后杀毒软件一般都不可用,必须重新安装。因此可有选择地使用系统还原。

3.2.3 备份与还原系统状态

系统还原虽使用方便,但对于保护系统状态而言,使用 Windows XP 的备份功能更佳。用户需要养成时常备份的好习惯,尤其是要对系统进行修改前。备份时也会对注册表进行备份,有助于编辑注册表。

说明:Windows XP 的备份功能在 Windows XP 家庭版中不存在。若想使用,双击安装 CD 中的 VALUEADD\MSFT\NTBACKUP 目录下的 ntbackup.msi 文件即可。

1. 备份系统状态

备份系统状态时,Windows XP 会备份所有数据。以下是操作步骤:

➤ 单击"开始"按钮,选择"开始"菜单中的"所有程序"命令,选择"所有程序"级联菜单中的"附件"命令,再选择"附件"级联菜单中的"系统工具"命令,然后在"系统工具"级联菜单中单击"备份"。或者在"运行"对话框中输入 ntbackup.exe 命令也可。因为程序配置的不同,会弹出"备份"或"备份或还原向导"(如图 3-22 所示)对话框。若向导运行,单击"高级模式"标签来调用备份实用程序。

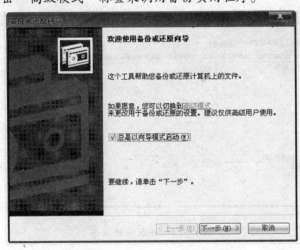

图 3-22 备份或还原向导

➤ 在备份窗口中,单击"备份"标签页(如图 3-23 所示)。在系统状态框中选中要进行备份的项目。注意图中的系统状态包括启动文件和注册表,以及 COM+(组件对象模型)注册数据库,其中包含了应用程序信息和 Windows 目录的文件。

➤ 单击"浏览"按钮,选择备份的存放位置。可以选择任何位置,包括移动存储。为了保护数据的安全,可以选择本地硬盘以外的地方,如网络硬盘。单击"开始备份"按钮,在弹出的对话框中单击"开始备份"按钮。

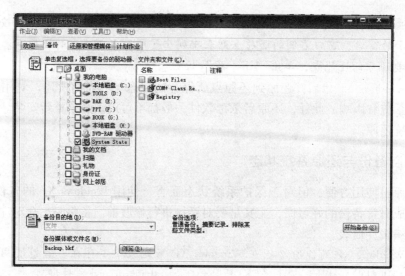

图 3-23　备份 Windows XP 注册表及重要系统文件

2. 还原系统状态

要想还原系统状态，可单击"开始"按钮，选择"开始"菜单中的"所有程序"命令，选择"所有程序"级联菜单中的"附件"命令，再选择"附件"级联菜单中的"系统工具"命令，然后在"系统工具"级联菜单中单击"备份"。或者在"运行"对话框中输入 ntbackup. exe 命令也可。此时弹出"备份"对话框。单击"还原和管理媒体"标签页，如图 3-24 所示。

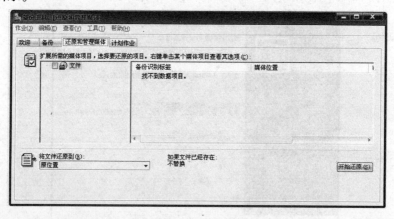

图 3-24　还原系统状态

首先选择要还原的备份文件，然后在左下角选择还原位置。单击"开始还原"以启动还原进程，这种还原方式同注册表还原效果相同。但是使用此方法的最大限制是需要登录进入系统才可使用。

3.3　优化 Windows XP

反应迟缓的 Windows 系统令人十分不舒服，作为一名 PC 支持技术人员，他需要知道如何优化 Windows XP 运行环境，并指导用户时常优化系统。下面是 Windows XP 中常用到的优化技巧：

➢ 在对系统进行重大改变之前备份系统，可以使用备份实用程序来备份系统状态，此外还要保证 Windows XP 的系统还原处于打开状态。

➢ 设置 Windows XP 为自动更新。

➢ 使用防火墙或杀毒软件来保护系统。

➢ 创建用户帐户以便非管理员用户可以执行某些维护任务，而且不至于对系统造成影响。

➢ 时常备份用户数据。

➢ 指导用户时常清理硬盘数据、检查数据备份是否最新以及数据还原是否工作等。

➢ 检查 Windows XP 操作环境以清理恶意软件和阻止系统正常运行的服务。

下面首先介绍一些软件管理工具，然后讨论如何卸载恶意软件。

3.3.1　软件管理工具

本节将介绍管理软件启动和运行的工具：Windows XP 任务管理器、Windows XP 系统配置实用程序（msconfig）。

1. 任务管理器

任务管理器（taskman. exe）可列出当前运行的程序和服务的详细信息，还包括处理器和内存的信息。以下三种方法都可打开任务管理器：

➢ 同时按下 Ctrl + Alt + Delete 组合键。

➢ 右击任务栏的空白处并选择"任务管理器"。

➢ 按下 Ctrl + Shift + Esc 组合键。

Windows XP 的任务管理器有五个标签页：应用程序、进程、性能、联网和用户（用户标签页只在开启了用户快速切换并监视其他用户登录情况时才会出现）。在"应用程序"标签页时（如图 3 - 25 所示），每个应用程序有两种状态：运行中或未响应。如果程序未响应，可以单击"结束任务"按钮来结束进程。

注意：病毒、间谍广告、蠕虫或其他恶意软件会占用系统资源并使系统性能低下，可在后台运行杀毒程序。如果发现 Windows 资源剩余不多，可扫描硬盘以查看是否有这些恶意程序。

图 3 - 25　任务管理器中的应用程序标签页显示了活动应用程序的状态

在进程标签页中，列出了所有运行中的服务和应用程序并伴有程序名、CPU 时间和内存使用量，这样便于查出延缓系统运行的程序。图 3 - 26 显示了刚装完 XP 操作系统后的所有进程列表。

若系统运行缓慢，关闭所有程序后打开"任务管理器"，以确保"应用程序"标签页内没有运行的程序，然后单击"进程"标签页。比较图 3 - 26 中所示的进程列表，如果有不熟悉的进程，可能是无用软件或恶意软件在后台运行。登录 Microsoft 网站（support. microsoft. com）去检查进程是否合法。如果在该网站上查找不到，可到百度进行搜索。如果不合法，立即结束进程并开始病毒扫描。

"性能"标签页如图 3-27 所示，它提供了程序如何使用系统资源的信息。可以使用这些图表确定哪个程序使用了最多的系统资源。

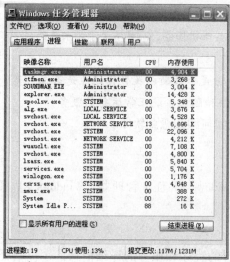
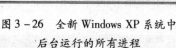
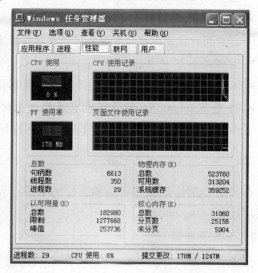

图 3-26　全新 Windows XP 系统中
后台运行的所有进程

图 3-27　"性能"标签页
显示了系统资源的使用情况

"性能"标签页中的四个框架给出如下信息：

➤ 总数框架指示了系统资源使用的总体情况，它包括句柄数（指示使用的设备和文件）、线程数（一个进程内的活动单元）和进程数（运行的程序个数），这些信息给出了系统资源的总体使用情况。

➤ 物理内存框架列出总数（RAM 容量）、可用数（没有被使用的 RAM 容量）和系统缓存（使用中的 RAM），可从这些信息中判断是否要升级内存。

➤ 认可用量框架列出总数（虚拟内存总量，也叫页面文件或交换文件）、限制（在页面文件大小增加前可使用的页面文件大小）和峰值（本次会话中使用的虚拟内存最大值），可从这些信息中判断是否需要增加页面文件的大小。

➤ 核心内存指示操作系统使用的 RAM 和虚拟内存的数量，包括总数（RAM 和虚拟内存总量）、分页数（操作系统使用页面文件的数量）和未分页（操作系统使用 RAM 的数量），这些信息统计出操作系统使用的 RAM 量。如果数量过高，结束适当的进程。

网络标签页给出了网络活动量和带宽使用量。可在此处查看网络负载，如图 3-28 所示。

注意：更改的优先级只在本次会话中有效。

每个程序都被分配了优先级，说明使用 CPU 资源的位置。这些级别可以在任务管理器中进行更改。若某个应用程序运行缓慢，可以赋予其较高的优先级。但是只能对重要的应用程序进行此操作，对应用程序随意分配优先级会导致操作系统罢工。

按照如下方法更改程序的优先级：

➢ 单击任务管理器的"应用程序"标签页。右击"应用程序"并选择"转到进程"，然后自动转至进程标签页，而且相应的进程被选中。

➢ 右击选中的进程并选择"新优先级"。先尝试"高于标准"优先级。如果不满意需求，再选择"高"优先级。

假设一位朋友想要解决运行缓慢的计算机。他可打开"任务管理器"窗口，选择"进程"标签页，如图 3-29 所示，注意到 RavMonD. exe 占用了 92% 的 CPU 时间。

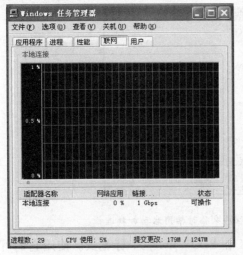

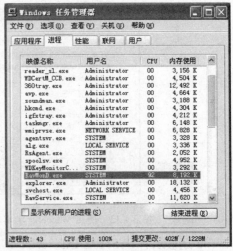

图 3-28 使用 Windows XP 任务　　　图 3-29 任务管理器的"进程"标签页
管理器的"联网"标签页监视网络活动　　显示一个进程占用了 CPU 资源

切换到"性能"标签页后，如图 3-30 所示，显示此时已经用尽了 93% 的 CPU 资源，则应考虑是否是系统运行缓慢的原因。

当他尝试降低程序优先级时却被阻止了操作，如图 3-31 所示。这时他便思考一些问题，例如这个进程是否合法，它是否是病毒，以及它是易于管理还是从未使用过。当使用百度搜索 RavMonD. exe 后，发现它是瑞星杀毒软件的监控程序。暂停瑞星的监控便可释放 CPU。

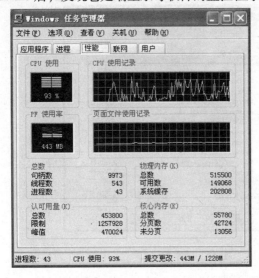

图 3-30 "性能"标签页显示 CPU 使用严重　　图 3-31 进程的优先级无法更改

2. 系统配置实用程序（msconfig）

Windows XP 中的系统配置实用程序（msconfig. exe）用于查找启动加载的程序，以及临时阻止程序的启动加载。可以使用 msconfig 来临时解决启动问题，但不能根治问题。要想彻底解决问题，需要使用其他工具。要使用 msconfig，可在"运行"对话框中输入 msconfig. exe 命令，弹出如图 3 - 32 所示的对话框。在"一般"标签页，可以选择"正常启动"，或带基本设备和服务的"诊断启动"，抑或是自定义加载服务和程序的"有选择的启动"。

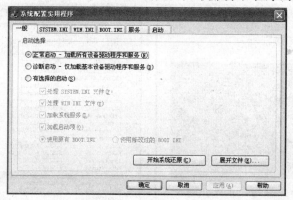

图 3 - 32　使用 MSconfig 实用程序来临时禁用启动加载进程

图 3 - 32 还显示有 SYSTEM. INI、WIN. INI 和 BOOT. INI 三个标签页。使用它们可以自定义这些初始化文件。但前两个标签页用于加载 16 位驱动程序和应用程序。最好不要更改 BOOT. INI 标签页，除非想更改启动顺序、启动参数以及加载哪个系统（当有双启动时）或者致使系统到哪个分区查找系统文件。

剩余两个标签页，"服务"标签页和"启动"标签页，用于临时控制 Windows 启动进程。"服务"标签页中显示了启动自动加载的服务列表；"启动"标签页中显示了启动时自动运行的程序列表。在"服务"标签页中（如图 3 - 33 所示），单击"隐藏所有 Microsoft 服务"后，可以轻易禁用第三方服务。单击"全部禁用"来禁用全部服务。

图 3 - 33　"服务"标签页

小提醒：Msconfig 只在少数注册表或目录查找启动项目，所以不能完全列出随机启动项目。

在如图 3 - 34 所示的"启动"标签页中，可以在选择"全部禁用"项目后单击"应用"并重新启动电脑。如果问题被解决，那么再次打开配置实用程序，选中一项加载项目，再次重启电脑，直至问题重新出现为止。这说明最后一次选择的程序是有问题的程序。在百度等搜索引擎中进行搜索以查出其是否合法。如果是服务，那么便永久禁用此服务。

图 3 - 34 "启动"标签页

3.3.2 卸载不需要的软件

在 Windows 系统中漫游时会发现不需要使用的软件，与其禁用它不如直接卸载以节省硬盘空间并保护系统干净。对于硬件设备，在设备管理器中卸载相应的驱动程序，如 USB 数码相机使用添加或删除程序来进行卸载。对于应用程序，先使用控制面板中的添加或删除程序来卸载；如果不成功，在开始菜单中查找卸载程序。如果还不成功，可以手动卸载它。

下面首先讲解如何使用添加或删除程序，随后再讲解如何手动删除。

注意：在卸载程序前先停止运行程序。杀毒软件在其运行时是不能被卸载的。使用任务管理器结束所有相关进程后再进行卸载。

1. 控制面板中的添加或删除程序

使用添加或删除程序，选定要卸载的设备或程序后，单击"更改/删除"，如图 3 - 35 所示。然后按照向导完成操作。

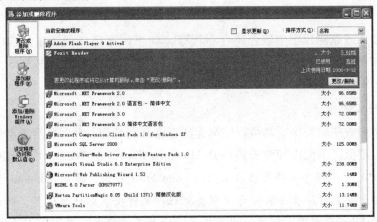

图 3 - 35 使用添加或删除程序来卸载少数设备和大部分程序

2. 卸载程序

如果在添加或删除程序中没有找到卸载程序，或者按常规方法无法卸载，则可尝试在开始菜单中查找卸载程序。如图 3 – 36 所示，卸载迅雷 5 是迅雷软件的卸载程序，运行此程序并按照向导完成操作即可。

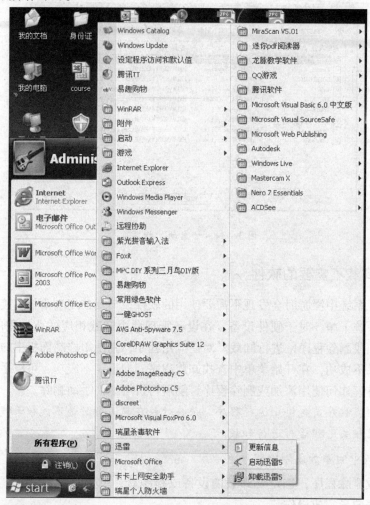

图 3 – 36　有些应用程序有自己的卸载程序

然后检查添加或删除程序中是否还存在程序，如果程序还在列表中，选中后单击"删除"按钮。此时 Windows 会出现提示并询问软件已经被删除，是否想从列表中删除它，选择"是"，程序便会在列表中消失。

3. 删除程序文件

有时使用添加或删除程序或卸载程序都无法正常卸载软件，此时需要手动删除程序文件和相应的注册表键值。下面以卸载安装在 D:\Program Files 下的 WinRAR 为例进行讲解。

➢ 大多数情况下，程序文件存放在 C:\Program Files 目录，使用 Windows 资源管理器定位程序文件。由于安装程序在安装时会询问要把程序文件安装到什么位置，所以有时并不一定在 C:\Program Files 目录中，则应使用查找功能进行文件搜索。图 3 – 37 显示的是 D:\Program Files 目录下的文件情况。

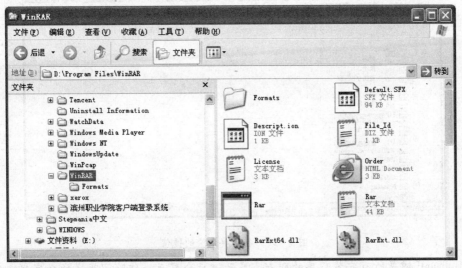

图 3 - 37 文件程序存放在 D:\Program Files 目录中

➢ 删除所有目录及其内容,出现图 3 - 38 所示的是否继续提示,单击"是",可以全部删除 WinRAR 目录。

图 3 - 38 询问是否继续删除 WinRAR

4. 删除注册表键值

编辑注册表是一件危险的事情。下面讲述了如何删除那些使应用程序被列在添加或删除程序中作为安装程序的注册表键值。

➢ 单击"开始"按钮,在"开始"菜单中单击"运行",在"运行"对话框中输入 regedit 命令后单击"确定"按钮,打开注册表编辑器。

➢ 定位键值。程序在添加或删除程序中出现的键值为

HKEY_ LOCAL_ MACHINE \ Software \ Microsoft \ Windows \ CurrentVersion \ Uninstall

➢ 备份此键值。在 Windows XP 中右击此键值,在弹出的菜单中选择"导出",如图 3 - 39 所示。

➢ 在"导出注册表文件"对话框中,保存位置选择"桌面",文件名为"Save Uninstall Key",然后单击"保存"按钮。在桌面上可显示名为 Save Uninstall Key. reg 的图标。

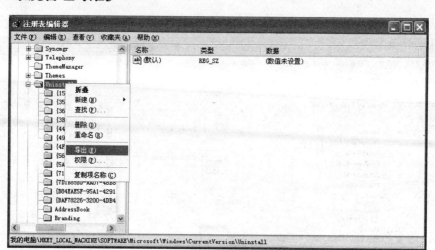

图 3-39　备份要删除的键值

➤ Uninstall 键是所有安装程序的列表，展开键后会显示一组晦涩难懂的数字串。选择其中一项，在右侧区域中可查看其子键的详细信息，如图 3-40 所示。搜索这些键直到发现要卸载的程序为止。

图 3-40　选择 Uninstall 下的子键以查看其数据和值

➤ 右击欲删除的键值，在弹出的菜单中选择"删除"，如图 3-41 所示。当系统询问是否删除时，选择"是"。确保搜索完所有键值并删除，因为应用程序有时会创建多条键值。

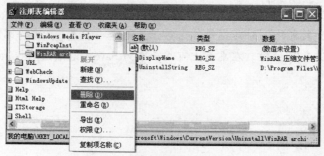

图 3-41　删除列在添加或删除程序窗口中的软件对应的注册表键值

➤ 打开添加或删除程序以检查程序是否已不在列表当中。

➤ 若键值删除错误，可以使用导出文件进行恢复。双击桌面上的 Save Uninstall Key. reg 文件来还原键值。

➤ 如果添加或删除程序中已没有显示，那么删除桌面上的导出文件。

重启 PC 并查看是否有错误发生，如果程序在启动项中存在项目，那么便会产生错误。这时使用 msconfig 来清理启动项目并删除对应的注册表键值。随后删除桌面快捷方式以及开始菜单目录，甚至还要禁用服务。

 复习与思考 <<<

【本章小结】

➤ 普通用户需要满足以下四个条件才能安装设备：设备安装过程无须用户输入、安装文件完整、驱动程序经过数字签名，以及安装过程中没有错误发生。

➤ Windows XP 为设备查找驱动程序、返回驱动程序、并检查驱动程序是否经过 Microsoft 数字签名。大多数情况下，可以使用 Windows XP 中的设备管理器来管理大部分的硬件。

➤ 只有拥有管理员权限才能在 Windows XP 中安装软件。

➤ Windows XP 会向 Microsoft 发送错误报告，或许可以得到 Microsoft 的建议。

➤ 可以使用 Windows 2000/XP 的安装 CD 来安装支持工具，其中包括支持硬件和应用程序的一些实用程序。

➤ Windows 文件保护（WFP）用来保护系统文件不受应用程序、病毒或用户误操作的干扰。系统文件检查器也是 WFP 的一部分。

➤ Windows XP 系统还原保存一系列的还原点并可以把计算机系统还原到任何一个还原点所记录的状态中去。

➤ 使用备份实用程序可以备份 Windows XP 系统状态，包括系统文件、加载 OS 所需文件和注册表。在编辑注册表前应备份系统状态。

➤ 解决系统运行缓慢的问题时，删除不需要的软件、扫描病毒、清理硬盘或考虑硬件升级等都可解决问题。

➤ 编辑注册表前必须先备份注册表。除非在万不得已的情况下再使用编辑注册表这种方法。

➤ 任务管理器和 Msconfig 可以用来查看和编辑启动项目以提高系统性能。

➤ 任务管理器用来管理处理器、表征性能、提供处理器、内存、硬盘和虚拟内存的信息。

【复习题】

1. 如果新安装的设备不能正常工作，且升级驱动程序重启后出现错误提示，应首先采取什么措施？

2. 如果准备使用 USB 连接把相片从数码相机中导入 Windows XP，但是却发生了错误，应选择什么方式来解决问题？

3. 把软件安装到哪个目录后，使得任何用户登录计算机后都可以自动运行？

4. 为设备安装非 Microsoft 签名的驱动程序时，帐户应具有什么权限？

5. 备份系统状态时 Windows 2000 会把注册表备份放在什么位置？

6. 列出三种打开任务管理器的方法。

7. 说明结束未响应程序进程的方法。

8. 使用哪个 Windows 实用程序可以查看系统加载时自动运行的程序？

9. 使用哪个 Windows 实用程序可以查看正在运行的所有进程？

10. Windows XP 中编辑注册表的程序是什么？

11. 哪个注册表键值用于保存安装程序列表？

12. 安装 Windows 2000/XP 支持工具的命令是什么？

13. 系统文件检查器的程序名叫什么？

14. Windows XP 文件保护把系统文件的备份放在什么位置？

15. SFC 每次启动后扫描的参数是什么？

16. 把软件安装到哪个目录后，使得任何用户登录计算机后都可以自动运行？

【实验项目】

实验 3 - 1：使用系统还原

创建一个还原点；更改显示设置后还原系统；针对这些设置是否有效的问题，试说明并解释原因。

实验 3 - 2：还原系统状态

按照以下步骤找出备份系统状态数据的能力和限制：

➤ 把 Windows XP 的系统状态备份到网络文件夹或硬盘上，列出备份的路径。

➤ 更改以下 Windows 设置：使用显示属性对话框更改壁纸、屏幕分辨率和主题，试说明这些新设置的内容。

➤ 使用添加或删除程序删除和添加 Windows 组件，试说明所删除和添加的组件。

➤ 重启系统并确定所有的更改生效。

➤ 现在还原系统状态，查看哪些更改被撤销而哪些更改没有受到影响。

实验 3 - 3：使用 Microsoft 知识库

使用 Microsoft 支持网站微软中国（http：//www. microsoft. com/zh/cn/default. aspx），查找下列问题的解决方案，并打印信息。

1. Windows XP 下解决 IEEE 1394 设备的工作问题。

2. 如何设置 Windows XP 令其支持多 CPU。

3. 如何设置 Windows XP 令其支持多显示器。

实验 3 - 4：使用依赖性分析器

使用依赖性分析器找出 Internet Explorer 所依赖的程序：

1. 如果没有安装 Windows XP 支持工具，则先进行安装。

2. 按照本章中的指导运行依赖性分析器。

3. 使用依赖性分析器来显示所有 Internet Explorer 依赖的文件。

4. 列出或打印出结果。

实验 3 - 5：查找 Windows XP 实用程序

表 3-2 列出了本章中讲解的一些重要的实用程序，在右侧填写其对应的路径和文件名。
（提示：使用 Windows 资源管理器或搜索）

表 3-2 实用程序的文件名或路径

实用程序	文件名或路径
系统配置实用程序	
命令窗口	
Windows 备份	
系统信息	
任务管理器	

【疑难问题及解答】

问题 3-1：安装设备后系统出错

小张新买的扫描仪不能正常工作，于是升级驱动程序，重启时 XP 系统却出现错误提示，请写出能使系统恢复到正常的三种方法。

问题 3-2：数码照片导入出错

使用 USB 连接把相片从数码相机中导入 Windows XP，导入过程中发生了错误，应选择什么方式来解决问题？

第四章 管理 Windows 2000/XP 用户及其数据

情境引入 ○○○

Windows 2000/XP 是一个多用户、多任务的操作系统，为了降低成本，提高效益，因此公司中的计算机很多都是共用的，但是不同的员工如果直接共同使用同一台计算机，必然会带来很多问题，比如信息的安全性、隐私性等。另外，硬盘中保存了大量的用户数据以及用户的喜好和设置，如何能够保证硬盘的正常工作，合理存放和使用这些数据，并保障这些数据的存放安全以及信息的安全对于公司来说有着非常重要的意义，所以，企业要经常进行硬盘的维护，数据的安全控制，数据的备份，数据的恢复等重要功能工作。

本章首先讲述的是利用操作系统中的用户管理机制，在同一个操作系统中为每一个员工设置相应的用户帐户，用户的所有操作都要受到其帐户权利的限制，解决多个员工共用一个操作系统的问题。其次是对 Windows 2000/XP 操作系统中用户及其数据的操作和管理，以及对硬盘的维护和备份常识的介绍，这些知识在使用计算机时十分重要。

 ## 本章内容结构 ○○○

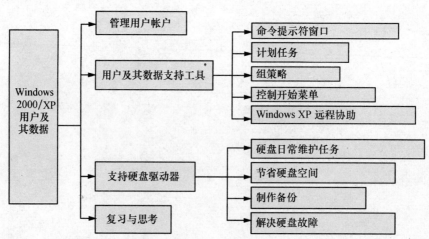

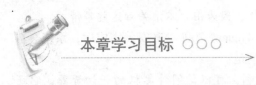

本章学习目标 ○○○

➢ 掌握 Windows 2000/XP 用户帐户的概念和相关设置方法。

➢ 掌握支持用户及其数据的相关工具。

➢ 掌握维护硬盘和数据备份的方法和工具。

4.1 管理用户帐户

Windows 2000/XP 系统要求用户登录到计算机后方可使用计算机资源。如果拥有管理这些帐户的权限，那么需要知道如何设置用户帐户，或者指导用户从一台计算机把其文件与设置转移到另一台计算机中。

本节将讲解如何创建和管理用户帐户，可能从组级别上来管理用户是一件非常容易的事情。因此，首先介绍用户帐户的类型、组类型以及如何管理用户帐户配置文件；然后将讲解如何创建帐户和使用帐户登录系统以及处理用户忘记密码的问题。

1. 用户帐户类型

用户帐户定义了 Windows 的用户并且记录了用户的信息，包括用户名、密码、组别和权限。权限用来规定能够在系统进行的工作类型。

Windows 2000/XP 系统中有两种类型的用户：

➢ 全局用户帐户，有时也叫做域用户帐户，属于域级别并由管理员使用 Windows 2000 Server 或 Windows Server 2003 创建，存储于域控制器的 SAM 数据库中。用户可以使用全局用户帐户登录到域中的任何一台计算机，因为帐户信息会应用于域中的每台计算机上。中心化的 SAM 数据库其实是活动目录的一部分，是由 Windows 2000 Server 或 Windows Server 2003 所管理的信息仓库。当用户登录后，网络中的域控制器则会继续管理用户帐户登录（如图 4-1 所示）。本书不讲解如何配置和管理域中的全局用户帐户。

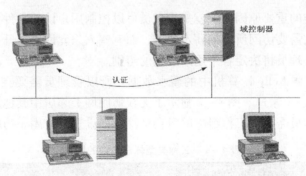

图 4-1　在域中由域控制器来管理用户帐户登录

➢ 本地用户帐户是存在于本地计算机的帐户，只允许用户登录到本地计算机。管理为用户创建帐户、设置密码和分配权限。通常，用户帐户的权限完全能满足用户的需求。例如，负责维护办公室工作组的管理员可以配置和维护这样的用户帐户：不能安装打印机、不能安装软件、不能进行其他更改软、硬件设置的操作，因为用户不用关心这些事情。

本地用户帐户只能设置于单独的计算机中。当 Windows 2000/XP 安装完成后，系统会自动创建两个本地帐户，叫做内置用户帐户，它们分别是：

➤ 内置的管理员帐户。管理员帐户拥有最高权利，可以访问计算机的一切资源，它还可以创建用户帐户，并且配置和维护这些用户帐户。

➤ 内置的来宾帐户。来宾帐户的权限极低，主要用于多人使用同一台计算机的情况，因为此时使用计算机的这些人可能都不需要用户帐户如此高的权限，而且可以节省帐户创建数目。例如，宾馆大厅内的计算机使用内置的来宾帐户可便于顾客登录到计算机中。

2. 用户组

用户组是预定义权限并用于给同一组相同需求的帐户赋予同权利的策略组。Windows 2000/XP 中默认创建了以下几种用户组：

➤ 管理员。管理员用户组的帐户具有最高权力，可以安装或卸载设备和应用程序，并能执行所有管理员任务。当系统安装完成后，默认在此组创建一个成员，即管理员帐户。

➤ 备份操作员。此组中的用户不论其对文件的访问权限如何都可以备份或还原任何文件。

➤ 高级用户。本组中的成员可以部分访问不属于他们的文件，部分安装软、硬件或执行受限的管理任务。

➤ 受限用户（也叫做受限帐户或普通用户帐户）。这个组中的用户只能访问自己的文件，只读大部分的系统文件，而且没有权限访问其他用户的权限。此外，它无法执行任何管理员任务。

➤ 来宾用户。此组内的用户一般很少使用计算机或者经常受限访问文件或磁盘。来宾用户可以关闭计算机。系统安装完成后，会自动创建一个来宾帐户。

Windows 2000/XP 中的管理员可以管理任何类型的用户。帐户创建最开始时只能创建管理员帐户或受限帐户，但帐户创建完毕后可以由管理员继续赋予帐户不同组别的权限。表 4-1 列出了管理员帐户、受限帐户和来宾帐户的权限。

3. 访问控制

对用户类型分类的重要原因之一就是管理员可以控制用户访问文件。例如，会计部内有一个工作组，有些人需要访问所有的薪水数据，而有些人只允许访问开支与收入数据。为了满足不同的需求，管理员将决定各个用户所属的组别。

假如 Danielle 需要 Kelly 计算机中的薪水数据，所以管理员需要在 Kelly 的计算机中为 Danielle 的访问设置一个帐户。图 4-2 显示了无权访问网上邻居中其他用户时的情况，为了防止这种情况，管理员需要对工作组中的每台计算机都设置一个用于访问的帐户。

表 4-1　三种类型帐户允许的操作

允许操作	管理员帐户	受限帐户	来宾帐户
创建用户帐户	是		
更改系统文件	是		
读取其他用户文件	是		

续表

允许操作	管理员帐户	受限帐户	来宾帐户
添加或删除硬件	是		
更改其他帐户密码	是		
更改自身帐户密码	是	是	
安装任何软件	是		
安装大多数软件	是	是	
保存文档	是	是	是
使用安装的软件	是	是	是

图 4-2　计算机中无访问权限的帐户则无法进行访问

　　从表 4-1 可知，受限用户无权访问其他用户的数据，正如图 4-3 中所示，使用受限帐户的用户无法查看其他用户的文件。

图 4-3　此用户无权查看其他用户的文件

　　但是管理员可以破例为受限用户增加权限，使用 Cacls（更改访问控制列表）命令来查看或更改目录或文件的访问权限。

例如，管理员想让 JSmith 拥有对文件 Myfile. txt 的访问权限，如图 4 - 4 所示，可使用五个 Cacls 命令即可实现。第 1、第 3、第 4 条命令显示了文件的访问权限（Cacls Myfile. txt），第 2 条命令意在对用户 JSmith 赋予对此文件的只读权限（E 表示更改访问权限列表；G 表示赋予用户权限；R 表示只读权限）。第 4 条命令表示收回对 JSmith 赋予的权限。

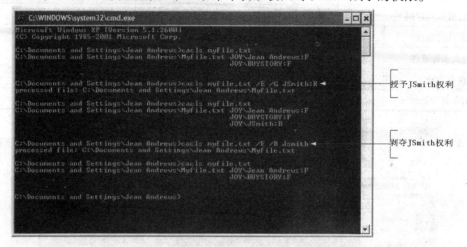

图 4 - 4　使用 Cacls 命令来更改文件和目录的用户权限

4. 用户配置文件

当管理员为用户创建完用户帐户后，在此用户首次登录系统后便会自动创建用户配置文件，一般地，默认目录以用户名为目录名称，如创建到 C：\Documents and Settings \ JSmith。用户的档案和数据都会在此目录中进行存放。以后如果用户自定义了配置，其中的配置文件会自动更新。

管理员可以使用以下一种或多种方法来管理用户配置文件：

➢ 组配置文件。应用到组的配置文件称为组配置文件，当对一组用户进行相同设置时要使用组配置文件。

➢ 漫游用户配置文件。当网络用户登录到一台计算机后，系统必须为其创建新的用户配置文件，而且进行一系列的初始化工作。但如果有漫游用户配置文件存在，就不必进行这种操作。漫游用户配置文件是指由一名用户在一台计算机中进行完配置工作后，把其配置文件放至网络的服务器中并共享。当有用户登录到其他计算机时，系统会读取共享的配置文件并直接为其服务，而不用再重新配置。

➢ 托管用户配置文件。托管用户配置文件是可以应用于一组用户的漫游用户配置文件，但是个人用户却无法对其进行修改。它只用于特定工作任务中。

管理员可以使用控制面板的管理工具来创建这三种用户配置文件，使用系统属性对话框来查看计算机中存放的所有用户配置文件。在开始菜单中右击"我的电脑"，在弹出的快捷菜单中选择"属性"，弹出"系统属性"对话框，选择"高级"标签页，如图 4 - 5 所示。在用户配置文件下单击"设置"按钮。对于 Windows 2000，可在"系统属性"对话框中单击"用户配置文件"标签页。

5. 创建本地用户帐户

设置用户帐户时，需要注意以下问题：

> Windows 2000/XP 中的用户登录名不能超过 15 个字符。

> 密码最长可达 127 个字符。

> 用户可以选择不设置密码。密码提高了安全性，如果注重安全性，可为管理员帐户设置密码。

> 虽然管理员可以更改其他用户的密码，但用户本身也应被赋予更改自身密码的权利。

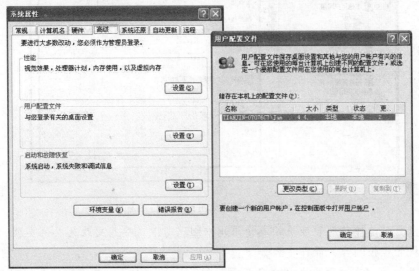

图 4-5 使用"系统属性"对话框查看所有用户配置文件

如果注重安全性，可按照以下方法设置密码：

> 不要使用容易猜测的密码，如单词、电话号码或宠物名等。

> 使用由字母、数字，甚至非字母表字符组合而成的密码。

> 密码长度最低不能少于 7 位。

小技巧：管理员可以使用计算机管理控制台或控制面板中的用户帐户来创建用户帐户。通常，通过计算机管理创建的用户隶属于受限帐户，而通过用户帐户创建的帐户隶属于管理员帐户。

按照以下方法使用计算机管理创建本地用户帐户：

> 以管理员身份登录计算机。

> 右击"我的电脑"并选择"管理"命令，显示"计算机管理控制台"窗口（或从"控制面板"中打开"管理工具"）。

> 展开左侧的"本地用户和组"，使用鼠标单击"用户"并选择"新用户"菜单命令，弹出"新用户"对话框，如图 4-6 所示。输入用户名和两次密码，或者把全名和描述填写完整，最后单击"创建"按钮。

> 此用户类型默认为受限用户。如果给予管理员权限，可使用"控制面板"中的"用户帐户"命令。

> 显示"用户帐户"窗口，单击"更改一个帐户"来配置想更改的帐户。

> 在显示的下一个窗口中单击"更改帐户类型"按钮。

> 最后选择"计算机管理员"并单击"更改帐户类型"按钮。设置完后单击"后退"

按钮，返回到主界面。

图 4-6 使用计算机管理或用户帐户创建新用户帐户

新建的帐户被选择放到管理员组或受限用户组。所以，要想更改为其他类型的帐户，必须使用计算机管理控制台，操作步骤如下：

➤ 在计算机管理窗口中单击"本地用户和组"中的"组"，在右侧显示组列表，如图 4-7 所示。

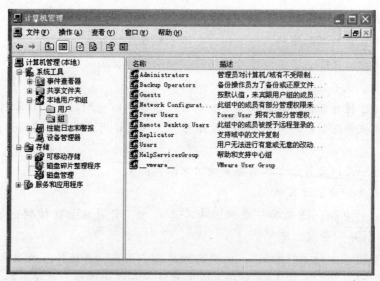

图 4-7 组用户列表

➤ 右击想要更改的用户后选择"添加到组"按钮，弹出"组属性"窗口，如图 4-8 所示，图中显示了全部隶属于此组中的用户。

➤ 如果向组中添加用户，可单击"添加"按钮，则弹出选择用户窗口，输入用户名后单击"确定"按钮，然后单击"应用"按钮即可。

图 4 - 8　向组中添加用户

6. 控制用户登录

Windows 2000 中只有按下 Ctrl + Alt + Del 才能显示出登录窗口，而且只有在一个用户注销后另一个用户才能登录。但 Windows XP 允许同时登录多个用户（叫做多重登录）。在 Windows XP 的工作组中，应当了解一些登录选项：

➤ 欢迎界面。欢迎界面是 PC 刚启动或从睡眠状态回复后的默认界面，其中列出所有用户而且每位用户都配有一张图片。单击其中一个并输入密码就可以进入系统。

小提醒：Windows XP 的登录界面默认不显示 Administrator 帐户。要使用管理员帐户，可按下 Ctrl + Alt + Del，显示登录对话框。在用户名处输入 Administrator 并单击"确定"按钮。

➤ 登录窗口。用户按下 Ctrl + Alt + Del 就可切换到类似于 Windows 2000 的登录窗口。

➤ 启用快速用户切换。启用快速用户切换允许多个用户同时登录到计算机中。如果此选项启动，那么在用户选择注销后即可看到如图 4 - 9 所示的画面。其中提供三种选项："切换用户""注销"和"取消"。单击"切换用户"按钮后可以在用户列表中选择用户，但原先运行的应用程序并不中断，所以每个用户可以保留各自的运行程序。

图 4 - 9　使用切换用户在多重登录环境中进行切换

➤ 禁用快速用户切换。如果禁用此选项，那么切换用户将在注销对话框中不可用；禁用切换用户可以保存系统资源。

➢ 自动登录。不会出现登录界面而直接进入系统，不推荐使用此功能，因为任何人都可以直接进入系统。

更改用户的登录方式可使用"控制面板"中的"用户帐户"命令。单击"更改用户登录或注销方式"按钮，显示如图 4 – 10 所示的"用户帐户"窗口。如果想让用户按下 Ctrl + Alt + Del 进入系统，那么可反选"使用欢迎界面"；如果想每次只有一名用户使用计算机，那么可反选"启用快速用户切换"；最后单击"应用选项"来关闭窗口。

对于工作组中的计算机，使用自动登录或协同登录，在"运行"对话框中输入 control userpasswords2 命令后单击"确定"按钮，显示如图 4 – 11 所示的"用户帐户"窗口。取消"要使用本机，用户必须输入用户名和密码"选项，然后单击"应用"按钮。此时弹出"自动登录"对话框。输入完毕后单击"确定"按钮两次，关闭所有对话框。以后若要以不同的帐户进行登录，请在系统启动时按下 Shift 键。

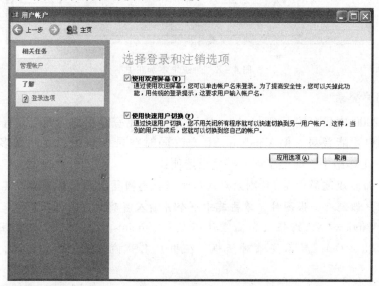

图 4 – 10　更改用户登录或注销的选项

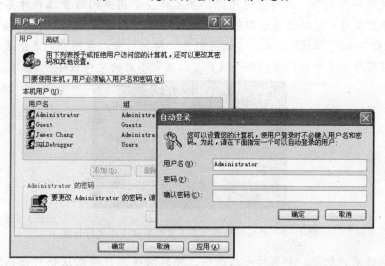

图 4 – 11　无须密码配置的 Windows "自动登录"

7. 忘记密码

有时用户会忘记密码，但如果拥有管理员权限，就可重新设置密码。

应牢记重置密码后的用户帐户无法使用系统的加密功能，可以在计算机管理控制台或用户帐户中重置密码。在计算机管理中，右击"用户帐户"并选择"设置密码"按钮。此时弹出警告对话框并出现会丢失数据的提示。单击"继续"按钮，关闭警告对话框，然后会弹出如图 4 - 12 所示的"设置密码"对话框，输入密码两次后单击"确定"按钮即可。

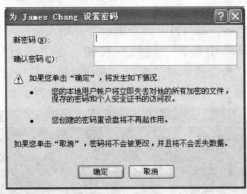

图 4 - 12　管理员可以重置用户帐户的密码

由于重置密码会丢失数据，所以每位新用户都要学会创建丢失密码软盘以备后用。打开控制面板中的"用户帐户"，单击"帐户"后在如图 4 - 13 所示的左侧相关任务区域内选择"阻止一个已忘记自己的密码"，按照向导完成软盘的制作，请将此软盘放置在安全地点。因为如果用户输入错误密码后，会提示使用此软盘来进入系统。

小提醒：丢失密码软盘应放置在安全地点以防他人肆意登录系统。

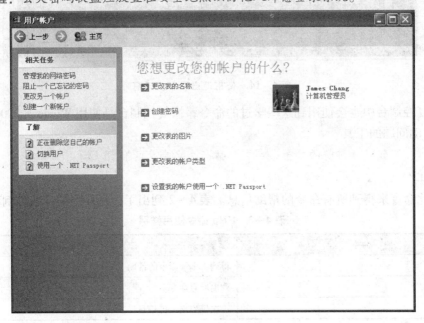

图 4 - 13　创建丢失密码软盘

4.2 用户及其数据支持工具

本节将介绍一些用户支持工具，包括命令提示符、计划任务、组策略、开始菜单和远程协助。

4.2.1 命令提示符窗口

对于所有版本的 Windows，都可打开命令提示符并输入命令来执行某些任务。单击"开始"按钮，在"开始"菜单中单击"运行"按钮，在"运行"对话框中输入 Cmd 或 Cmd. exe 命令，即可显示"命令提示符"窗口。在命令提示符中输入 Cls 命令，按 Enter 键，即可清空屏幕。输入 Exit 命令，按 Enter 键，退出命令提示符，如图 4 – 14 所示。

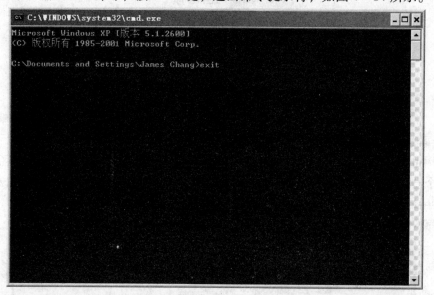

图 4 – 14 使用退出命令提示符

在恢复控制台中也会使用到这些学过的命令，恢复控制台是使用 Windows 2000/XP 安装 CD 解决启动问题的工具。

小提醒：记住下面讲解的命令，在它们执行完之前可以使用 Ctrl + Break 来终止执行。

➢ HELP

使用此命令来得到所有命令的帮助信息。表 4 – 2 列出了使用命令的一些样例程序。

表 4 – 2 Help 命令使用样例

命令	结果
Help Xcopy	得到 Xcopy 命令的帮助
Help	列出所有命令
Help ｜ More	一次仅列出一屏信息

➢ DIR

列出文件和目录。表 4 – 3 列出了一些样例用法。

表 4 - 3　Dir 命令使用样例

命令	结果
DIR/P	一次仅显示一屏
DIR/W	宽格式显示信息，细节信息被隐藏，文件和目录位于中括号中
DIR *. txt	列出所有 . txt 结尾的文件
DIR Myfile. txt	检查是否存在 Myfile. txt 文件

➤ DEL 和 ERASE

Del 或 Erase 命令用来删除单个文件或一组文件。如果命令没有提供盘符和目录，则系统会在当前工作目录中执行命令。

（1）删除整个 A:\DOCS 目录中的文件，可使用命令：C:\ > ERASE A:\DOCS\ *.*。

（2）删除当前目录中所有文件，可使用命令：A:\DOCS > DEL *.*。

（3）删除当前目录中没有扩展名的文件，可使用命令：A:\DOCS > DEL *.。

（4）删除 Myfile. txt，可使用命令：A:\ > DEL MYFILE. TXT。

➤ COPY［盘符:\路径\ ］文件名［盘符:\路径\ ］文件名

复制命令用于复制单个文件或多个文件，而原文件不受影响。下面是一些应用实例。

（1）把文件从一个分区复制到另一个分区，可使用如下类似的命令：

A:\ > COPY C:\DATA\ MYFILE. TXT A:\MYDATA\ NEWFILE. TXT

（2）此命令还可以用于备份文件。如：C:\WINDOWS\ SYSTEM32\ CONFIG > COPY SYSTEM SYSTEM. BAK

（3）若使用复制命令来创建多个文件，文件将赋予同源文件相同的文件名。所以若复制多个文件，则不要在复制命令的目标区域输入文件名。

小技巧：复制命令可以使用参数来跳过复制过程中遇到的坏扇区，其余扇区内容的复制不受影响。Windows 2000/XP 中的 Recover 命令也具有相同的功能。

➤ RECOVER

使用 Recover 命令来恢复部分错误的文件。命令中需要指定文件，如 C:\DATA > RE-COVER MYFILE. DOC。

➤ XCOPY /C /S /Y /D

Xcopy 命令比 Copy 命令强大许多，不仅可以使用于 Copy 命令相同的命令 - 源文件 - 目标文件这种形式，而且还提供了其他选项。如/S 参数用于复制包括子目录文件的所有文件，命令形式如 C:\ > XCOPY C:\DOCS\ *.* A: /S；复制 C:\DOCS 中所有于 2006 年 3 月 14 日修改或创建的文件，使用/D 参数，命令形式如 C:\ > XCOPY C:\DOCS\ *.* A: /D: 03/14/06，Y 参数用于无提醒覆盖式复制，/C 参数在发生错误时可以继续复制。

➤ MKDIR［盘符:］路径 或 MD［盘符:］路径

Mkdir（或 MD 命令）命令用于创建子目录。命令格式如 C:\ > MD C:\GAME，反斜杠表示目录位于根目录之下。若要在此目录下继续创建，可使用命令：C:\ > MKDIR C:\ GAME\ CHESS，系统需 Game 目录已创建才能完成命令。

图 4 - 15 显示了使用 Dir 命令查看 Game 目录后的画面（记住命令不区分大小写）。注意列表中有两项：".." 和 "..."，前者表示当前目录，后者表示上一级目录，无法使用命令修

改它们。

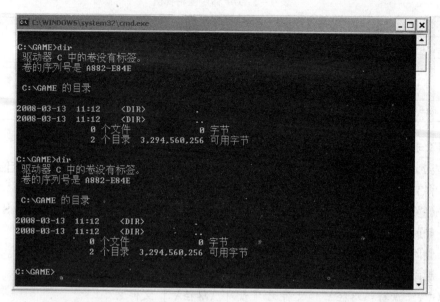

图 4 - 15 对 Game 目录使用 Dir 命令的结果

➤ EDIT [盘符：路径] 文件名

Edit 命令用于在命令提示符环境中编辑文本文件，如 C：\ > EDIT C：\ DATA \ MY-BATCH. BAT。

如果文件不存在，则创建空文件。随后当退出编辑器时会提示是否保存，图 4 - 16 显示了正在编辑的 Mybatch. bat 文件。

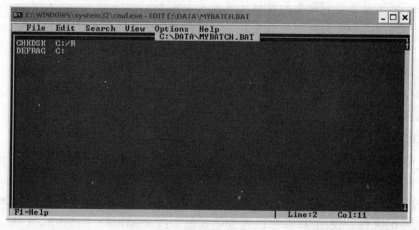

图 4 - 16 编辑 Edit 编辑器创建和编辑 Mybatch. bat 文件

编辑完毕后要退出编辑器，按下 Alt 键来激活菜单。选择"文件"菜单下的"退出"命令即可。当询问对话框弹出后，选择"是"按钮，保存并退出。还可以使用鼠标来进行操作。

以 . bat 结尾的文件叫做批处理文件，可以使用它在命令提示符中执行一组命令，直接输入命令提示符的名字即可执行批处理文件。

注意：不要使用字处理软件，如 Word 或 WordPerfect 等来编辑批处理文件，除非利用其保存 ASCII 文件。字处理软件会使用控制字符，而这些字符阻止了 OS 与批处理文件的通信。

➢ FORMAT 盘符：/V：卷标/Q /FS：文件系统

可以从命令提示符或 Windows 2000/XP 恢复控制台中使用 Format 命令来格式化磁盘。表 4-4 列出了此命令的使用样例。

表 4-4　Format 命令的使用样例

命令	说明
Format A：/V：mylabel	在格式化多个磁盘时只使用同一个卷标。这些卷标都出现在磁盘上方以便明确磁盘内容
Format A：/Q	快速格式化以前曾格式化且状态良好的磁盘。参数说明不读写其他分区
Format D：/FS：NTFS	以 NTFS 文件格式格式化 D 盘
Format D：/FS：FAT32	以 FAT32 文件格式格式化 D 盘

4.2.2　计划任务

使用计划任务可以定时执行批处理任务、脚本或程序。其存放在 C:\Windows \ Tasks 目录。

下面的实例是使先前创建的 Mybatch. bat 文件于每周一的下午 11：59 运行。

➢ 单击"开始"按钮，选择"开始"菜单中的"所有程序"（Windows 2000 中是"程序"）命令，选择"所有程序"级联菜单中的"附件"命令，再选择"附件"级联菜单中的"系统工具"命令，然后在"系统工具"级联菜单中单击"计划任务"，显示如图 4-17 所示的"任务计划"窗口。

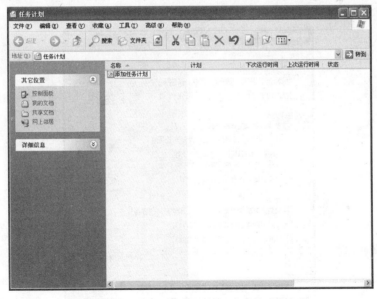

图 4-17　"任务计划"窗口用于添加、删除或更改计划任务

➢ 双击"添加任务计划"。在显示的"任务计划"窗口中单击"下一步"按钮，单击

"浏览"按钮定位要执行的程序文件。

➤ 为"任务计划"输入名称，并选择执行频率，如图 4 - 18 所示。然后单击"下一步"按钮。

➤ 输入任务执行的起始时间和常规时间，如输入下午 11：59，每周一。再单击"下一步"按钮。

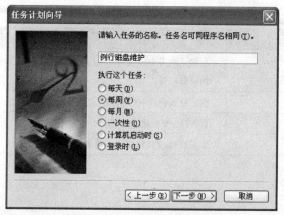

图 4 - 18　为任务输入名称和频率

➤ 输入要执行此任务计划的帐户名称和密码，然后单击"下一步"按钮。

➤ 向导汇总设置参数。单击"完成"按钮。

➤ 要想更改设置好的计划任务，右键单击"任务"菜单并选择"属性"标签，弹出如图 4 - 19 所示的"例行磁盘维护"窗口，可以在此处更改任务的设置。

➤ 随后可以打开计划任务来查看运行中任务的细节信息。如果没有显示，单击"查看"菜单中的"细节"即可。

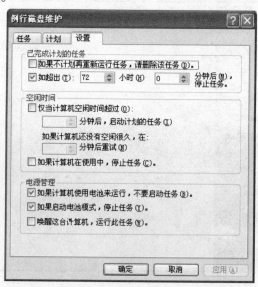

图 4 - 19　"例外磁盘维护"窗口

注意：注意图 4 - 19 中有相关的电源选项管理，如在笔记本电脑使用电池时不执行任务

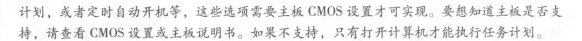

计划，或者定时自动开机等，这些选项需要主板 CMOS 设置才可实现。要想知道主板是否支持，请查看 CMOS 设置或主板说明书。如果不支持，只有打开计算机才能执行任务计划。

4.2.3　组策略

在 Windows XP 专业版和 Windows 2000 专业版中还可以通过使用组策略控制台（Gpedit. msc）来管理用户或系统何时执行任务。

注意：Windows XP 家庭版不支持组策略。

组策略通过在注册表中更改键值或使用脚本来实现 Windows 启动、关机和登录过程，并能影响安全设置。虽然能在独立计算机或工作组计算机中使用它，但组策略还能应用于由活动目录管理的域。组策略还能应用于个人计算机，无论当前是哪个用户登录在系统中（叫做计算机配置），或者应用于登录到系统的个人（叫做用户配置）。计算机配置在登录界面出现之前就已应用，而用户配置则在登录界面出现之后才能生效，对独立计算机或工作组中的计算机，要想为所有用户配置计算机，须使用计算机配置而非用户配置。

在"运行"对话框中输入 Gpedit. msc 命令，即可打开组策略控制台。注意到如图 4-20 所示的窗口中，有计算机配置和用户配置两部分内容。

图 4-20 还显示了 Windows 使用的四种脚本：启动脚本、关机脚本、用户登录脚本和用户注销脚本。这些脚本存放在以下目录中：

C:\WINDOWS\ System32\ GroupPolicy\ Machine\ Scripts\ Startup

C:\WINDOWS\ System32\ GroupPolicy\ Machine\ Scripts\ Shutdown

C:\WINDOWS\ System32\ GroupPolicy\ User\ Scripts\ Logon

C:\WINDOWS\ System32\ GroupPolicy\ User\ Scripts\ Logoff

应注意这四个目录，因为有些恶意软件会隐藏在这里，经常查看这些目录，把其中不需要的脚本或程序删除。

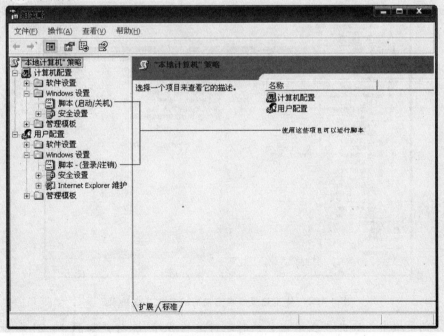

图 4-20　使用组策略可设置包括启动过程在内的许多 Windows 事件和设置

如果想查看当前应用到计算机中的组策略，可以在 Windows 2000/XP 的 "运行" 对话框中输入 Gpresult. exe 命令，或者使用 Windows XP 中的帮助与支持中心。如果想打开帮助与支持中心，可单击 "开始" 按钮，在 "开始" 菜单中单击 "帮助与支持" 命令即可。在窗口的右侧，单击 "使用工具查看我的计算机信息和诊断问题"。然后在左侧区域中，单击 "高级系统信息" 菜单。然后单击 "查看已应用的组策略设置" 选项，会显示如图 4 – 21 所示的信息收集窗口。

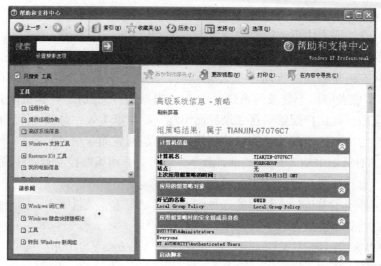

图 4 – 21　使用帮助与支持中心查看应用到系统和环境中的组策略

如果想在启动脚本中添加或删除组策略，打开组策略后进行如下操作：

➢ 在计算机配置或用户配置下，展开 "管理模板"，再展开 "系统"，然后单击 "登录"，如图 4 – 22 所示。

图 4 – 22　使用组策略在启动时运行程序或脚本

➢ 在右侧区域中，双击 "在用户登录时运行这些程序"，打开如图 4 – 23 所示左侧的

"属性"对话框,选择"已启用"后单击"显示"按钮,弹出"显示内容"对话框如图 4 - 23 右侧所示。

➢ 如果想添加脚本或可执行程序,可单击"添加"按钮。如果想删除脚本或可执行程序,可单击"删除"按钮,单击"确定"按钮,关闭该对话框,或单击"应用"按钮来应用设置,单击"确定"按钮,关闭"属性"对话框。

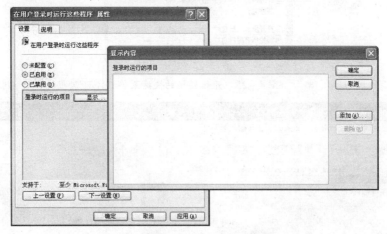

图 4 - 23 登录时运行的组策略

➢ 如果想使组策略生效,重启系统后在命令提示符中输入 Gpupdate. exe 命令。

4.2.4 控制开始菜单

若管理员想自定义开始菜单中的项目,右击"开始"按钮并选择"属性"标签,弹出"任务栏和『开始』菜单属性"对话框,如图 4 - 24 左侧所示。单击"自定义"按钮来更改开始菜单中的项目,如图 4 - 24 右侧所示。

图 4 - 24 自定义任务栏和开始菜单

管理员也可以更改开始菜单中"所有程序或程序"中显示的项目。右击"开始"按钮并选择"打开所有用户",如图 4 - 25 所示。这时显示如图 4 - 26 所示的"『开始』菜单"窗口,此窗口中的项目都显示在开始菜单的顶部。打开"程序"文件夹,其中便是所有程序或程序菜单中显示的项目，可在此处进行更改。

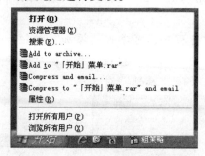

图 4-25　开始按钮的快捷菜单

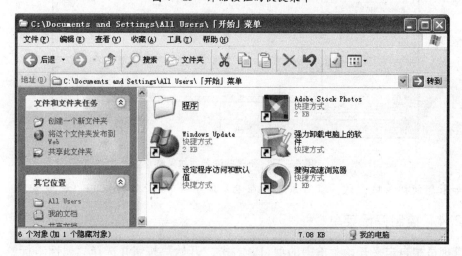

图 4-26　"开始菜单"窗口

4.2.5　Windows XP 远程协助

Windows XP 提供两种新功能：远程桌面和远程协助。远程桌面允许用户在 Internet 的任何地方去连接其他用户的计算机桌面；远程协助可从桌面级别远程指导用户如何操作计算机。本节先讲解如何使用远程协助，再介绍使用远程协助的先决条件。

1. 如何使用远程协助

作为一名 PC 支持技术人员，经常会被致电询问 Windows XP 问题。如果对方是位新手，所有问题将会变得更麻烦，但如果使用远程协助，这一切将变得非常简单。技术人员可以边操作边讲解，而对方也能在桌面上及时看到相关操作并听到相关讲解，这样用户就可轻松地记住解决方法。

如果想使用远程协助，则用户可向其他人发起邀请，若他们接受邀请则发起会话。用户同意他们连接并授予其控制桌面的权利。用户还可要求他们输入用户名或密码，或者为邀请加一个期限（在此假设连接已被建立）。如何建立将在下节进行介绍。使用远程协助的操作方法如下：

➢ 打开"帮助与支持中心"，如图 4-27 所示。在该窗口中单击"使用远程协助来邀请朋友连接到您的计算机"。在下一屏中，单击"邀请某人来帮助您"按钮。

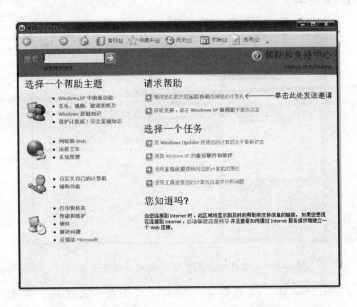

图 4-27 使用远程协助的第一步是让用户发送邀请

➤ 在下一个窗口中，如图 4-28 所示，用户需要选择如何发送邀请。此邀请实际是编码文件 RcBuddy. MsRcIncident。用户可以选择使用 Windows Messenger 和 E-mail 发送，或者保存到软盘或共享服务器上。无论作何选择，都需要有此文件才能接受邀请。例如用 E-mail 发送，用户输入 E-mail 地址后单击"邀请此用户"，弹出对话框来输入一些信息。输入完毕后单击"继续"按钮。

图 4-28 用户决定如何发送邀请

➤ 在下一个窗口中，如图 4-29 所示，用户可以设置邀请时限，并输入连接密码，用户可以电话告知此密码，最后用户单击"发送请求"按钮。

➤ 当接受到 E-mail 后，邀请被作为附件进行接收。

下一步是接受邀请并发起会话，如下所示：

➤ 双击"邀请文件"。若有密码保护，则输入密码后单击"确定"按钮。

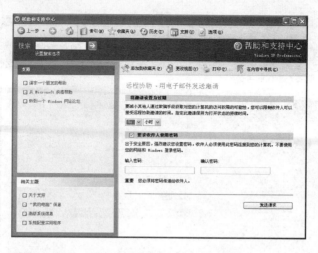

图 4-29　用户可以设置连接密码并设置邀请时限

➤ 显示如图 4-30 所示的"远程协助"窗口。左侧是聊天区域，右侧是用户的计算机桌面。单击菜单栏中的"获取控制"来控制用户的桌面。

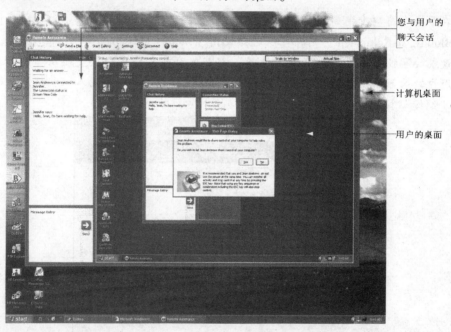

您与用户的
聊天会话

计算机桌面

用户的桌面

图 4-30　技术人员桌面上的远程协助窗口

➤ 显示如图 4-31 所示的对话框。用户单击"是"按钮后就可以控制用户桌面了。

图 4-31　用户必须执行邀请的最后一步

➤ 用户桌面上的远程协助窗口如图 4-32 所示。远程协助窗口中的聊天窗口用于同技术人员交流。

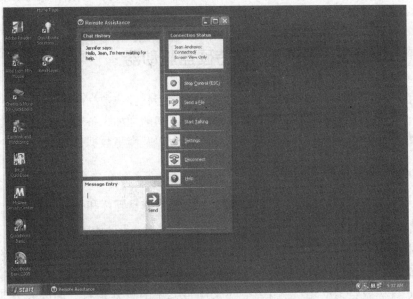

图 4-32　用户桌面上的远程协助窗口

➤ 此时，每一步操作都会忠实地呈现在用户面前。单击"断开"按钮来结束会话。在邀请期限内可以多次发起会话。

2. 如何为首次使用设置远程协助

正如书中所言，远程协助是一款十分便利的协助工具，但是如果双方仅有互联网连接而设置不当，也会引发许多使用问题。

下面是首次使用而进行的设置：

➤ 除非双方在同一个域中，否则双方计算机中必须有相同的帐户，并且此帐户密码要相同。

➤ 用户计算机中的远程协助功能必须启动。打开用户计算机上的"系统属性"，单击"远程"标签页，如图 4-33 所示。钩选"允许从这台计算机发送远程协助邀请"，并单击"确定"按钮。此处需要有管理员权限才能执行此操作。

如果双方在同一个本地网络上，连接是非常简单的事情。但如果双方处于 Internet 中，则需要注意以下问题：

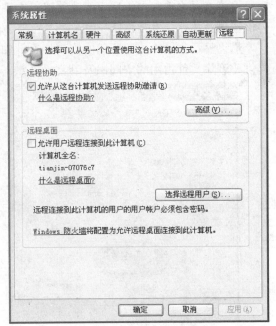

图 4-33　新手用户计算机中的远程协助必须打开

➤ 如果用户在硬件防火墙或软件防火墙后，需要为远程协助打开通路。对于硬件防火墙，用户应当参照说明书等来打开相应的端口。

➢ 如果被邀请人也在防火墙后，那么也需要打开相应的端口。

➢ 对于被 Windows XP 搞得焦头烂额的新手用户，需要酌情而定，不要让这些设置使情况变得更加糟糕。

4.3 支持硬盘驱动器

在每天的日常工作中，硬盘逐渐被日趋增多的无用软件或数据所占据。所以人们需要对其进行优化。此外，随着系统或驱动器本身的使用时间的增加，备份的内容也随之加大。因此本节将讲解日常硬盘的维护、设置硬盘、良好备份以及恢复数据等知识。

4.3.1 硬盘日常维护任务

本节介绍三种日常维护任务：删除临时文件、整理磁盘碎片和扫描硬盘错误。

1. 清理硬盘

临时文件或无用文件会占用硬盘的大量空间。如程序安装完成后没有把自身进行清理，或者由于设置不当浏览的缓存网页很多。此外，不经常清理回收站也会占据很多硬盘空间。

Microsoft 宣称需要 318 MB 的剩余空间来满足系统的正常运行，而碎片整理也需要有15% 的剩余空间才能进行，所以要经常清理磁盘垃圾。磁盘清理（Cleanmgr. exe）是一款用于清理磁盘垃圾的工具。在 Windows 2000/XP 中可以使用如下方法打开此工具：

➢ 在"运行"对话框中输入 Cleanmgr. exe 命令，按 Enter 键。

➢ 在我的电脑或 Windows 资源管理器中右击要执行磁盘清理的分区并选择"属性"标签。弹出"磁盘属性"对话框，如图 4 - 34 所示。在"常规"标签页中，单击"磁盘清理"按钮。

最终显示如图 4 - 35 所示的窗口，在此窗口中，可以选择要删除的文件。此外，它还能提供要删除文件占用的空间以及其文件类型。

图 4 - 34 "磁盘属性"窗口

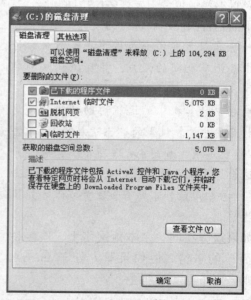

图 4 - 35 磁盘整理程序是用于简单
快速删除硬盘临时文件的工具

2. DEFRAG 与 Windows 磁盘整理

影响硬盘性能的另一个问题是磁盘碎片问题。当磁盘用多个簇来存储文件时，这一组簇被称为链，碎片就是因为这些非连续的簇而产生的。

在文件被多次创建或删除后，磁盘碎片就容易产生。若有碎片存在，那么 OS 存取文件时就要花费更多的时间来定位文件。而且，当错误文件产生后，恢复程序一般发现的文件均呈碎片状而非连续的文件。

为了减少磁盘碎片，应周期性地进行碎片整理。最少应当每半年整理一次，如果每月能整理一次为最佳。下面是整理磁盘碎片的不同方法：

➢ Windows 2000/XP 中使用磁盘整理。首先关闭所有运行的程序，然后单击"开始"按钮，选择"开始"菜单中的"所有程序"（Windows 2000 中是"程序"）命令，选择"所有程序"级联菜单中的"附件"命令，再选择"附件"级联菜单中的"系统工具"命令，然后在"系统工具"级联菜单中单击"磁盘整理"命令，则弹出如图 4-36 所示的"磁盘碎片整理程序"窗口，选择要整理的磁盘。

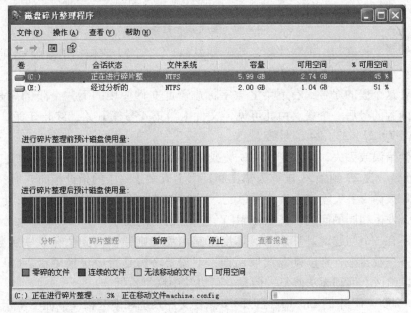

图 4-36 Windows XP 整理卷

➢ 在"运行"对话框中输入 Dfrg. msc 命令，按 Enter 键。

小提醒：磁盘碎片整理是一件非常耗时的工作，如果要整理成千上万个文件，可能会需要几天时间，所以请慎重考虑。

➢ 在 Windows XP 的命令提示符中输入 Defrag X:，其中 X: 是要整理的逻辑分区盘符。

通常，只有在硬盘健康状态良好的情况下才可进行磁盘整理。如果在整理过程中发生错误，应使用下面介绍的工具检测或修复后再进行整理。

3. CHKDSK 与错误检查

先前已经讲解了 Chkdsk 可以用于修复硬盘错误，此工具从 Windows 2000/XP 桌面上也可获得。在介绍如何使用之前，先讲解它的工作原理。

软盘或硬盘上的目录记录着其中存放文件的列表。例如 FAT 文件系统，FAT 为每个文件记录着其在分区内的首簇号。如图 4-37 所示，目录中有四个文件。文件 1 从第 4 号簇起，并使用了 8 个簇（簇 4、5、6、7、22、23、24 和 25）。

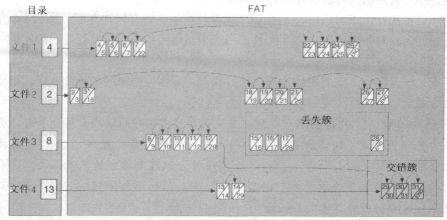

图 4-37　丢失簇和错误簇

如果想知道文件都使用了哪些簇，就需要查看 FAT。因为它包括了由簇号和指向下一个簇的指针所组成的链。如图 4-37 所示，图中的每个方框代表着一个实际的簇；其中左上角的数字标识着这个簇的序号，右下角的数字标志着此文件使用的下一个簇的序号；END 表示记录文件内容的最后一个簇。由此可见，文件 1 由第 4 号簇开始，终止于第 25 号簇，其间使用 5、6、7、22、23、24 等号簇。

有时链会错误或丢失，导致产生丢失簇或错误簇，如图 4-37 所示。图中文件 3 和文件 4 共享一段簇链。簇 29 到簇 31 被称为错误簇，因为有多于一个的指针指向它们；而簇 15 到簇 17 和簇 28 被称为丢失簇或丢失分配单元，因为 FAT 中没有指针指向它们。使用 NTFS 文件系统时也会发生相同的问题，甚至在 MFT 内部也有可能发生。

此外，还有一个问题就是坏扇区。坏扇区是由无规则错误而无法存放一致数据所造成的。如果事件查看器报告许多硬盘读取错误，就需要考虑是否应更换硬盘。Chkdsk 可以检查是否存在坏扇区，但却无法修复，但是它可以从中恢复数据。

Windows 2000/XP 中的 Chkdsk 可以同步修复文件系统和扇区错误，如下所示。

➢ 从 Windows 桌面开始错误检查。在 Windows 资源管理器或我的电脑中，右击"分区"并选择"属性"命令，弹出"属性"对话框，单击"工具"标签页，如图 4-38 左侧所示，然后单击"现在检查"按钮，弹出"检测磁盘"对话框，如图 4-38 右侧所示，选中"自动修复文件系统错误"和"扫描并试图恢复坏扇区"两项，然后单击"开始"按钮。此应用程序执行时需要对硬盘有绝对的控制权，即此分区中不能有打开的文件。如果有打开的文件，则会提示在下次启动后进行检查。

➢ Windows XP 中的 Chkdsk 工具。先前已经讲解过，可以在命令提示符或恢复控制台中使用此命令。

扫描整块硬盘将会花费很长时间，而且不能有打开的文件，所以运行程序时需要耐心等待。

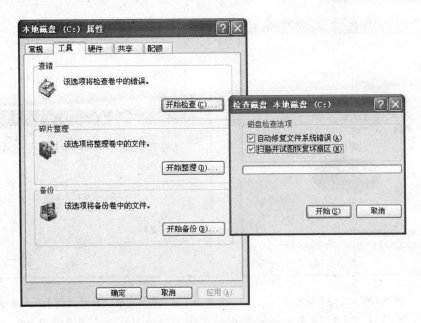

图 4-38 Windows XP 修复硬盘错误

4.3.2 节省硬盘空间

其他节省硬盘空间的方法有压缩磁盘、目录和文件及使用磁盘配额。本节将讲解这两种方法。

1. 压缩磁盘、目录和文件

对文件、目录或整个卷进行压缩是节省空间的最佳方法。例如，200~250 MB 的软件安装包在几年前可被认为是前所未闻的，但现在却是一件十分平常的事情。虽然硬盘的空间在逐步扩大，但有时用户还是抱怨空间不足。

对文件、目录或卷进行压缩的压缩软件是使用数学编码格式重写数据的软件。在 Windows 2000/XP 中使用 NTFS 文件系统，可以压缩单个文件或目录，甚至整个 NTFS 卷。当向压缩的 NTFS 卷存放文件或目录时，文件或目录会自动压缩；当从中读取文件或目录时，文件或目录又会自动解压缩。如果编辑完后进行保存，它们又会被自动压缩。

注意：Windows 2000/XP 不支持对 FAT32 卷的压缩。

按照以下方法对 NTFS 卷进行压缩：

➢ 打开 Windows 资源管理器或我的电脑。

➢ 右击想要进行压缩的分区并选择"属性"菜单，弹出"属性"对话框。

➢ 单击"常规"标签页，如图 4-39 所示。如果想压缩磁盘，选择"压缩驱动器以节约磁盘空间（C）"选项，再单击"应用"按钮。

➢ 弹出"确认属性更改"对话框。选择"只压缩根目录"或"压缩整个卷"后，单击"确定"按钮，开始压缩。如果想压缩单个文件或目录，在其上右击并选择"属性"菜单，单击"常规"标签页后再单击"高级"菜单。在弹出的"高级属性"对话框中选择"压缩内容以便节省磁盘空间"，如图 4-40 所示。

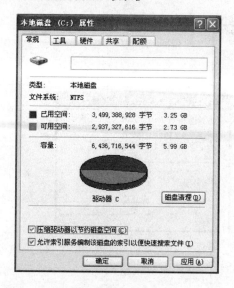

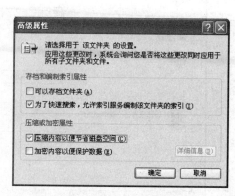

图 4-39　压缩 NTFS 卷　　　　图 4-40　使用高级属性对话框来压缩目录

小技巧：无法压缩 FAT32 卷，但对其中的文件可以使用第三方工具来压缩，如 WinZip。在 Windows 2000/XP 中的卷，还可以在命令提示符中使用 Compact. exe 程序来实现对文件、目录和卷的压缩。

2. 磁盘配额

要限制某个帐户只能使用的磁盘容量，管理员应使用磁盘配额。磁盘配额并不指定用户存放文件的位置，它只是限制了用户只能使用的磁盘容量，磁盘配额可以对所有用户生效，但只能在 NTFS 文件系统中使用它。

4.3.3　制作备份

小提醒：Dave 是一名 PC 维修技术人员。他的 PC 维修店生意兴隆，而且自己也感觉前景无限。但是一个错误的决定使他的美好前景化为泡影。这都是从他去一家小型会计公司维修服务器开始。由于当时正值周末休假，他便匆忙赶到这家公司。到达公司后他发现只是个小问题，便决定不备份数据而直接开始修理。不幸的是在他维修过程中，硬盘突然罢工，所有的数据都消失了。这些是价值几百万元的数据。随后他被公司起诉，自己店的营业执照也被吊销，甚至被法院责令赔偿会计公司的损失。为了节省那一点备份时间而毁了他自身的美好前程，着实令人感到惨痛。

备份是目前软件和数据的副本，在系统还原或拯救过程中十分有用。先前已经讲解了如何备份系统文件，本节将讲述如何制作数据文件和其他用户文件的备份。

由于人们时常在硬盘上记录数据，所以要时常注意在其他媒体上进行备份。注意：不要相信能在同一个媒体上永久地保存文件。

下面讲解如何设计灾难恢复计划、备份数据以及从备份还原数据。

1. 灾难恢复计划

在灾难发生前应详细计划。如果没有计划，那么当灾难真正来临时会措手不及。假设某台正常工作的 PC 机突然罢工，所有数据都丢失了。应考虑受到哪些影响以及先前是否有所准备等问题，然后制订如下计划：

➢ 考虑备份到其他媒体上（如磁带、CD、DVD、闪盘、另一块硬盘或其他媒体等）。虽然看似简单，但不要错误地认为把文件备份到同一硬盘的不同分区或不同文件夹内即可，一旦硬盘有闪失，那么其他分区也有可能会不可用。出于安全考虑，应备份到其他媒体中。

➢ Windows 2000/XP 提供备份文件和目录的 Nt-backup. exe 应用程序，但还可选择第三方工具，以使用更好的性能和功能。或者可以使用外接硬盘来进行备份，如 Kanguru（www. kanguru. com）生产的外接硬盘，其自带备份软件，如图 4 - 41 所示。这些外接设备通常使用 USB、防火墙或 eSATA 端口，可以设置使其自动备份或手动备份。注意不要把备份存放在不方便触及的地方，但一定要备份到其他媒体中。

➢ 由于备份的耗时性和设备的昂贵性，可以自行计划备份。如指导用户把他们的数据存放在固定的目录中，这样只需维护这些目录即可，使用计划任务在夜间备份数据也是一个最佳选择。

➢ 数据应当在其生成的 4 ~ 10 小时后进行备份。即需要每天、每周或每月备份一次。

图 4 - 41　Kanguru 生产的外接硬盘使用
USB 接口并附有备份软件

➢ 为了在使用备份时不至于混淆，在备份时应记录以下信息：

· 备份的目录或驱动器
· 备份的日期
· 备份的类型
· 使用标签注明磁带、磁盘或其他媒体

如果数据已经丢失数天或数周，那么可以根据这些信息有选择地恢复数据，并记录在一个记事本中，或记录到日志文件中，然后把此文件存放到软盘或其他 PC 中。表 4 - 5 列出了某个备份日志记录表。

表 4 - 5　记录备份日志帮助你知道如何恢复数据

备份的文件夹	日期	备份类型	磁带标签
C：\Payroll	2006 - 06 - 02	完全备份	六月的第一个星期五
C：\Payroll	2006 - 06 - 05	增量备份	星期一
C：\Payroll	2006 - 06 - 06	增量备份	星期二
C：\Payroll	2006 - 06 - 07	增量备份	星期三
C：\Payroll	2006 - 06 - 08	增量备份	星期四
C：\Payroll	2006 - 06 - 09	完全备份	六月的第二个星期五
C：\Payroll	2006 - 06 - 12	增量备份	星期一

➢ 当备份完数据后，把文件删除，尝试使用备份恢复数据，以确保备份文件可以正常工作。这是准备使用备份恢复数据过程中的重要一步，如果成功恢复数据，应记下恢复

步骤。

　　小提醒：如果经常出差而公司又不提供在线备份服务，那么笔记本电脑数据的备份将会成为一个问题。现在一些 Internet 公司为用户提供远程备份服务，即可以在旅馆或其他地方通过 Internet 把文件备份到网站的文件服务器中。这样以后就可登录网站来恢复数据。但是请注意网站的安全性能。推荐两个在线备份服务商@ Backup（www. backup. com）和远程备份系统（www. remote-backup. com）。

　　2. 如何备份数据

　　在 Windows 2000/XP 中使用 Ntbackup. exe 备份数据的方法如下。

　　➢ 单击"开始"按钮，选择"开始"菜单中的"所有程序"（Windows 2000 中为"程序"）命令，选择"所有程序"级联菜单中的"附件"命令，再选择"附件"级联菜单中的"系统工具"命令，然后在"系统工具"级联菜单中单击"备份"。在弹出的"备份向导"对话框中单击"高级模式"按钮。

　　➢ 打开备份实用程序。单击"备份"标签页，如图 4－42 所示，如果想现在备份，应选择驱动器和目录。

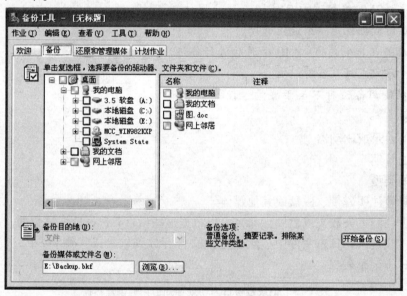

图 4－42　在"备份"标签页中立即执行备份

　　➢ 单击左下角的"浏览"按钮来更改备份文件存放的位置。在弹出的"另存为"对话框中选择文件名和路径，然后单击"保存"按钮。

　　➢ 单击"开始备份"按钮来进行备份。

　　通常可以现在备份或者稍候进行备份。在计划备份时，有些选项可节省时间，如只备份同上次备份不同的数据。Windows 2000/XP 为用户提供以下备份选项：

　　➢ 完全备份（也叫做正常备份）。所有文件都要备份到媒体中，且原文件的存档属性被清除，以后若要恢复数据需要此完全备份（如备份后文件有改动，其存档属性显示以表明其已被改动）。

　　➢ 副本备份。所有备份的文件都被复制到备份媒体中，但文件的存档属性并不设置，副本备份主要用于把源文件同备份相分离。

➤ 增量备份。只备份那些新创建或改动过的文件，而且所有文件的存档属性都被修改，但是如果想恢复数据，需要完全备份和所有的增量备份。

➤ 差异备份。只备份那些自从上次完全备份或增量备份后新创建或修改过的文件，但所有文件的存档属性不被修改。如果想恢复数据，需要先前所有的完全备份和增量备份。

➤ 每天备份。当天创建或修改过的文件都要备份，但文件存档属性不被修改。如果想恢复数据，需要先前所有的完全备份和每天备份。

有两种备份计划组合：完全备份与增量备份的组合，以及完全备份与差异备份的组合。由于增量备份比差异备份的内容要少，所以使用它可以有效减少备份时间。另外，使用差异备份来恢复数据会减少恢复用时，因为它只需要上次的完全备份与差异备份即可。

假设对需要大量数据的企业制订每晚11：55进行数据备份的计划。为了改进此计划，决定第五周的晚上11：55进行完全备份，而周一、周二、周三和周四的晚上11：55进行差异备份。在本章结尾的实验中，将会有一个与此类似的磁带备份实例。

注意：备份文件时请多备份几个不同时期的备份。因为有些文件错误并不能在第一时间发现，而是要等到几周后才能发现。那么如果发生文件错误，可以选择时间较早的备份来进行恢复，这样就可避免文件错误问题。

按照以下步骤计划备份：

➤ 单击"计划作业"标签页，如图4-43所示。单击想要进行备份的日期，然后单击"添加任务"按钮。

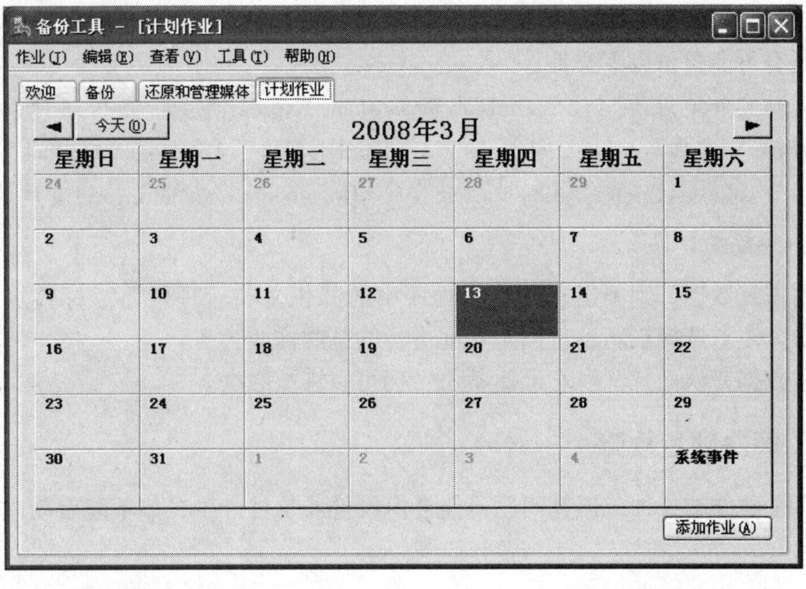

图4-43　Windows 2000/XP 备份实用程序的计划任务标签页

➤ 弹出"备份向导"对话框。在第一屏中，单击"下一步"按钮，选择"备份选定的文件、驱动器或网络数据"，然后单击"下一步"按钮。

➤ 在下一屏中，选择要备份的内容后单击"下一步"按钮。

➤ 按照向导要求选择备份存放位置、输入备份名称以及选择备份类型（完全、副本、增量、差异或每天）。

➢ 向导会询问是否在备份完后校验数据并压缩。然后选择"追加到现有备份中"或"覆盖现有备份"选项，这取决于备份空间的大小。

➢ 当询问是现在进行备份还是稍候进行时，选择"稍候"并为备份命名，如图 4 - 44 的左侧所示，单击"设置备份计划"按钮。

➢ 显示"计划作业"窗口，如图 4 - 44 的右侧所示。为备份选择备份频率后单击"下一步"按钮。

➢ 单击"下一步"按钮，按照向导提示完成操作。

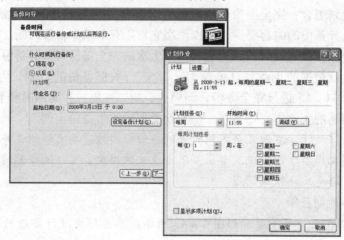

图 4 - 44 计划重复备份

此外，还有可能备份以下文件：

➢ E-mail 信息和地址簿。对于 Outlook 和 Outlook Express 用户，备份此目录：C:\Documents and Settings \ 用户名 \ Local Settings \ Application Data \ Microsoft \ Outlook。

➢ Internet Explorer 收藏夹。备份此目录：C:\Documents and Settings \ 用户名 \ 收藏夹。

3. 从备份中恢复数据

如果想要恢复数据，则单击备份实用程序中的"恢复与管理媒体"标签页，然后选择要恢复的备份。注意选择最新备份以防先前进行的某些修改丢失。

如果发生数据错误而且又没有最新备份，仍可以恢复数据。

4.3.4 解决硬盘故障

虽然硬盘是硬件的一种，但其问题可能会由硬件或软件产生，如不能启动或不能存取数据的问题。

1. 从最终用户谈起

当最终用户要求解决问题时，可以询问以下方面的问题：

➢ 能否描述并演示该问题？

➢ 计算机最近是否被移动过？

➢ 最近安装过哪些硬件或软件？

➢ 重新配置或升级了哪些软件？

➤ 最近是否有其他人使用计算机?

➤ 这台计算机以前出现过这个问题吗?

➤ 能重新演示这个问题的产生过程吗?

收集完信息后, 就可开始诊断硬件问题。

2. 为所学知识安排优先级

如果硬件出现问题而且数据无法存取, 那么安排优先级至关重要。对于大多数用户而言, 数据应当放在第一位, 特别是在没有备份的情况下。软件如果没有备份, 也可被认为是第二优先的数据, 尤其是重新安装软件以及为软件编写了自定义的脚本或宏时会更为重要。

如果数据和软件都有备份, 那么硬件的优先级应当最高, 所以在解决所有问题时, 应当首先解决优先级最高的问题。例如判断出是因为硬件的原因还是软件的原因所造成的问题。

3. 使用所有可用资源

精明的技术人员会使用一切有用的资源来帮助解决问题。例如会考虑如下问题:

➤ 使用磁盘管理检测分区或使用任务管理器找出造成对硬盘、内存或 CPU 产生瓶颈的进程。在任务管理器中找到频繁读/写硬盘的进程, 可使用"进程"标签页并单击"查看"菜单, 选择查看下拉菜单中的"列", 弹出如图 4-45 所示的"选择列"对话框。

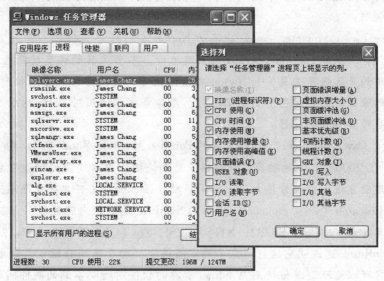

图 4-45 在任务管理器的进行标签页中选择列

选中四个与 I/O 读/写相关的选项后单击"确定"按钮, 然后在如图 4-46 所示的界面中查找相关程序。

➤ 文档会列出错误信息和警告。

➤ Internet 也可以用于解决问题。登录 Microsoft 网站或生产商的网站去查找 FAQ 或公告版。或许拥有相同问题的人会把解决方案公布在网站上。如果没有解决方案, 可发帖提问。

➤ 通过拨打生产商的服务电话也可找到解决方法, 翻查产品说明书查找帮助热线, 拨打电话进行求助。一位经验丰富的计算机维修专家曾经说过: "解决问题的最好方法就是不断地拨打电话, 直到有人能够帮助你解决问题为止。"

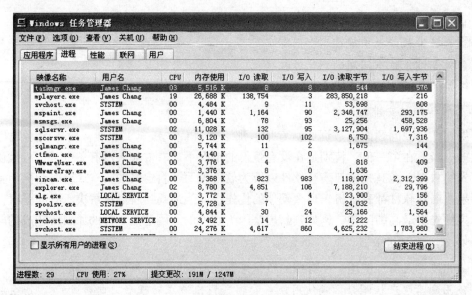

图 4-46　查找频繁读/写硬盘的程序

第三方软件也可提供帮助。下面列出了一些常用软件，注意这里的说明不全面，应参阅相应的软件说明书：

➢ Symantec（www. symantec. com）出品的 Norton 实用程序提供了一系列简单易用的工具来防止硬盘损坏、从硬盘恢复数据或改进系统性能。本套工具的许多功能已在 OS 中有所实现，最为常用的是其恢复工具，如 Norton 磁盘医生可以自动修复硬盘或软盘；UnErase 向导可以还原误删除文件等。但使用这套工具时，尤其要注意使用对应 OS 的版本。如果使用错误版本，还有可能会损坏数据。

➢ Symantec（www. symantec. com）出品的 Partition Magic 比 Windows 9x/Me 中的 Fdisk 命令或 Windows NT/2000/XP 中的磁盘管理提供了更加快捷、更加简单的硬盘管理方式。可以使用它进行创建新分区、更改分区大小、无损移动分区、转换文件系统或隐藏分区等操作。

➢ Gibson Research（www. grc. com）出品的 SpinRite 是一款老牌硬盘实用软件。自 DOS 时代起就可见其身影，它支持 FAT32、NTFS、SCSI、Zip 和 Jaz 驱动器，可以从软盘启动计算机后使用 SpinRite，这说明它运行所需要的空间很小。由于采用接近于二进制语言的编程语言所编写，它可以检测到其他使用 Windows 资源的软件所检测不到的硬件问题，它也被视为是介于软件层和硬件层的隐形层。SpinRite 分析整块硬盘后对错误数据和文件系统进行恢复，有时它还可从其他软件无法恢复的硬盘中恢复数据。

➢ Runtime Software（www. runtime. org）出品的 GetDataBack 可以在 Windows 识别不出硬盘时从硬盘恢复数据和程序文件。它可以读取 FAT 和 NTFS 文件格式，并修复出错的分区表、启动记录或根目录。

➢ 硬盘生产商的诊断软件可从各大生产商的网站中下载，如 Maxtor 硬盘的诊断工具 PowerMax（www. maxtor. com）就可从其网站中下载。可以使用它制作启动诊断软盘并使用其启动计算机后检测硬盘，需要时可格式化硬盘。

注意：请注意这些实用程序与 OS 的兼容性。可在生产商网站的服务与支持部分查看此兼容性。

4. 如何恢复丢失的数据

如果硬盘出现问题而且需要恢复数据时，千万不要尝试写入任何数据，先把数据复制到其他媒体中。如果文件系统损坏，新写入的数据可以随便放置，极可能会覆盖原有的数据。一旦数据被覆盖，几乎没有可能会恢复，除非想投资一笔费用来支持数据恢复服务。所以先尝试进入 Windows 桌面后，再进行以下操作：

➤ 把出错的文件当做文本文件对待。如果程序使用的文件出错了，尝试把其扩展名改为 .txt 后再导入程序。如果只是文件头损坏，那么剩余部分还可以恢复。

➤ 从备份中恢复文件。如果已经备份文件，那么可使用先前讲过的方法恢复文件。

➤ 检查回收站。文件有可能会存放在回收站里，如果存在文件，立即把它恢复。

➤ 在命令提示符中输入命令。使用 CD 命令进入文件所在的文件夹，然后使用 Windows XP 中的 Recover 命令来恢复文件。对于 Windows 2000，尝试用 Copy 命令把文件复制到其他地方。

➤ 使用数据恢复软件。登录提供数据恢复服务的网站，网站上一般会提供试用恢复软件。如果软件有用，应购买并使用。此外，可在搜索引擎中输入"数据恢复"来查找相关软件。

➤ 考虑数据恢复服务。虽然这些服务价格昂贵，但对于重要数据而言还是值得一试。在 Google 中搜索"数据恢复"便可找到相关内容，在使用服务前，应留意其他人对它的评论以及其保证和费用。

如果硬盘无法启动，而且想优先恢复数据，则应按照以下方法进行：

➤ 使用恢复控制台启动系统并把数据从硬盘复制到其他媒体中。

➤ 按照防止计算机静电的指示，小心地从机箱中取出硬盘。使用 USB – IDE 转换器把硬盘转接到一台工作中的计算机中，如图 4 – 47 所示，然后通过 Windows 资源管理器把数据复制到主硬盘中。

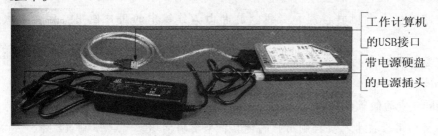

工作计算机的USB接口
带电源硬盘的电源插头

图 4 – 47　使用 USB 接口把硬盘连接到工作计算机中

➤ 如果 Windows 资源管理器找不到数据，应使用数据恢复软件来恢复数据。

➤ 如果数据恢复软件也找不到数据，从生产商网站下载诊断工具来测试硬盘并尝试修复。

➤ 考虑数据恢复服务，不再赘述。

 复习与思考 <<<

【本章小结】

➢ Windows 2000/XP 需要合法的用户帐户才能进入系统，用户帐户代表了使用 Windows 的用户，帐户权限规定了用户的操作范围。

➢ 本地用户帐户应用于独立计算机或工作组中的计算机；而全局用户帐户受控于域控制器并应用于域中的所有计算机。

➢ 使用域中的 Windows 时，全局用户帐户存储于 SAM 中，它是 Windows 2000 Server 或 Windows Server 2003 的活动目录的一部分。

➢ 用户对系统的更改都保存在各自的用户配置文件中，当用户下次登录时自动生效。

➢ 管理员管理和安全多用户和计算机的方法有：漫游用户配置文件、托管用户配置文件和组配置文件。

➢ 密码用于加强计算机以及用户数据的安全。密码应该足够复杂，最好是字母、数字或特殊字符的组合。

➢ 管理员使用计算机管理或控制面板中的用户帐户来创建用户帐户。

➢ 重置用户密码会降低用户数据的安全性，最后指导用户创建丢失密码软盘。

➢ Windows 2000 只能通过登录窗口进入系统；而在 Windows XP 工作组中可以通过登录窗口、欢迎界面或快速用户切换等进入系统。

➢ Windows 用户组包括管理员、备份操作员、高级用户、受限用户和来宾，其权限由高到低排列。

➢ Windows XP 文件与配置转移向导和用户状态迁移工具（USMT）都可用于从一台计算机到另一台计算机平滑地转移用户数据。前者由工作组中的用户使用，后者由域管理员使用。

➢ 管理数据和硬盘的命令有 Help、Dir、Del、Copy、Recovery、Xcopy、MD、CD、RD、Attrib、Chkdsk、Defrag、Edit 和 Format。

➢ Windows 中的组策略和计划任务可以通过程序或脚本来设置启动过程。

➢ 远程协助用于技术人员控制用户的计算机来解决问题。

➢ 指导用户经常清理硬盘、整理硬盘碎片或检查硬盘错误。

➢ 管理员使用磁盘配额可以限制用户使用磁盘的空间。

➢ NTFS 文件系统中可以压缩文件、目录和卷。

➢ 对于灾难恢复、创建或测试包括记录备份和恢复过程的计划是非常重要的。

➢ 在数据生成的 4~10 h 内备份数据，出于安全因素，最好不要备份到同一媒体中。

➢ 数据丢失后，在恢复数据前不要尝试写入任何数据。

【复习题】

1. 文件与配置转移向导与 USMT 的基本区别是什么？

2. USMT 中的两个命令是什么？

3. 本地用户配置文件是何时创建的?

4. 漫游用户配置文件和托管用户配置文件的异同点是什么?

5. 好密码的标准是什么?

6. 用户无须管理重置密码时需要如何操作?

7. 在高级用户和管理员中,哪组用户级别更高?

8. 工作组中计算机应用组策略时,可使用哪种配置?

9. 限制用户磁盘使用量时应该如何操作?

10. 错误簇和丢失簇的区别是什么? 为什么会发生这种情况?

11. Windows 2000/XP 中哪个程序可以检测错误簇或丢失簇?

12. 增量备份与差异备份的区别是什么?

13. 在 Windows XP 家庭版 PC 中使用 Windows 备份实用程序前应该如何操作?

14. 为什么要创建灾难恢复计划? 应把哪种信息囊括其中?

15. 列出三种支持硬盘的第三方实用程序。

16. 当 Windows XP 安装完成后,哪两种内置帐户会自动创建?

17. 如果想以管理员身份登录 Windows XP,应当如何操作?

18. 如何更改用户登录 Windows XP 的方式?

19. 创建子目录的命令是什么? 是更改当前目录还是删除子目录?

20. 哪个命令可以检查磁盘错误、修复文件系统或从坏扇区中恢复数据?

【实验项目】

实验 4 - 1:加入 Windows XP 新闻组

想对 Windows XP 问题做出深入探讨等可以选择加入新闻组。按照如下步骤操作:

(1) 单击"开始"按钮,在"开始"菜单中单击"帮助与支持"。在显示的窗口中单击"获取支持",或者加入 Windows XP 新闻组。单击访问 Windows 网站论坛,然后单击访问 Windows 新闻组,即可加入新闻组。

(2) 进入新闻组后便可浏览问题或提供问题。Microsoft 不对论坛内容负责,故酌情尝试回复的解决方案。

(3) 打印问题和答案。

实验 4 - 2:管理用户帐户

在 Windows XP 进行如下操作:

(1) 创建受限帐户并将其加入到备份操作员组,然后以此帐户登录。思考能否查看我的文档中的内容。

(2) 尝试安装 Windows 组件。查看显示的错误提示。

(3) 创建受限用户并以其身份登录系统。思考能否查看我的文档中的内容。

(4) 以受限用户身份登录系统后,查看创建用户时会显示的错误提示。

实验 4 - 3:调查备份计划

某人负责管理小型公司的文件服务器的数据。硬盘容量为 120 GB,但只存放了 35 GB 的数据。他现在调查备份媒体的使用情况。是使用磁带还是外接 USB 可移动设备,对这两种设备调查后回答下列问题。

(1) 推荐哪种磁带驱动器? 成本价格是多少? 打印相关网页。

（2）使用哪种磁带？每盘磁带的价格是多少？打印相关网页。

（3）备份完 35 GB 数据需要多少盘磁带？若备份 120 GB 的内容需要多少盘磁带？按照表 4－5 中循环使用磁带的方法，一年的备份需要多少盘磁带？

（4）推荐哪种移动存储媒体？成本价格是多少？打印相关网页。

（5）从第 3 题开始回答关于可移动存储媒体的问题。

（6）哪种存储方案的价格更便宜？除了成本外，还需考虑哪些因素？

实验 4－4：计划备份

以表 4－6 作为指导方案，安排 Windows XP 备份计划来备份数据和 Windows XP 系统状态。假设所有的数据都存放在 C:\Documents and Settings 目录中。打印出下列每种计划的详细配置。

表 4－5　子女、父母、祖父母备份方法

备份名称	执行频率	存储位置	说明
子女备份	每天	本地	维护 4 盘每天备份磁带，并循环使用它们。每盘上标有周一、周二、周三和周四
父母备份	每周	异地	每周五执行完全备份。维护 5 盘每周备份磁带，循环使用，分别标有周五 1、周五 2、周五 3、周五 4 和周五 5
祖父母备份	每月	异地，防火存储室中	每月的最后一个星期五执行完全备份。维护 12 盘磁带，每月一盘，循环使用，分别标有 1 月直至 12 月

实验 4－5：计划批处理任务

创建可以全部删除 C:\Windows\Temp 目录下的文件、整理磁盘 C 和检查磁盘错误的批处理文件。在命令提示符中测试是否可以正常运行。若可正常运行，计划其在每周三的晚上 10：00 运行。打印出文件内容。

实验 4－6：使用 Windows 备份文件与目录

本实验用于练习使用 Windows 备份工具。

➢ 第一部分

（1）使用 Windows 资源管理器，创建名叫 Backtest 的目录。

（2）使用搜索功能查找 .txt 文件，将其中复制到一个新目录中。再将另外两个文件复制到 Backtest 目录中。再创建名为 Subfolder 的子目录，再复制一个文件至这个子目录中。

（3）分别重命名前三个文件为 Overwrite.txt、Delete.txt、NoChang.txt。在备份前记下文件大小。

（4）单击"开始"按钮，选择"开始"菜单中的"所有程序"（Windows 2000 中为"程序"）命令，选择"所有程序"级联菜单中的"附件"命令，再选择"附件"级联菜单中的"系统工具"命令，然后在"系统工具"级联菜单中单击"备份"命令。

（5）按照所学方法把 Backtest 目录备份到软盘中。比较备份文件与源文件大小的不同。

（6）删除 Delete.txt；编辑 Overwrite.txt 的内容；删除 Subfolder。

（7）使用 Windows 备份恢复文件，并回答以下问题。

① 备份程序如何处理 Delete. txt?

② 备份程序如何处理 Overwrite. txt?

③ 备份程序如何处理 NoChange. txt?

④ 备份程序如何处理丢失的子目录和文件?

⑤ 软盘上备份文件的文件名是什么?

⑥ 备份程序的错误日志存放在什么位置?

⑦ 打印错误日志。

➢ 第二部分

(1) 把 Backtest 目录复制到第二张软盘上。

(2) 删除硬盘中 Backtest 目录中的所有内容。

(3) 从软盘中复制这三个文件到硬盘中的 Backtest 目录下。

(4) 再次从硬盘中删除这些文件。

(5) 从回收站中恢复文件。查看它们是否返回到正确的目录中。

(6) 再次从硬盘中删除这些文件。

(7) 从回收站中删除这些文件。思考能否再恢复这些文件。

【疑难问题及解答】

问题 4-1：WindowsXP 的维护

张敏是一家小公司的 PC 支持技术人员，他负责 PC、小型网络和用户的支持。他的客户 Jason 电话求助他，希望能够在其电脑上每周五下午自动对他的数据库进行备份，并且希望网络上的其他用户访问他设的共享文件夹，可以添加文件但不能删除文件。张敏接受了这个任务，但是这个客户离他们公司比较远，他不想亲自跑过去，怎么办呢？请你利用本章所学的远程协助、计划任务、数据备份等知识帮助张敏解决这个问题。

■Part

第五章　解决 Windows 2000/XP 启动故障

情境引入 ○○○

在使用电脑时有时会遇到在启动计算机后，看不到 Windows 启动画面，而是出现了"Disk Boot Failure Insert System Disk And Press Enter"等诸如此类的提示信息，这便是常见的硬盘故障——无法启动系统。

出现这样的故障有可能是由硬盘本身的硬件故障而引起的，但多数是由于硬盘引导区被破坏或系统文件破坏而导致系统无法启动。这时不要着急，静下心来仔细考虑一下修复计划。本章将会帮你出谋划策，要坚信知识就是力量，对症下药，胜利的曙光就在前方。

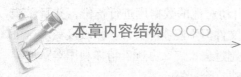

本章内容结构 ○○○

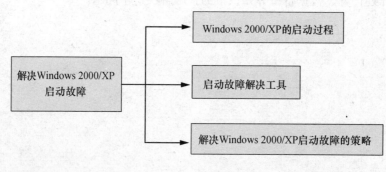

本章学习目标 ○○○

➢了解 Windows 2000/XP 的启动过程以及启动所需的文件和重要目录。
➢掌握通过高级选项菜单、恢复控制台来诊断和解决启动故障。
➢掌握解决启动故障的策略。

5.1　理解 Windows 2000/XP 的启动过程

Windows 2000/XP 的真正完成启动要等到用户登录以后、Windows 桌面被加载以及鼠标沙漏消失才可以。要想解决启动问题，就必须了解启动过程中所进行的内容。本节将讲解启动进程、启动需要的文件及影响启动的设置。

5.1.1 Windows 2000/XP 的启动过程

表 5－1 列出了启动时控制权从启动加载程序 Ntldr 到 Windows 核心组件程序 Ntoskrnl.exe 的转移过程。

表 5－1 Intel 架构处理器中 Windows 2000/XP 的启动过程

步数	程序	说明
1	启动 BIOS	启动 BIOS 运行 POST（开机自检）
2	启动 BIOS	启动 BIOS 到硬盘中查找 OS。先加载 MBR，随后执行其中的主引导程序
3	MBR	使用分区表查找活动分区。然后从中加载 OS 启动扇区，再运行其中的程序
4	启动扇区程序	加载 Ntldr
5	Ntldr	处理器从实模式转换到 32 位平滑记忆模式，用于执行 32 位代码
6	Ntldr	调用最小文件系统以便识别 FAT32 或 NTFS
7	Ntldr	读取隐藏文本文件 Boot.ini 以显示启动菜单，前提是安装有双启动，如图 5－1 所示
8	Ntldr	如果用户选择了 Windows 2000/XP 以外的 OS，那么 Ntldr 运行 Bootsect.dos 来加载其他 OS
9	Ntldr	如果用户选择了 Windows 2000/XP 系统，那么运行 16 位实模式的 Ntdetect.com，用于从 CMOS RAM 中读取日期和时间以及调查硬件；Ntdetect 把这些信息传递给 Ntldr；随后系统使用此信息同最后一次正确配置一起更新注册表
10	Ntldr	加载 Ntoskrnl.exe、Hal.dll 和系统蜂房。注意系统蜂房是 Windows 2000/XP 注册表的存储地。Ntldr 随后加载设备驱动程序
11	Windows 2000/XP 加载器	Ntldr 向 Ntoskrnl.exe 转交控制权

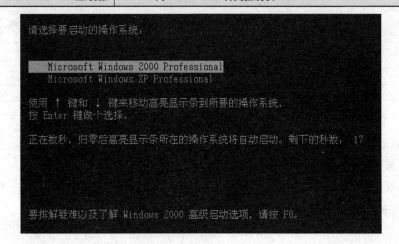

图 5－1 Windows 2000/XP 的启动菜单允许用户选择要启动的 OS

5.1.2 Windows 2000/XP 启动文件

成功启动 Windows 2000/XP 所需的文件见表 5－2。

表 5-2　成功启动 Windows 2000/XP 所需文件

文件	位置与说明
Ntldr	系统分区的根目录中（通常是 C：\）； 启动加载程序
Boot. ini	系统分区的根目录中（通常是 C：\）； 包含启动参数的文本文件
Bootsect. dos	系统分区的根目录中（通常是 C：\）； 在双启动环境中加载其他 OS
Ntdetect. com	系统分区的根目录中（通常是 C：\）； 实模式中检测现有设备
Ntbootdd. exe	系统分区的根目录中（通常是 C：\）； SCSI 启动设备需要
Ntoskrnl. exe	启动分区的 \ winnt_ root \ system32 目录中（通常是 C：\ Windows \ system32）； OS 执行内核服务的核心组件
Hal. dll	启动分区的 \ winnt_ root \ system32 目录中（通常是 C：\ Windows \ system32）； 硬件抽象层
Ntdll. dll	启动分区的 \ winnt_ root \ system32 目录中（通常是 C：\ Windows \ system32）； 执行服务的中间服务；提供许多支持功能
Win32k. sys Kernel32. dll Advapi32. dll User32. dll Gdi32. dll	启动分区的 \ winnt_ root \ system32 目录中（通常是 C：\ Windows \ system32）； Win32 子系统的核心组件
系统	启动分区的 \ winnt_ root \ system32 \ config 目录中（通常是 C：\ Windows \ system32 \ config）； 注册表蜂房，包含硬件配置数据，即启动需要的设备驱动程序
设备驱动程序	启动分区的 \ winnt_ root \ system32 \ drivers 目录中（通常是 C：\ Windows \ system32 \ drivers）； 启动需要的 Windows 或第三方驱动程序
Pagefile. sys	系统分区的根目录中（通常是 C：\）； 虚拟内存交换文件

5.1.3　启动过程中的重要目录

下面列出了一些 Windows 2000/XP 使用的重要目录：

➤ C：\ Windows。包含 Windows 2000/XP 安装文件和一些子目录。

➤ C：\ Windows \ System32。C：\ Windows 目录中最为重要的子目录，包含 Windows 核心系统文件和子目录。

➤ C：\ Windows \ System32 \ config。包含注册表文件。

➤ C：\ Windows \ System32 \ drivers。包含设备驱动文件。

➤ C：\ Documents and Settings。包含每个用户的信息。每个用户以其用户名为目录名创建单独的目录，其中有我的文件、桌面和开始菜单等几个子目录。

➤ C：\ Program Files。包含安装的应用程序。

注意：在修复硬盘时，PC 维修人员会把文件复制到另一台 PC 中。但 Bootsect. dos 文件包含了特定硬盘的信息，所以不用复制。

5.1.4 Boot. ini 文件

Boot. ini 文件是活动分区根目录中的一个隐藏文本文件，用于 Ntldr 读取可以启动的 OS。可以查看或编辑此文件来解决棘手的启动问题。图 5 – 2 显示了 Windows XP 中的 Boot. ini 文件，图 5 – 3 显示了有双启动的 Boot. ini 文件。

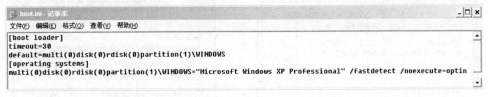

图 5 – 2　Windows XP 中 Boot. ini 的样例

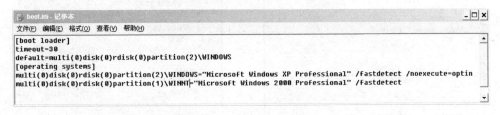

图 5 – 3　双启动系统中的 Boot. ini

在编辑 Boot. ini 前，在文件夹选项中将其显示。打开"Windows 资源管理器"，选择根目录后，单击"工具"菜单，选择"文件夹选项"命令。然后单击"查看"标签页，取消"隐藏受保护的操作系统文件"选项。

Boot. ini 文件内容有两部分：[boot loader] 指定用户选择启动 OS 的时限，如图 5 – 2 所示，时限时长为 30 s。此外双启动中的默认 OS 路径也会写在此部分中，如图 5 – 3 所示，默认 OS 从第二分区的 \ Windows 目录中加载。

Boot. ini 文件中的 [operating systems] 区域列出了可加载的 OS，包括每种 OS 的启动分区路径。下面是图 5 – 2 中各项的含义：

➢ Multi（0）：使用第一个硬盘控制器。

➢ Disk（0）：当且仅当从 SCSI 硬盘启动时使用。

➢ Rdisk（0）：使用第一块硬盘。

➢ Partition（1）：使用硬盘上的第一个分区。

此区域中还可以使用参数。如图 5 – 2 所示的参数/fastdetect 说明 OS 在启动时不对连接到 COM 端口的外围设备进行检测。

第二个参数/NoExecute = OptIn 是 Windows XP 服务包 2 中新增的参数，用以设置数据执行保护（DEP）。DEP 用于阻止病毒一类的程序使用受保护的内存区域。

5.1.5 自定义 Windows 2000/XP 启动

在 Boot. ini 中进行更改可以改变很多 Windows 2000/XP 的启动过程。按照下列步骤更改 Windows 启动选项：

➤右击"我的电脑"并选择"属性"命令。在显示的"系统属性"对话框中单击"高级"标签页，如图5-4所示。

➤ Windows XP中在"系统与恢复"项下单击"设置"按钮。Windows 2000中单击"启动与恢复"按钮。

➤显示如图5-5所示的"启动和故障恢复"对话框。按需更改设置后单击"确定"按钮（如果不想进行更改，则单击"取消"按钮）。

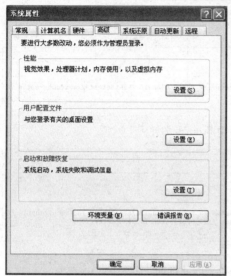

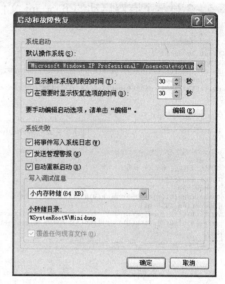

图5-4　"系统属性"对话框　　　　图5-5　"启动和故障恢复"对话框

5.2　启动故障解决工具

表5-3列出了解决启动故障的工具。本节将讲述如何使用这些工具，以后用户便可从容地解决启动问题了。

注意：许多技术人员喜欢把"引导"（Boot）和"启动"（Startup）替换着使用。其实"引导"是指计算机启动过程中的硬件阶段。Microsoft一贯使用"启动"来说明OS如何启动。

表5-3　Windows 2000/XP 中维护和排障工具

工具	在 Windows XP 中是否可用	在 Windows 2000 中是否可用	说明
添加或删除程序	√	√	位于控制面板中 卸载、修复或升级应用程序或设备驱动程序
高级选项菜单	√	√	Windows 启动时按下"F8"键 有一系列用于解决启动问题的选项
自动系统还原（ASR）	√	×	位于 Windows 安装 CD 中 把系统分区还原到最近一次的备份状态中去。备份之后所做出的修改全部丢失
备份（Ntbackup.exe）	√	√	在运行对话框中输入 Ntbackup.exe 命令 还原系统状态、数据和软件

续表

工具	在 Windows XP 中是否可用	在 Windows 2000 中是否可用	说明
启动日志	√	√	启动下按下 "F8" 键，然后选中 "高级" 选项菜单 Ntbtlog. txt 文件记录了启动时的未知错误
Bootcfg （Bootcfg. exe）	√	√	在命令提示符中输入 Bootcfg 命令 查看 Boot. ini 文件内容
Cacls. exe	√	√	在命令提示符中，输入带参数的 Cacls 更改单个文件或一组文件的访问控制列表（ACL）
Chkdsk （Chkdsk. exe）	√	√	在命令提示符中，输入带参数的 Chkdsk 检查或修复逻辑分区中的错误。若重要系统文件有错，修复可能会解决启动问题
计算机管理 （Compmgmt. msc）	√	√	位于控制面板中，或在运行对话框中输入 Compmgmt. msc 命令 使用管理单元来管理和排障
Defrag. exe	√	×	在命令提示符中，输入带参数的 Defrag 用于整理磁盘碎片
设备驱动程序回滚	√	√	位于设备管理器中 回滚使用先前的设备驱动程序
设备管理器 （Devmgmt. msc）	√	√	位于 "系统属性" 对话框中 解决硬件设备问题
磁盘清理（Cleanmgr. exe）	√	√	位于设备的属性窗口，或在运行对话框中输入 Cleanmgr 命令 删除磁盘上的无用文件
磁盘碎片整理 （Dfrg. msc）	√	√	位于设备的属性窗口 整理硬盘或软盘上的磁盘碎片
磁盘管理（Diskmgmt. msc）	√	√	位于计算机管理控制台，或者在命令提示符中输入 Diskmgmt. msc 命令 查看或更改硬盘分区
驱动签名和数字签名 （Sigverif. exe）	√	√	在命令提示符中，输入带参数的 Sigverif 检查驱动程序是否经过 Microsoft 签名
错误报告	√	×	自动运行的 Windows 服务 按照屏幕向导生成一份错误报告并发送至 Microsoft。有时 Microsoft 会返回解决问题的建议
事件查看器 （Eventvwr. msc）	√	√	位于计算机管理控制台 通过事件查看器来查看错误信息，以解决各种硬件、安全或系统问题
Expand. exe	√	√	在命令提示符中，输入带参数的 Expand 解压缩文件。当在恢复控制台中尝试恢复系统文件时有用
组策略 （Gpedit. msc）	√	√	在命令提示符中，输入 Gpedit. msc 命令 显示或更改控制用户和计算机的策略

工具	在 Windows XP 中是否可用	在 Windows 2000 中是否可用	说明
上一次已知的正确配置	√	√	开机时按下"F8"键，在高级选项菜单中选择 Windows 无法启动时，使用安装不正常软件或硬件前的配置来启动计算机
性能监视器（Perfmon. msc）	√	√	在命令提示符中，输入 Perfmon. msc 命令 查看性能信息来分析性能瓶颈
程序兼容性向导	√	×	在运行遗产应用程序时 解决遗产程序无法在 Windows XP 中运行的问题
恢复控制台	√	√	位于 Windows 安装 CD 中 当无法从硬盘启动 OS 时使用此命令驱动 OS，以解决 Windows 问题或恢复硬盘数据
注册表编辑器（Regedit. exe）	√	√	在命令提示符中输入 Regedit 命令 查看和编辑注册表
安全模式	√	√	启动时按下"F8"键，在高级选项菜单中选择 Windows 无法启动或启动有错时使用。安全模式仅加载所需的最小配置来进行系统
SC（SC. exe）	√	√	在命令提示符中，输入带参数的 SC 停止或启动后台服务
服务（Services. msc）	√	√	在运行对话框中输入 Services. msc 命令 图形界面的 SC
系统配置实用程序（Msconfig. exe）	√	×	在运行对话框中输入 Msconfig 命令 通过临时禁用启动程序或服务来解决启动问题
系统文件检查器（Sfc. exe）	√	√	在命令提示符中，输入带参数的 Sfc 检查系统文件的版本
系统信息（Msinfo32. exe）	√	√	在命令提示符中输入 Msinfo32 命令 显示关于硬件、应用程序和 Windows 的信息
系统信息（Systeminfo. exe）	√	√	在命令提示符中输入 Systeminfo 命令 系统信息的命令提示符版本。可以使用重定向符来导出统计结果，如 Systeminfo. exe > Myfile. txt
系统还原	√	×	位于"开始"菜单以及安全模式中 把系统还原到先前正常工作的状态。它会还原注册表、一些系统文件和一些应用程序
任务结束实用程序（Tskill. exe）	√	√	在命令提示符中，输入带参数的 Tskill 停止或结束当前运行进程或程序。管理后台程序时十分有用
任务列表（Tasklist. exe）	√	√	在命令提示符中输入 Tasklist 命令 列出当前运行的进程
任务管理器（Taskman. exe）	√	√	右击任务栏后选择任务管理器 列出或结束当前运行程序

下面讲解高级选项菜单中的各个项目，以及如何使用恢复控制台。

5.2.1 高级选项菜单

启动 PC 后当显示"正在启动 Windows"时按下"F8"键，就会显示如图 5 – 6 所示的"Windows XP 高级选项菜单"，或如图 5 – 7 所示的"Windows 2000 高级选项菜单"，此菜单可以用于解决或诊断启动问题。

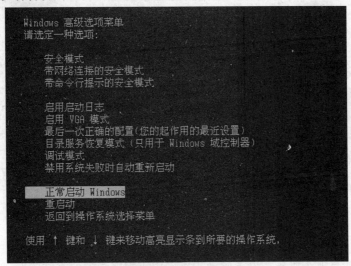

图 5 – 6 "Windows XP 高级选项菜单"

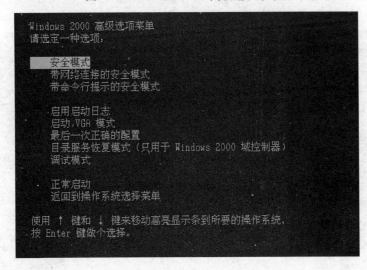

图 5 – 7 "Windows 2000 高级选项菜单"

1. 安全模式

安全模式以最小配置来启动 OS，用于解决新安装软硬件后出现的问题。安全模式仅启动鼠标、显示器、键盘和大容量存储器，使用默认的系统服务，而且不提供网络连接，使用的显卡驱动是最基本的驱动程序（Vga. sys）。

进入安全模式后，屏幕四角会出现"安全模式"的字样。但是还有 GUI 界面。屏幕分

辨率为 800×600，壁纸为全黑色壁纸，如图 5-8 所示的 "Windows XP 安全模式" 界面。

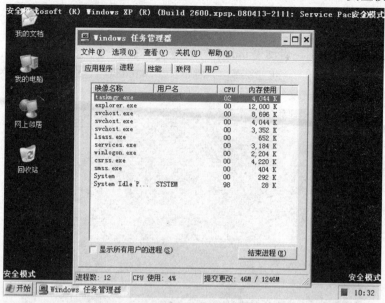

图 5-8　Windows XP 安全模式中的任务管理器

当进入 Windows 2000/XP 安全模式后，所有被加载的文件列表被存放到 Ntbtlog. txt 文件中。可以从中判断是哪个服务、设备驱动程序或应用程序导致的系统问题。

如果系统还原已启用并且有创建的还原点，那么当进入安全模式后系统会自动询问是否要使用系统还原以还原到先前的某个版本，如图 5-9 所示。

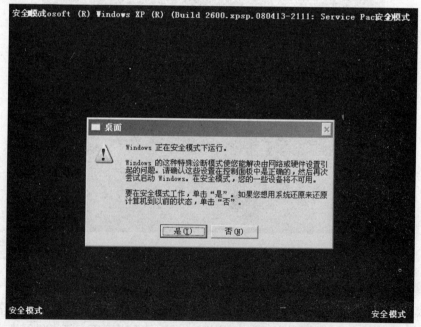

图 5-9　Windows XP 在加载安全模式前询问是否使用系统还原来还原系统

2. 带网络连接的安全模式

在解决问题时需要联网，可选用此种安全模式。例如，如果刚安装了打印机，但在 OS 启动时系统停止加载。由于打印机的驱动程序是从网络上安装的，所以选择进入带网络连接的安全模式，卸载设备后再重新从网络安装打印机。

3. 带命令行提示的安全模式

如果第一种安全模式仍然无法加载 OS，那么可试用这种安全模式。此模式不提供 GUI 界面，只提供一个命令提示符窗口。

4. 启用启动日志

当使用此选项后，OS 正常加载，但它会把所有加载的程序都记录到 C：\ Windows \ Ntbtlog. txt 文件中，如图 5 – 10 所示。所以，可以从中查看是哪些程序带来的问题。如果与一份系统状态良好时的列表文件进行对比，则可以更快地找出问题所在。

注意：进入安全模式时也会产生 Ntbtlog. txt 文件。

若系统启动途中停机，而且又使用了 Ntbtlog. txt 文件记录启动进程，那么一般记录的最后一条就是问题所在程序或设备。

图 5 – 10 C：\ Windows \ Ntbtlog. txt 文件样例

5. 启用 VGA 模式

如果用户设置了全黑的字体和全黑的桌面，那么将无法清楚地查看问题所在。而应用此模式后，系统会为用户设置标准的 VGA 显示。此后便可调整显示设置，解决问题并正常重启；或者重新安装设备驱动程序等。

6. 最后一次正确的配置

每当用户登录且系统完全加载后，OS 会自动保存上一次已知的正确配置；这些信息都保存在注册表当中。如果还原恢复，那么自从上次配置保存起所做的修改都会消失。

但有时使用上次已知的正确配置并不能解决问题，则有可能在故障发生后重启并进入系统多次，导致保存的配置出现问题。

注意：保存上次已知的正确配置只会当用户进入正常模式的系统时才会发生，所以故障发生后应进入安全模式以确保正确配置不会被覆盖。

7. 目录服务恢复模式（只用于域控制器）

只有从活动目录中恢复才会使用到此选项。

8. 调试模式

此模式用于把不能工作的计算机的启动日志通过串口发送到另一台计算机中，要求进入前这两台计算机通过串口相连接。

9. 禁用系统失败时自动重启

默认情况下，Windows 2000/XP 在遇到系统失败时，有时也叫做停止错误或死机蓝屏（BSOD），会自动重启，从而导致了计算机无法停机。若不想使用此功能，可在 Windows XP 高级选项菜单中选择"禁用系统失败时自动重启"（Windows 2000 的高级选项菜单不提供此功能）。

也可在 Windows 2000/XP 桌面上进行此操作。打开"系统属性"对话框并单击"高级"标签页。对于 Windows XP，在"启动与故障恢复"窗口中单击"设置"按钮；而 Windows 2000 中单击"启动与恢复"按钮，在"启动与恢复"窗口中，取消"自动重新启动"选项，如图 5-11 所示。

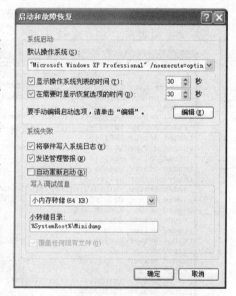

图 5-11 控制遇到错误后自动重新启动

5.2.2 恢复控制台

如果故障不是设备或系统服务的故障，那么就需要使用恢复控制台来解决问题。它可以解决 Windows 2000/XP 的启动问题，甚至当 OS 核心文件出错时也可以使用。恢复控制台是命令驱动的 OS，不提供 GUI 界面，但是可以通过它读取 FAT16、FAT32 和 NTFS 文件系统的内容。

注意：恐怕许多技术人员都对 Windows 9x/Me 中用于解决启动问题的 DOS 工具记忆犹新。如今的命令行 OS 便是恢复控制台，其中的许多命令的运作方式与 DOS 中的相同。

使用恢复控制台，可以进行以下操作内容：

➢修复损坏的注册表、系统文件或文件系统。

➢启用或禁用服务或设备驱动程序。

➢修复主引导程序或启动扇区。

➢修复损坏的 Boot. ini 文件。

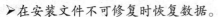

➢在安装文件不可修复时恢复数据。

要想在 NTFS 卷上存取数据，除非在运行之初添加了某些参数，否则进入恢复控制台后必须输入管理员密码。如果注册表已经出错到不可恢复的地步，虽然此时不需要输入密码，但也只能在恢复控制台中进行某些操作。

下面讲解恢复控制台中的命令的方法、进入恢复控制台的方法、使用其恢复数据的方法以及在启动加载菜单中安装恢复控制台。

1. 恢复控制台命令列表

表 5 - 4 列出了恢复控制台中的命令及其说明。

表 5 - 4　恢复控制台中的命令

命令	说明	样例
Attrib	更改文件或目录的属性	删除文件的只读、隐藏和系统属性： C:\ > Attrib - r - h - s 文件名
Batch	执行批处理文件中的命令	执行文件 1 中的命令：C:\ > Batch 文件 1. bat 执行文件 1 中的命令并把结果存放在文件 2 中：C:\ > Batch 文件 1. bat 文件 2. txt
Cd	显示或更改当前目录 无法用来更改驱动器	更改到目录 C:\Windows\system： C:\ > Cd C:\Windows\system；C:\windows\system >
Chkdsk	检查磁盘并修复或恢复数据	检查磁盘 C 并修复：C:\ > Chkdsk C: /r
Cls	清空屏幕	C:\ > cls
Copy	复制单个文件	把 CD 中的文件 1 复制到硬盘中的 Winnt 目录，并命名为文件 2：C:\ > Copy D:\文件 1 C:\Winnt\文件 2
Del	删除文件	删除文件 2：C:\Winnt > Del 文件 2
Dir	列出文件和目录并允许使用通配符	列出所有扩展名为 . exe 的文件：C:\ > Dir *. exe
Disable	禁用系统服务或设备驱动程序	禁用事件日志服务：C:\ > Disable eventlog
Diskpart	创建或删除分区	无参数输入会显示用户接口：C:\ > Diskpart
Enable	启用系统服务或设备驱动程序	C:\ > Enable
Exit	退出恢复控制台并重新启动计算机	C:\ > Exit
Expand	解压缩文件或目录	从 Driver. cab 中解压出文件 1： C:\ > Expand D:\i386\Drivers. cab - f:文件 1 解压缩文件 1. cp_：C:\ > Expand 文件 1. cp_
Fixboot	重写 OS 启动扇区。如果没有指定盘符，默认使用系统分区	修复 C 盘的 OS 启动扇区：C:\ > Fixboot C:
Fixmbr	重写主引导记录启动程序	C:\ > Fixmbr
Format	格式化逻辑磁盘。若不指定文件系统，默认使用 NTFS 文件系统	使用 NTFS 格式化：C:\ > Format D: 使用 FAT32 格式化：C:\ > Format D:\fs:FAT32 使用 FAT16 格式化：C:\ > Format D:\fs:FAT

续表

命令	说明	样例
Help	显示帮助信息	获得 Fixboot 命令的帮助信息：C：\ > Help fixboot
Listsvc	列出所有可用的服务	C：\ > Listsvc
Logon	以管理员身份登录到系统中。如果有双启动可以登录到另一个系统中	假设现在已经登录到第一个 Windows 系统中,现在要登录到第二个 Windows 系统：C：\ > Logon 2 若密码错误三次,系统自动重启
Map	列出所有盘符和文件系统类型	C：\ > Map
Md 或 Mkdir	创建目录	C：\ > MD C：\TEMP
More 或 Type	一次显示一屏文本	C：\ > Type 文件名 . txt
Rd 或 Rmdir	删除目录	C：\ > RD C：\TEMP
Rename 或 Ren	重命名文件	C：\ > Rename 文件 1. txt 文件 2. txt
Set	显示或设置恢复控制台环境变量	关闭覆盖文件时的提示： C：\ > Set nocopyprompt = true
Systemroot	把当前目录设定为系统目录	C：\ > Systemroot；C：\Windows >

2. 如何进入恢复控制台

对于 Windows XP 系统,放入安装 CD 并从光驱动启动计算机。当出现 Windows XP 安装开始菜单后,按下"R"键,如图 5 - 12 所示。

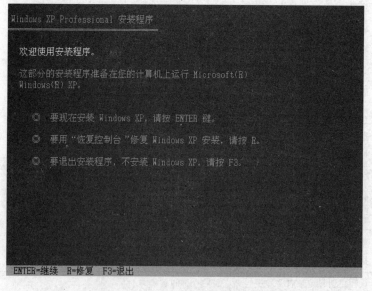

图 5 - 12 Windows XP 安装开始菜单

对于 Windows 2000 系统,可以从安装 CD 上进入恢复控制台。按照以下步骤进入恢复控制台。

➢放入 Windows 2000 安装 CD 并从光驱动启动计算机。直到屏幕上出现如图 5 - 13 所示的安装屏幕。

➢按下 "R" 键来选择 "修复 Windows 2000 安装"。显示如图 5 - 14 所示的 Windows 2000 修复选项窗口。按下 "C" 键来选择恢复控制台。

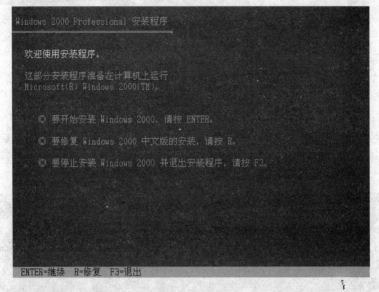

图 5 - 13　使用此 Windows 2000 安装屏幕进入恢复控制台

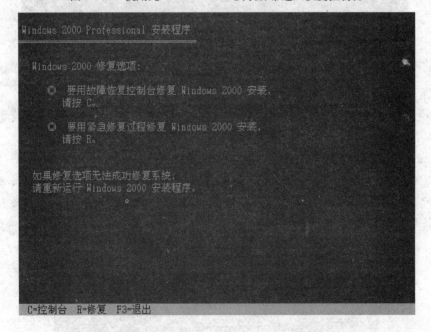

图 5 - 14　Windows 2000 提供两种选项

如果找到硬盘但无法读取时，会显示如图 5 - 15 所示的界面。虽然会给出 C：＼＞的提示符，但是并不能读取文件。如果输入 Dir 后按下 "Enter" 键，会显示如图 5 - 15 所示的提示。Fixmbr 或 Fixboot 命令可能会有用。

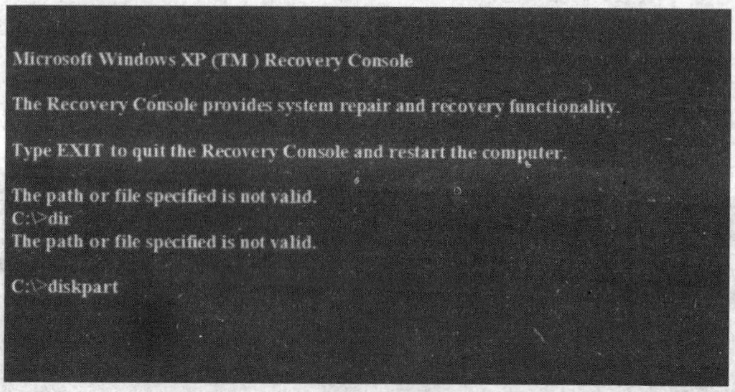

Microsoft Windows XP (TM) Recovery Console

The Recovery Console provides system repair and recovery functionality.

Type EXIT to quit the Recovery Console and restart the computer.

The path or file specified is not valid.
C:\>dir
The path or file specified is not valid.

C:\>diskpart

图 5 – 15　恢复控制台无法读取硬盘

如果恢复控制台可以读取 C 盘，但 Windows 严重出错，会显示如图 5 – 16 所示的界面。使用 DIR 命令查看其中的文件。如果 \ Windows 目录已不存在，应重新安装系统。不过在安装之前须备份重要数据。

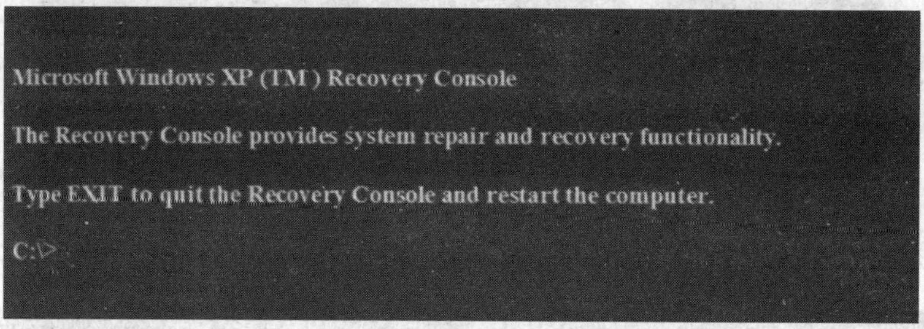

Microsoft Windows XP (TM) Recovery Console

The Recovery Console provides system repair and recovery functionality.

Type EXIT to quit the Recovery Console and restart the computer.

C:\>

图 5 – 16　恢复控制台可以读取 C 盘但找不到 Windows 安装

注意：恢复控制台中的两个小提示：按下"F3"键显示上次执行的命令；按下"F1"键一次只接收一个字符。

3. 使用恢复控制台修复硬盘问题

下面是用于检查硬盘或者修复硬盘的命令：

➢ Fixmbr 和 Fixboot。Fixmbr 恢复 MBR 中的主引导程序，而 Fixboot 修复 OS 启动记录。通过使用这些命令，就可以知晓硬盘的损坏程度。如图 5 – 17 所示，Fixmbr 显示错误信息，但无法运行 Fixboot。这说明虽然主引导程序良好，但 C 盘无法存取。在使用这些命令后，如果没有发现错误，尝试从另一分区启动。

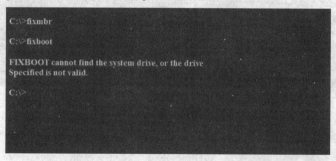

```
C:\>fixmbr

C:\>fixboot

FIXBOOT cannot find the system drive, or the drive
Specified is not valid.

C:\>
```

图 5 –17　恢复控制台中使用 Fixmbr 和 Fixboot 命令后的结果

➢ Diskpart。输入 Diskpart 后按下"Enter"键，即可查看硬盘上所有的分区，如图 5 - 18 所示。

➢ Chkdsk。使用此命令修复文件系统或从扇区中恢复数据。

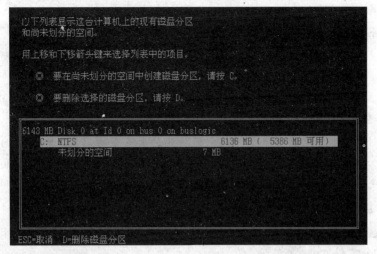

以下列表显示这台计算机上的现有磁盘分区
和尚未划分的空间。

用上移和下移箭头键来选择列表中的项目。

◎ 要在尚未划分的空间中创建磁盘分区，请按 C。

◎ 要删除选择的磁盘分区，请按 D。

6143 MB Disk 0 at Id 0 on bus 0 on buslogic
C: NTFS   6136 MB (5386 MB 可用)
未划分的空间   7 MB

ESC=取消　D=删除磁盘分区

图 5 - 18　使用 Diskpart 可查看、删除或创建分区

4. 使用恢复控制台恢复注册表

可以使用恢复控制台从上次备份的注册表中恢复数据，按照表 5 - 5 的指示进行操作。

表 5 - 5　恢复 Windows 2000/XP 注册表的步骤

步数	命令	说明
1	Systemroot	使当前目录成为 Windows 目录
2	CD System32 \config	进入到 Windows 注册表目录
3	Ren Default Default. save Ren Sam Sam. save Ren Security Security. save Ren Software Software. save Ren System System. save	重命名 5 个注册表文件
4	Systemroot	返回到 Windows 目录
5	CD repair(Windows XP 中) 或 CD repair\regback(Windows 2000 中)	进入到注册表文件备份目录
6	Copy Default C:\Windows\system32\config Copy Sam C:\Windows\system32\config Copy Security C:\Windows\system32\config Copy Software C:\Windows\system32\config Copy System C:\Windows\system32\config	把 5 个注册表文件从备份目录中复制到注册表目录中。如果硬件有问题，复制 System 后重启；如果软件有问题，复制 Software 后重启；如果还有问题，复制全部五个文件

5. 使用恢复控制台禁用服务或设备驱动程序

当系统失败时，错误提示会给出引发问题的服务或驱动程序的名称。这时进入安全模式

也无济于事。唯一的解决办法就是使用恢复控制台并从安装 CD 复制程序文件到硬盘。

要知道需要覆盖哪个文件，需要知道引发问题的服务名或驱动程序名。如果错误提示中没有给出，那么在高级选项菜单中选择"启用启动日志"。找到一份系统正常时的报告，对比找到问题所在。

如果是服务的问题，可以使用命令来解决：

➢ Listsvc。列出所有安装的服务，当然也包括设备驱动程序。它会给出服务的名称、简要介绍和状态。

➢ Disable。禁用某项服务。例如要禁用 SharedAccess，使用命令 disable sharedaccess。但是在禁用前应记下服务的启动类型，以便以后启用时更改。

➢ Enable。命令后如果只有服务名称，那么只显示服务的信息。但加上启动类型后就意为启用服务。如启用 SharedAccess，使用 enable sharedaccess service_ auto_ start 命令。如果禁用后错误消失，说明找对了文件。此时从安装 CD 中恢复原文件。

6. 使用恢复控制台恢复系统文件

可以从安装 CD 恢复认为已经损坏的系统文件。如图 5 – 19 所示，可以用图中的命令来恢复出错的 Ntldr 文件。

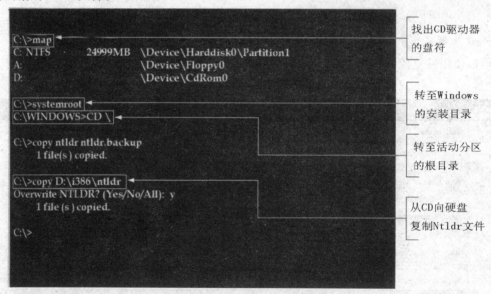

图 5 – 19　修复 Ntldr 的恢复控制台命令

下面是可以恢复系统文件的其他命令：

➢ Map。显示当前盘符。

➢ Systemroot。使 Windows 目录成为默认目录。

➢ Cd。更改目录。

➢ Delete。删除文件。

➢ Copy。复制文件，如复制 Ntldr 文件使用命令 Copy ntldr ntldr. backup。

➢把 Ntldr 从安装 CD 复制到硬盘，使用命令 Copy D：\ i386 \ ntldr C：\ 。其中 D：可被替换为实际光驱的盘符。扩展名最后一个字符是下画线的文件说明，是压缩文件，使用

Copy 命令会自动解压缩文件。如 Copy D：\ i386 \ netapi32. dl_　netapi32. dll 会自动解压缩 netapi32. dl_ 。

➢ Bootcfg。用于查看或编辑 Boot. ini 文件。以下是可用参数：

◇ Bootcfg /list 　，列出 Boot. ini 中的项目。

◇ Bootcfg /copy，制作 Boot. ini 的副本。

◇ Bootcfg /rebuild，重建 Boot. ini 文件。

➢ Expand。用于从 CAB 文件中解压文件。如：

◇ 列出 Driver. cab 文件中的所有文件，使用命令：Expand D：\ i386 \ driver. cab － f：* /d。

◇ 从 Driver. cab 文件中解压出 Splitter. sys 并复制到硬盘，使用如下命令：CD C：\ windows \ system32 \ drivers；Expand D：\ i386 \ driver. cab /f：splitter. sys。

◇ 还可以使用 Expand 解压缩文件，如解压缩文件并复制到当前目录，使用如下命令：Expand D：\ i386 \ netapi32. dl_ 。

7. 使用恢复控制台恢复数据

如果硬盘错误，仍想恢复数据。但恢复控制台不允许进入非系统目录或者把数据复制到移动媒体中。所以需要对恢复控制台进行设置。

以下是设置方法：

➢ 允许访问所有分区内的所有文件和目录，使用命令：Set allowallpaths = true。

➢ 允许把文件复制到移动媒体中，使用命令：Set allowremovablemedia = true。

➢ 允许使用通配符 * 和 ?，使用命令：Set allowwildcards = true。

8. 恢复控制台的可选安装

还可以把恢复控制台安装到硬盘，并显示在启动菜单中。以下是安装方法：

➢ 打开命令窗口。

➢ 更改目录到安装 CD 的 \ i386 目录。

➢ 输入 winnt32 /cmdcons，恢复控制台便安装完毕。

➢ 重启系统完成操作。

5.3　解决 Windows 2000/XP 启动故障的策略

前面已经介绍了启动过程的内容和解决启动问题的工具，那么本节将讲解解决问题时的一般原则，以及如何应对启动问题、如何加快启动和如何还原系统文件。最后将介绍几个维修绝招。

5.3.1　启动故障解决原则

下面是解决启动问题的一般原则：

➢ 积极询问用户最近对计算机都做过什么设置、安装过什么软、硬件等，以了解计算机故障前的状态。尤其不要忘记询问那些没有备份的数据的情况。

➢ 如果重要的数据没有备份，必须要先备份数据后再进行维修。如果错误过多以至于无法读取数据，则进入安全模式备份。如果进不了安全模式，则进入恢复控制台。如果连恢复控制台也无能为力，应考虑是否是硬件问题。

➤下一步确定导致系统失败的原因，是硬件问题还是软件问题。

➤如果认为是硬件问题，应先关闭计算机检查一些简单易想的事情。如数据线松动、开关未打开、键盘卡键、墙上电源松动等问题。

➤如果屏幕上显示错误信息，可定位其信息。如何定位将在本节进行讲解。记住，修复时使用对系统改动最小的解决办法。

➤如果认为是软件问题，而且无法进入 Windows 桌面，那么可尝试"高级"选项菜单中的"最后一次正确设置"菜单项。但是若要使用此方法，应尽早使用，避免这些配置被多次重启后覆盖。

➤如果可以进入桌面，但系统错误频出或者运行极其缓慢，须考虑是否是病毒的原因，并运行杀毒软件并扫描。如果没有杀毒软件，进入安全模式后安装再运行。

➤如果系统最新安装了什么软件或硬件，就假定是因为它们导致的系统故障，则使用设备管理器禁用或卸载这些设备，如果问题解决，则尝试查找设备的更新驱动程序。

➤若在安装了程序之后发生错误，应在添加或删除程序中各将其删除。重启后再安装此程序，如果仍有问题，可去软件厂商网站寻求解答。

➤硬盘过满或文件系统出错也会引发问题。尝试清理硬盘或者整理硬盘碎片来解决问题。如果感觉反应缓慢，则到安全模式中进行。

➤如果认为是未知软件引发的问题，按照以下步骤清理启动项目：

◇进入安全模式，在高级选项菜单中选择"带网络连接的安全模式"菜单项。

◇使用最新的杀毒软件扫描。如果找到病毒，清理完毕后重启系统并查看问题是否存在。

◇使用添加或删除程序来卸载所有不需要的程序。注意在卸载前先停止运行这些程序。

◇检查所有包括启动项目的目录和文件，并删除其中阻止系统启动的项目。

◇使用 Windows XP 系统配置实用程序禁用可能引发问题的项目。

◇使用服务控制台来永久禁用任何引发问题的服务。

➤可以使用以下方法来恢复丢失或出错的系统文件：

◇使用系统文件检查器来恢复 Windows 系统文件。如果 SFC 不工作，可使用恢复控制台。

◇使用 Windows XP 的系统还原来还原到还原点所记录的状态。如果不能使用系统还原，则进入安全模式后再进行还原。

◇若备份了系统状态，使用 Ntbackup 来进行还原。

➤如果问题依旧，考虑 Windows 安装已出错。使用如下方法恢复 Windows 安装：

◇Windows XP 中使用 Windows XP 启动盘来查找出启动文件是否丢失或损坏。若是则进行恢复。

◇Windows 2000 中使用紧急修复过程来恢复 Windows 2000 安装。

◇Windows XP 中使用自动系统还原来还原到最新 ASR 备份状态。

◇执行内部的 Windows 2000/XP 升级。

◇执行 Windows 2000/XP 的全新安装。

在解决 Windows 问题时，一定要使用对系统影响最小的解决方法，以免造成大面积的损失。例如，已知是驱动程序的问题，虽然可以使用系统还原把系统还原到安装驱动程序以前的状态，但是使用回滚驱动程序不仅简单而且安全。总之尽量选择那些既可以解决问题又对系统改动较小的解决方法。

当解决完问题后不要忘记重启后检查问题是否已解决，并且让用户自己也检查一遍。此外，不要忘记进行工作记录。良好的工作记录是日后维护工作的良好辅助材料。

5.3.2 响应任何启动错误

如果在启动过程中出现错误，则应留意错误的内容。表5-6列出了各种错误信息以及解决方法。大多数的错误都会引发启动停止并导致启动失败。

表5-6 启动错误信息及其含义

错误信息	含义及解决方法
在 Windows 开始加载前发生的错误：	
没有找到硬盘； 固定磁盘错误； 磁盘启动失败，则插入系统盘后按 Enter 键； 无可用的启动设备	启动 BIOS 找不到硬盘
非法的启动盘； 无法访问启动设备； 非法的分区表； 加载操作系统错误； 操作系统丢失； 没有找到操作系统	MBR 中的程序无法找到活动分区或启动扇区时会提示此错误。使用 Diskpart 命令查看分区状态。使用 Fixmbr 有时也会奏效。第三方软件亦可，如 PartitionMagic。此外，硬盘附带的诊断软件也是一个不错的选择
不显示错误的黑屏	可能是出错的 MBR、分区表、启动扇区或 Ntldr 文件。使用 Windows 2000/XP 启动盘启动系统，然后使用 Fixmbr 或 Fixboot 命令。可能需要重新安装系统
计算机不断地重启	很可能是硬件问题，如 CPU、主板、内存条等。首先移除所有不必要的硬件。然后检查机器内的内存条是否插好，风扇是否工作等。注意防静电问题
发生磁盘读取错误； NTLDR 丢失； NTLDR 交错	首先检查软驱中有没有软盘，如果有则将其移除。若从硬盘启动后发生这些错误，可能是 Ntldr 移动、重命名、删除或交错。还有可能是启动扇区出错，或者安装了低版本的 OS。先尝试替换 Ntldr，然后检查 Boot. ini 设置
打开计算机后正常启动但随后直接关机	CPU 过热，查看风扇是否工作
引发 Windows 死机的停止错误：	
屏幕显示蓝屏后系统挂起。某些停止错误如下：	病毒、文件系统错误、出错的硬盘或硬件问题都可以引发停止错误。到 Microsoft 网站搜索未确定的停止错误
停止 0x00000024 或 NTFS_ File_ System	NTFS 文件系统出错。立即进入恢复控制台，并复制转换重要数据

错误信息	含义及解决方法
停止 0x00000050 或 Page_ Fault_ in_ Nonaged _ Area	内存条有缺陷
停止 0x00000077 或 Kernel_ Stack_ Inpage_ Error	硬盘上有坏扇区，或硬盘有问题，或者内存条有缺陷。尝试运行 Chkdsk
停止 0x0000007A 或 Kernel_ Data_ Inpage_ Error	页面文件存放的硬盘有坏扇区；或者有病毒；或者内存条有缺陷。尝试运行 Chkdsk
GD 停止 0x0000007B 或 Inaccessible_ Boot_ Device	启动扇区病毒或损坏的硬件。尝试运行 Fixmbr
正在运行的 Windows 突然重启； 重启过快以至于看不清错误信息	Windows XP 中，在高级选项菜单中选择禁用自动重启
因为程序出错或丢失引发的启动错误：	
设备无法启动； 服务启动失败； 程序没有找到	启动程序需要的注册表键值或目录丢失。使用 Msconfig 或服务控制台来找到项目并替换丢失项目。根据错误的不同，系统或许挂起或许不挂起

下面将讲解当 Windows 启动时出现停止错误、程序无法找到、或者设备和服务无法启动时应当采取的措施。

1. 在 Windows 开始加载前发生的错误

如果有错误在 Windows 开始加载前发生，那么会显示如图 5-20 所示的画面。此时启动 BIOS 仍然有效。

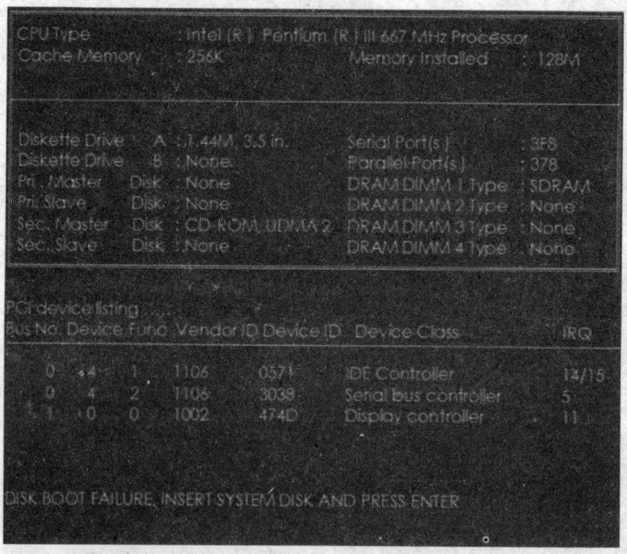

图 5-20 在 Windows 加载开始前的启动错误

要使 OS 能成功启动，计算机需要最小的硬件和软件来支持。如果缺失其中一项，系统都无法正常启动。如果想了解机箱内部构造，可以尝试把除包含 OS 的硬盘外的数据线和电源线去除后，再检查计算机的工作情况。

下面列出了重要的硬件组件：

➤ CPU、主板、内存、键盘、独立显卡或集成显卡。

➤启动设备如 CD、软盘驱动器、装有 OS 的硬盘。

➤电源。

2. 停止错误

停止错误是一种可以使 Windows 挂起的严重错误，如图 5-21 所示。在屏幕上查找表中所列的错误号，或者到 Microsoft 支持网站查找信息。图中的错误是由 USB 设备所引起的。

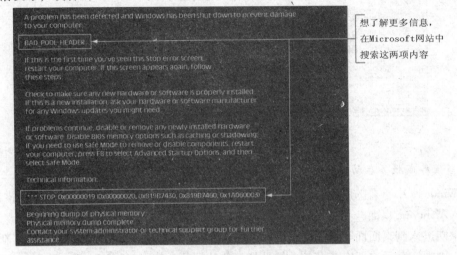

想了解更多信息，在 Microsoft 网站中搜索这两项内容

图 5-21 硬件或软件都可引发 BSOD 问题

3. 程序丢失错误

软件若卸载不完全就会引发程序丢失错误。卸载完全的杀毒软件由于找不到 OsisOijw.dll 文件而弹出错误对话框，如图 5-22 所示。使用 Msconfig 显示出此 DLL 文件从注册表中加载，如图 5-23 所示。

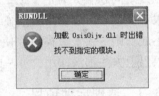

图 5-22 启动错误说明软件没有卸载完全

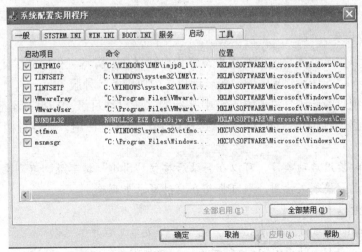

图 5-23 Msconfig 显示出启动时调用的 DLL 文件

下一步就是要备份注册表，然后使用 Regedit 来删除相关的键值，如图 5 - 24 所示。

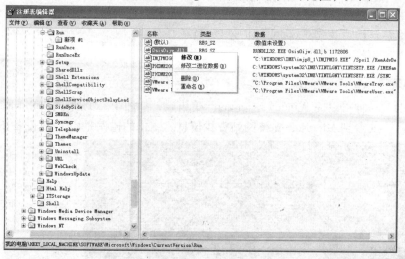

图 5 - 24 删除注册表中的键值

4. 当设备或服务启动失败时产生的错误

若 Windows 中重要的服务或设备启动失败后，启动无法继续；否则虽然会提示错误，但仍可进入 Windows 桌面。

如果能进入到桌面而且错误提示是设备驱动程序的问题，应使用设备管理器更新程序。如无效，则须卸载后重新安装设备。如果是服务的问题，使用 Msconfig 暂时禁用某些或所有服务直到发现问题服务为止。此外，还可以从安装 CD 中恢复文件。

如果系统挂起，应使用对系统改动最小的方法进行修复。首先尝试上一次已知的正确配置；若不成功则进入安全模式并使用系统还原。最后使用恢复控制台来确定服务和系统文件。如果以上方法都没作用，可考虑恢复 Windows 安装或者重新安装 Windows 2000/XP。

5.3.3 清理启动项目

当系统启动缓慢或给出错误时，可以对启动进程执行相应的清理。如查看启动目录、组策略、使用 Msconfig 或者服务控制台都可以执行清理。本节将讲述这些内容。

1. 检查启动目录

某些目录可以被某些用户或所有用户设置为启动目录。脚本、程序或快捷方式都可被放置在此处。如图 5 - 25 所示，Windows 在启动目录中放置了各种服务。

要清理启动项目，必须仔细查看本节中提到的这些启动目录。如果有不想使用的服务，可将其快捷方式移动到他处，而非删除。这样以后若想继续使用，则可直接移回到启动目录中。

注意：要暂时禁用启动项目，可以在登录后按住"Shift"键不放，直到桌面完全加载并且沙漏消失时为止。要永久禁用，则可将其在启动目录中删除。

首先需要检查以下目录：

➤ C：\ Documents and Settiings \ 用户名 \ 开始菜单 \ 程序 \ 启动

➤ C：\ Documents and Settiings \ 所有用户 \ 开始菜单 \ 程序 \ 启动

如果从 Windows NT 升级至 Windows 2000/XP，应注意 C：\ Winnt \ Profiles 目录也是启动目录。应注意查看以下这些地方：

➢ C：\ Winnt \ Profiles \ 所有用户 \ 开始菜单 \ 程序 \ 启动
➢ C：\ Winnt \ Profiles \ 用户名 \ 开始菜单 \ 程序 \ 启动

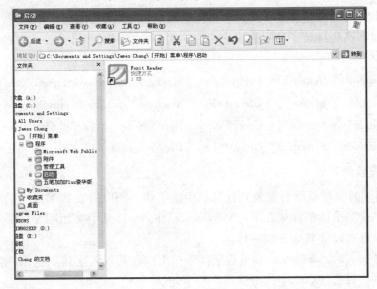

图 5 – 25　启动目录

2. 查看无用的任务计划

计算机启动后运行的计划任务都存放在 C：\ Windows \ Tasks 目录中，其中可能会含有已经不需要的服务或程序的任务计划。应注意检查这些目录。

最简单的方法就是在控制面板中打开任务计划应用程序。显示窗口如图 5 – 26 所示，图的左侧显示了有个 Windows Update 任务计划在队列中，图中右侧显示了 Windows Update 任务的详细信息。

图 5 – 26　任务计划目录可以包含启动时运行的项目

注意：计划任务目录可能还会有隐藏文件。要显示这些文件，单击"工具"菜单中的"文件夹选项"命令。转到"查看"标签页后，选中"显示隐藏文件和目录"选项，并取消"隐藏受保护的操作系统文件"选项。

3. 检查组策略中无用的启动事件

管理员对组策略的设置和某些恶意软件都会放到以下这些目录中。恶意软件的编制者之所以会把软件放到这些目录，是因为用户一般不太会注意到这些目录，或者是无法找到这些目录。

➢ C：\ Windows \ System32 \ GroupPolicy \ Machine \ Scripts \ Startup
➢ C：\ Windows \ System32 \ GroupPolicy \ Machine \ Scripts \ Shutdown
➢ C：\ Windows \ System32 \ GroupPolicy \ User \ Scripts \ Logon
➢ C：\ Windows \ System32 \ GroupPolicy \ User \ Scripts \ Logoff

4. 检查已安装的字体

Windows 启动时会加载所有安装到计算机中的字体，所以若安装了过多的字体也会导致系统运行缓慢。这些字体都存放在 C：\ Windows \ Fonts 目录中，如图 5 – 27 所示。把字体移出或移入目录就可以卸载或安装字体。

当有新字体加入后，Windows 会重建字体表，所以在新加入字体后的第一次重启过程会很缓慢。若字体数目超过 260 个，可移出一些字体。

其实可以把所有的字体文件都移出 Fonts 目录，因为 Windows 不只在这个目录保存了字体。更改完字体目录后，需要重启计算机两次以查看是否有任何问题发生。

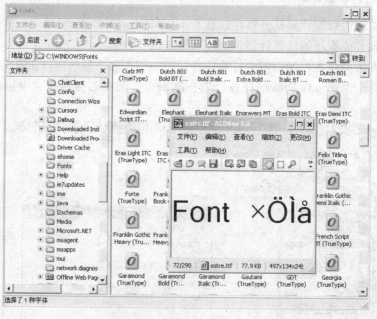

图 5 –27　字体被保存在 C：\ Windows \ Fonts 目录中

5. 使用 Msconfig 来限制启动事件

Msconfig 用来暂时禁用某些启动服务或程序。要使用此实用程序，在"运行"对话框中输入 Msconfig. exe 命令，按 Enter 键。在 Msconfig 窗口中，单击"服务"标签页来查看启动服务，如图 5 – 28 所示。

图 5 – 28　使用 Msconfig 中的"服务"标签页来暂时禁用服务

　　在窗口底部，如果选中隐藏所有 Microsoft 服务，那么显示的仅有非 Microsoft 服务。这时便可以选择启用或禁用某项服务了。

　　然后在如图 5 – 29 中所示的窗口中单击"启动"标签页，这里列出了 Windows 启动时要加载的所有进程。取消想暂时禁用项目前的对钩，就可停止使用此项目。单击"全部禁用"按钮来禁用全部启动项目，然后单击"应用"按钮。在"一般"标签页中选择"有选择的启动"选项后重启计算机。如果问题解决，那么便可以永久禁用此项目。

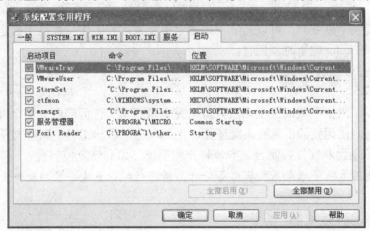

图 5 – 29　使用 Msconfig 中的"启动"标签页来控制启动程序

　　要永久禁用项目，首先设置项目为不自动启动或者从启动目录中移除快捷方式。若不再使用软件，可在添加或删除程序中将其删除；最后在注册表编辑器中删除所有的相关键值。但是这种操作很危险，是迫不得已采用的办法。

　　永久删除后若系统正常，则返回 Msconfig 并选中"一般"标签页中的"正常启动"选项。

　　注意：*如果不熟悉某个启动项目，可在百度中搜索其相关信息。如果是 Windows 的服务损坏，可从安装 CD 进行恢复。*

6. 检查出错或无须的服务

使用服务控制台可以查看哪些服务在 Windows 启动时会自动启动。要进入服务控制台，在"运行"对话框中输入 Services. msc 命令，按 Enter 键。此时显示如图 5 – 30 所示的服务窗口。

要了解服务的信息，可右击服务并选择"属性"命令。显示如图 5 – 30 右侧所示的属性窗口。

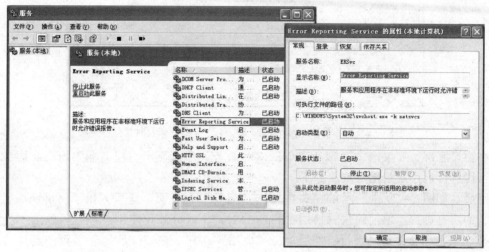

图 5 – 30　服务控制台用来启动、停止或计划服务

当详细调查某个服务时，可以充分利用搜索引擎来进行工作。如果不确定某个服务是否可靠，可以在 Msconfig 中暂时禁用它。

5.3.4　还原系统文件

如果 Windows 出错严重以至于无法分析出究竟是哪个文件的问题，那么可以进行系统文件的还原或恢复。使用到的工具有系统还原、系统状态的备份工具、系统文件检查器、Windows 2000/XP 启动盘和恢复控制台。本节将介绍系统还原和恢复控制台。

注意：当使用系统还原或系统状态备份时，所进行的设置或安装的软件都会丢失，须慎重考虑。

1. 使用 Windows 还原点还原

使用系统还原时，如果是硬件问题，则首先尝试使用回滚驱动程序。如果无效，则使用系统还原来返回先前状态。选择最近一次的还原点，以对系统进行最小改动。

若无法加载进桌面，则进入安全模式，系统会直接提示是否使用系统还原，此时选择"是"后直接开始系统还原。

2. 使用恢复控制台来恢复系统文件

具体恢复方法在前文中已有详述。在恢复完成后，尝试以下一种或多种工作：

➤获取根目录文件列表。如果显示杂乱无章的文件列表，极有可能硬盘出错或者损坏。

➤运行 Chkdsk 命令来扫描硬盘错误。

➤复制 \ Windows \ repair 目录中的注册表备份文件至 \ Windows \ system32 \ config 目录

中。重启计算机后查看问题是否解决。

➢如果确定是 Windows 的关键服务损坏，可从安装 CD 进行恢复。

➢使用 Listsvc 命令来列出所有可以禁用的服务。依次启用或禁用服务来找出问题服务。

➢损坏的系统文件非常难以查找，所以有时会重新安装操作系统来解决问题。下面讲解此内容。

5.3.5　还原或修复 Windows 2000/XP 安装

如果先前的工具都不起作用，那么就要考虑还原或修复安装。对于笔记本电脑来说，使用隐藏分区内的系统备份就可还原。对于 Windows XP 来说，使用自动系统还原是个不错的选择；对于 Windows 2000 来说，可以使用紧急修复过程来还原。此外，还可以使用自我升级或重新安装。

1. 还原分区与还原 CD

如果使用笔记本电脑，那么一般都会有厂商提供的还原 CD。所以在使用安装 CD 还原系统文件时，应使用厂商提供的这些 CD，而不是售货架上提供的零售版安装盘。因为厂商提供的 CD 里都包含了一些厂商对系统所做的特殊设置。例如，厂商提供的 Windows XP 家庭版会比一般的 Windows XP 家庭版有更多个性化内容。图 5 - 31 显示了某些厂商提供的还原 CD。

生产商可能会制作隐藏分区来恢复 Windows 安装。在系统启动过程中，屏幕上可能会显示如"按下 F2 还原系统"或"按下 F11 开始还原"等信息提示。按下相应的键后，系统会给出两种选择：一种是保存用户数据并还原系统；另一种是格式化磁盘，并重新安装系统。应按需选择。如果二者都无法工作，那么可能是因为隐藏分区交错或硬盘损坏。

如果恢复过程无效，则使用随机附赠的还原 CD 来进行修复。笔记本用户最好拥有这张 CD，以免出现意外。如果无法获取，可登录生产商的网站中下载相应的驱动程序。

图 5 - 31　带有厂商品牌的还原 CD 和 Windows XP 安装 CD

2. Windows XP 自动系统还原

要使用此功能，可在 Windows XP 安装 CD 启动提示"按下 F2 运行自动系统还原"时按下"F2"键。在此不再赘述。

3. Windows 2000/XP 的自我升级

Windows 2000/XP 的自我升级功能会覆盖现有系统，但能保留全部用户数据。但是安装的软件或硬件需要重新安装。

按照以下步骤进行自我升级：

➢从 Windows 2000/XP 的安装 CD 启动计算机。

➢出现欢迎界面后，按 Enter 键来安装 Windows 2000/XP。

➢下一屏中按下"F8"键，接受协议。

➢在下一屏中，选择要升级的系统安装目录（大多数情况下是 C：\ Windows），然后按下"R"键来修复 Windows 2000/XP。随后按照向导完成操作即可。

➢如果自我升级后没有解决故障，可尝试进行全新安装。

4. Windows 2000/XP 的全新安装

使用 Windows 2000/XP 的全新安装可以得到 OS 的全新副本。可在进行 Windows 2000/XP 全新安装前对重要数据进行备份。下面是安装 Windows 2000/XP 的步骤：

需要完全删除现有的 Windows 2000/XP 安装，以使安装程序不认为用户是要安装双启动。必须删除 C 盘或 \ Windows 目录。下面介绍使用方法：

➢从 Windows 2000/XP 安装 CD 启动后执行恢复控制台。

➢如果决定删除 Windows 目录，那么输入 Del C：\ Windows，按 Enter 键。

➢如果决定删除 C 盘，那么使用 Diskpart 命令来删除分区。

➢重启后再次从 CD 启动。

➢显示如图 5 – 12 所示的欢迎安装界面。按 Enter 键，安装 Windows XP。

➢按照向导完全操作即可。

 复习与思考 <<<

【本章小结】

➢ Windows 2000/XP 启动所需要的文件存储于硬盘的根目录和 C：\ Windows \ system32 目录中。

➢ Boot. ini 定义了启动过程。可使用文本编辑器或在系统属性对话框中编辑它。

➢解决 Windows 2000/XP 加载故障的工具有高级选项菜单和恢复控制台。

➢在 Windows 2000/XP 启动时按下"F8"键来打开高级选项菜单。

➢高级选项菜单包括安全模式、带网络连接的安全模式、带命令提示符的安全模式、启用启动日志、启用 VGA 模式、上一次已知的正确配置、目录服务还原模式、调试模式和禁用系统失败时自动重启。其中最后一个选项只在 Windows XP 中有效。

➢恢复控制台是含有几个命令且用于解决 Windows 2000/XP 加载故障的命令接口。使用时需要输入管理员密码。

➢从 Windows 2000/XP 安装 CD、四张 Windows 2000 启动盘或安装到硬盘中的程序中都可以启动恢复控制台。

➢当解决系统缓慢或 Windows 2000/XP 启动失败问题时，需要响应各种启动错误信息、清理启动进程、恢复系统文件以及修复 Windows 2000/XP 安装等。

➤开机启动程序可以设置在启动目录中，并使用计划任务、组策略、服务控制台或加入注册表项目等来实现。当清理启动进程时，务必检查这些地方并扫描病毒或恶意软件。

➤当无法加载到系统桌面时，用于检查 Windows 系统文件错误或恢复这些文件的工具包括系统还原、启动盘和恢复控制台。

➤紧急修复过程会把系统还原到刚安装完 Windows 2000 时的状态。尽量在其他方法都无效时再使用，因为这样会覆盖所有配置信息。修复过程需要紧急修复磁盘。

➤ Windows XP 自动系统还原（ASR）创建备份和 ASR 软盘来还原卷或分区的备份。

➤使用 Windows 2000/XP 安装 CD 可以进行系统的自我升级。

【复习题】

1. 在 Windows 2000/XP 的启动过程中，哪个程序负责启动菜单的读取和加载？

2. Boot. ini 文件存放在什么位置？

3. 什么情况下使用高级选项菜单中的启动 VGA 模式功能？

4. 在启动时要想显示高级选项菜单应按下什么键？

5. 只凭借 Windows 桌面如何判断其是否处于安全模式？

6. 带网络连接的安全模式的用途是什么？

7. Windows 2000/XP 进入安全模式时使用的日志文件叫什么名字？

8. Windows 2000/XP 中的哪个目录包含每个用户的子目录？

9. C：\ Windows \ system32 中哪两个子目录用于系统启动？

10. 恢复控制台中的哪个命令用于从 CBA 文件中解压文件？

11. Windows XP 的高级选项菜单中的哪项功能不在 Windows 2000 中提供？

12. 恢复控制台中的哪个命令可以检测硬盘分区错误？

13. Windows 安装 CD 中，哪种类型的文件的扩展名以下画线结尾？

14. 运行恢复控制台时，哪种情况下不需要输入管理员密码？

15. 恢复控制台中的 Systemroot 命令的作用是什么？

16. 恢复控制台中，哪个命令用于重写主引导程序？

17. 哪个命令行用于在主启动菜单中安装恢复控制台？

18. 在进行 Windows 2000 紧急修复过程前，必须拥有哪个盘？盘中都包含什么内容？

19. 什么情况下会用到系统文件检查器？哪个命令可以调用它？

20. 系统文件检查器的程序名叫什么？

21. 用于查看 Boot. ini 内容的两个实用程序名叫什么？

22. 对用于解决启动问题的这三种工具进行排序：恢复控制台、高级选项菜单、系统还原。

【实验项目】

实验 5 - 1：练习使用恢复控制台

首先使用 Windows 2000/XP 安装 CD 进入到恢复控制台。然后进行下列工作：

1. 获取 C：\ 下的目录列表。查看在 Windows 资源管理器中的隐藏目录是否会显示在此列表中。

2. 在硬盘上创建名为 C：\ Temp 的目录。

3. 列出 Driver. cab 文件中的文件列表。

4. 解压其中一个文件并将其放置到 C：\ Temp 目录中。

5. 退出恢复控制台并重启计算机。

实验 5 - 2：使用 Ntbtlog. txt

比较正常启动和进入安全模式中的 Ntbtlog. txt 文件的不同。

实验 5 - 3：恢复控制台的进阶练习

在 Windows 资源管理器重命名 C 盘根目录下的文件 Ntldr，并重启计算机。查看出现的错误。使用恢复控制台来恢复 Ntldr 文件，不要使用重命名的方法。从 Windows 安装 CD 上复制文件到 C 盘。列出所使用的命令。

实验 5 - 4：蓄意破坏 Windows XP 系统

在实验室环境中，按照以下步骤来出错 Windows XP 系统以使其无法正常启动，再修复系统。

1. 图 5 - 32 所示列出了用户模式中对 Windows XP 至关重要的进程。

图 5 - 32　全新安装 Windows XP 后运行的进程

2. 重命名或移动如图 5 - 32 中的某个程序。尝试从其他 Windows 目录中找到所移动的程序。

3. 重启系统，查看是否发生错误。在资源管理器中检查文件是否已被还原，思考 Windows 的哪个功能执行了此操作。

4. 重试另一种方法来破坏系统。详细记录步骤，查看这次是否成功。

5. 现在尝试还原系统，并列出使用的步骤。

【疑难问题及解答】

问题：Windows XP 的启动问题

Tim 有一台装有 Windows XP 的计算机，其中安装了许多应用程序，他自称系统反应迟钝，而且加载或关闭程序时很缓慢。他怀疑是系统启动时加载了过多的服务或程序，从而把系统资源消耗殆尽。针对检查启动进程或减少不必要项目以及系统使用服务的问题，结合本章讲解的内容，写下 10 项合理的措施来解决系统反应迟钝问题。

Part 6

第六章 管理 Windows 2000/XP 的文件系统

情境引入 ○○○

　　某公司在使用计算机进行数据处理时出现如下问题：Windows XP 操作系统的分区均为 FAT32 格式，但是在使用中发现一个大于 4G 的数据文件无法写入分区，同时有一批数据库数据文件总大小 4T 必须放入同一分区中，也发现无法写入的状况，这时可考虑采用 NTFS 格式进行存储数据；接着该公司发现如果直接将数据库文件备份将占用很多的磁盘空间，经常会超出公司的购买的磁盘空间。技术人员提出采用 NTFS 的文件数据压缩功能以减少存储空间的大小；最终公司的多个用户分别对这些数据文件进行了处理，但是由于数据处理的错误经常由于单个用户的文件过大而使文件大小超出磁盘空间大小，技术人员再次建议采用磁盘配额的方法限制用户的空间使用。

　　本章讲述了 Windows 2000/XP 文件系统的配置与管理中的文件系统介绍、数据压缩方法，以及磁盘配额管理的重要概念和操作方法。

本章内容结构 ○○○

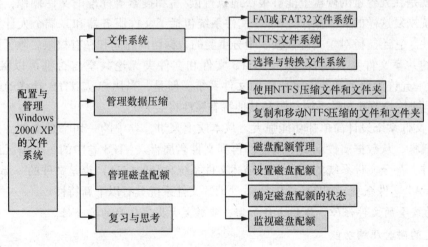

本章学习目标 ○○○

➢掌握 Windows 2000/XP 中的文件系统的基本概念。

➤掌握 Windows 支持的文件类型、转换与管理方法。

➤掌握数据压缩的概念和方法。

➤掌握磁盘配额的概念和操作方法。

6.1 文件系统

6.1.1 FAT 或 FAT32 文件系统

FAT16 是用户早期使用的 DOS、Windows 95 的文件系统，现在常用的 Windows 98/2000/XP 等系统均支持 FAT16 文件系统。它最大可以管理 2 GB 的磁盘分区，每个分区最多只能有 65 535 个簇（簇是磁盘空间的配置单位）。随着硬盘和分区容量的增大，每个簇所占的空间将越来越大，从而导致硬盘空间的浪费。

FAT32 是 FAT16 的增强版，随着大容量硬盘的出现，从 Windows 98 开始流行，它可以支持大到 2 TB（2 048 GB）的磁盘分区。FAT32 使用的簇比 FAT16 小，从而有效地节约了磁盘空间。FAT 文件系统是一种最初用于小型磁盘和简单文件夹结构的简单文件系统，它向后兼容，最大的优点就在它适用于所有的 Windows 操作系统。另外，FAT 文件系统在容量较小的卷上使用比较好，因为 FAT 启动只使用非常少的开销。FAT 在容量低于 512 MB 的卷上工作时最好，当卷容量超过 1.024GB 时，效率就显得很低。而对于 400 ~ 500 MB 以下的卷，FAT 文件系统相对于 NTFS 文件系统来说是一个比较好的选择。不过对于使用 Windows Server 2003 的用户来说，FAT 文件系统则不能满足系统的要求。

6.1.2 NTFS 文件系统 (New Technology File System)

Windows 的 NTFS 文件系统提供了 FAT 文件系统所没有的安全性、可靠性和兼容性。其设计目标就是在大容量的硬盘上能够很快地执行读/写和搜索等标准的文件操作，甚至包括像文件系统恢复这样的高级操作。NTFS 文件系统包括了文件服务器和高端个人计算机所需的安全特性。它还支持对于关键数据、十分重要的数据访问控制和私有权限。除了可以赋予计算机中的共享文件夹特定权限外，NTFS 文件和文件夹无论共享与否都可以赋予权限，NTFS 是唯一允许为单个文件指定权限的文件系统。但是，当用户从 NTFS 卷移动或复制文件到 FAT 卷时，NTFS 文件系统权限和其他特有属性将会丢失。

NTFS 文件系统设计简单却功能强大。从本质上来讲，卷中的一切都是文件，文件中的一切都是属性，从数据属性到安全属性，再到文件名属性。NTFS 卷中的每个扇区都分配给了某个文件，甚至文件系统的超数据（描述文件系统自身的信息）也是文件的一部分。

相比 FAT 文件系统，如图 6-1 所示，NTFS 文件系统具有以下新特性。

➤更为安全的文件保障，提供文件加密，能够大大提高信息的安全性。

➤更好的磁盘压缩功能。

➤支持最大达 2 TB 的大硬盘。

➤可以赋予单个文件和文件夹权限。

➤ NTFS 文件系统中设计的恢复能力无须用户在 NTFS 卷中运行磁盘修复程序。

➤ NTFS 文件夹的 B-Tree 结构使得用户在访问较大文件夹中的文件时，速度甚至比访问卷中较小文件夹中的文件还快。

➤可以在 NTFS 卷中压缩单个文件和文件夹。

➤支持活动目录和域。

➤支持稀疏文件。

➤支持磁盘配额。

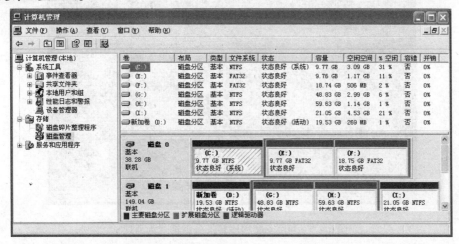

图6-1　FAT、FAT32 与 NTFS 文件系统

6.1.3　选择与转换文件系统

在运行 Windows XP 的计算机上，可以在三种面向磁盘分区的不同文件系统 NTFS、FAT 和 FAT32 中加以选择。其中，NTFS 是强力推荐使用的文件系统，与 FAT 或 FAT32 相比，它具有更为强大的功能，并且包含活动目录及其他重要安全特性所需的各项功能。只有选择 NTFS 作为文件系统，才可以使用安全性权限控制，以及诸如活动和基于域的安全性之类特性。

1. 借助安装程序转换至 NTFS 文件系统

安装程序简化了将磁盘分区转换为新版 NTFS 文件系统的操作方式，即便原先使用 FAT 或 FAT32 文件系统，转换过程同样可以轻松完成（如图6-2所示）。这种转换方式能够确保文件完好无损（与分区格式化方式不同）。

安装程序首先检测现有文件系统。如果当前文件系统为 NTFS，则无须进行转换。如果当前文件系统为 FAT 或 FAT32，安装程序将允许选择将其转换为 NTFS。如果正在使用 FAT 或 FAT32 分区，并且无须确保当前文件完好无损，那么，建议使用 NTFS 文件系统对现有分区进行格式化，而非从 FAT 或 FAT32 文件系统进行转换。总之，无论使用 NTFS 重新格式化分区或对其进行转换，NTFS 文件系统都将带来巨大便利。

注意：分区格式化将删除分区上的所有数据，并允许在崭新的驱动器上从头开始工作。

2. 利用 Convert. exe 转换至 NTFS 文件系统

通过使用 Convert. exe，还可以在安装过程结束后对分区格式进行转换。如需获取更多关于 Convert. exe 的信息，可在安装过程结束后，依次点击"开始"菜单中的"运行"按钮并输入 cmd，并按 Enter 键。在命令行窗口中，输入 help convert 并按 Enter 键，有关将 FAT

卷转换为 NTFS 格式的信息将显示在屏幕上，如图 6 - 3 所示。

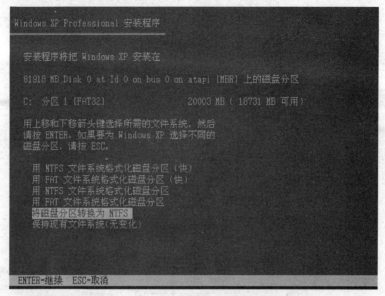

图 6 - 2　利用安装程序转换分区格式为 NTFS

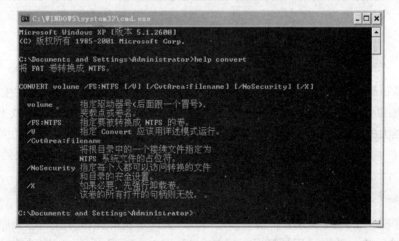

图 6 - 3　help convert 的帮助信息

将分区转换为 NTFS 格式的操作方式非常简便。无论分区之前使用 FAT、FAT32 还是早期版本的 NTFS 文件系统，安装程序均可轻松完成转换工作。这种转换方式可以确保文件完好无损（与分区格式化方式不同）。

如需通过命令行方式将特定卷转换为 NTFS 格式，可依次执行以下操作步骤：

➤打开命令行方式。在"开始"菜单的"所有程序"中，选择"附件"中的"命令提示符"菜单命令。

➤在命令提示符窗口中，输入 convert ＜驱动器盘符＞：/fs：ntfs。例如：convert D：/fs：ntfs 命令将采用 NTFS 格式对 D 驱动器进行格式化，如图 6 - 4 所示，转换时必须输入正确的分区卷标。可以通过这条命令将 FAT 或 FAT32 卷转换为 NTFS 格式。

图 6-4　convert 转换 D 盘为 NTFS 文件格式的示例

注意：一旦将某个驱动器或分区转换为 NTFS 格式，便无法将其恢复回 FAT 或 FAT32 格式。如需返回 FAT 或 FAT32 格式，必须对驱动器或分区进行重新格式化，并从相应分区上删除包括程序及个人文件在内的所有数据。

6.2　管理数据压缩

6.2.1　使用 NTFS 压缩文件和文件夹

对文件、文件夹和程序进行压缩可减小它们的大小，并可减少它们在卷或可移动存储设备上占用的空间。对卷进行压缩可减少该卷上存储的所有文件和文件夹所占用的空间。因为可能会带来性能上的损失，所以使用人员可能不希望压缩某些文件。

1. NTFS 压缩功能简介

NTFS 压缩在使用 NTFS 文件系统的卷上可用，NTFS 压缩有以下功能和限制：

➢可以使用 NTFS 压缩来压缩个别文件和文件夹，也可以压缩完整的 NTFS 卷。

➢可以压缩文件夹而不压缩其内容。

➢可以使用 NTFS 压缩文件而不用把它们解压缩，因为它们的解压缩和再压缩无须用户干预。

➢可以使用不同的颜色来显示 NTFS 压缩文件和文件夹的名称，以便于识别。

➢在使用 NTFS 压缩文件时，计算机的性能会有所下降。在打开压缩文件时，该文件会被 Windows 自动解压缩；在关闭该文件时，又会被 Windows 重新压缩。此过程会降低计算机的性能。

➢ NTFS 压缩文件和文件夹仅存储在 NTFS 卷上时才保持压缩状态。

➢不能对 NTFS 压缩文件进行加密。

2. 压缩 NTFS 卷

必须以管理员或 Administrators 组成员的身份登录才能完成此步骤。如果计算机已联网，则网络策略设置也可能使你无法完成此过程。若要压缩一个 NTFS 卷，须执行以下操作：

➢单击"开始"菜单，然后单击"我的电脑"。

➢右击要压缩的卷，然后单击"属性"。

➢在"常规"标签上，单击选中"压缩卷以节省磁盘空间"复选框，然后单击"确定"按钮，如图 6 - 5 所示。

➢在确认属性更改上，单击所需的选项。

3. 压缩 NTFS 卷上的文件或文件夹

要压缩一个文件或文件夹时，则执行以下操作：

➢单击"开始"菜单，然后单击"我的电脑"。

➢双击包含有你希望压缩的文件或文件夹的 NTFS 卷。

➢右击希望压缩的文件或文件夹，然后单击"属性"。

➢在"常规"标签上，单击"高级"按钮。

➢单击以选中"压缩内容以便节省磁盘空间"复选框，然后单击"确定"，如图 6 - 6 所示。

➢在"属性"对话框中，单击"确定"按钮。

➢在确认属性更改上，单击所需的选项。

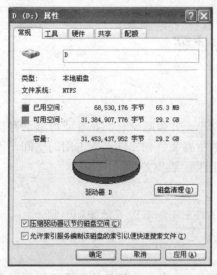

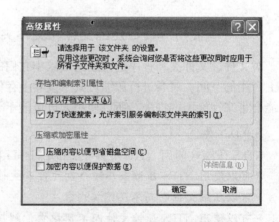

图 6 - 5 压缩卷的设置　　　　　　　图 6 - 6 压缩文件以及文件夹的设置

4. 用彩色显示压缩的文件

可以在 Windows 资源管理器和"我的电脑"中更改已压缩文件和文件夹的显示，以方便查看。若要用彩色显示压缩的文件可以执行以下操作：

➢单击"开始"菜单，然后选择"控制面板"命令。

➢双击"控制面板"中的"文件夹选项"命令。

➢在"查看"标签上，单击选中"用彩色显示加密或压缩的 NTFS 文件"复选框（如图 6 - 7 所示）。

➢压缩后的文件和文件夹会以蓝色显示，如图 6 - 8 所示。

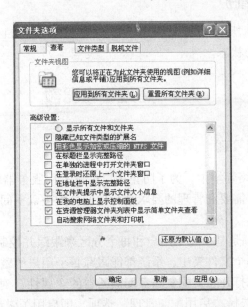

图 6-7 用彩色显示压缩的文件的设置

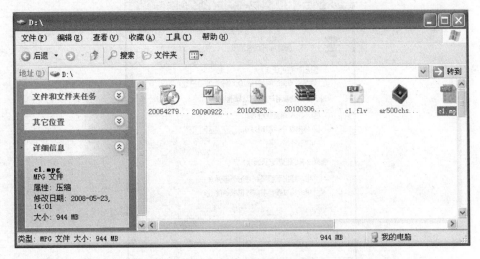

图 6-8 压缩文件以及文件夹设置后的彩色显示效果

6.2.2 复制和移动 NTFS 压缩的文件和文件夹

如果将一个文件移到或复制到压缩文件夹中，会出现以下几种情况：

（1）如果将一个文件从另一 NTFS 卷中移到或复制到压缩文件夹中，则它也会被压缩。

（2）如果将同一个 NTFS 卷中的文件复制到压缩文件夹中，则该文件会被压缩。

（3）如果将同一个 NTFS 卷中的文件移到压缩文件夹中，则该文件会保留其原始状态——压缩或未压缩。

（4）如果将压缩文件或文件夹复制或移动到其他位置时，该文件或文件夹将不再保留原始的压缩状态。

例如：A 文件夹为一个压缩文件夹，a. txt 为一个未压缩的文件，则当 a. txt 文件被复制或移动到 A 文件夹中后会被自动压缩；当 a. txt 与 A 文件夹在同一个分区，将 a. txt 复制到 A

文件夹中时，则 a. txt 自动压缩；当 a. txt 与 A 文件夹在同一个分区，将 a. txt 移动到 A 文件夹中时，则保留其原来的状态。

6.3 管理磁盘配额

6.3.1 磁盘配额管理

在 Windows XP 的网络环境中，为了防止用户过量占用服务器的磁盘空间，管理员可以使用磁盘配额，根据用户需要和管理的要求来为他们分配磁盘空间，控制用户可以用来存储文件的磁盘容量。

Windows XP 磁盘配额是基于每个用户和每个分区来跟踪并控制磁盘空间的使用。这样，无论用户把文件存储在哪个文件夹中，系统都能跟踪每个用户的磁盘空间使用情况。

要启用磁盘配额，先打开想要配置磁盘配额的卷的"属性"对话框。然后选择"配额"标签，如图 6－9 所示。选择"启用配额管理"选项，即启用了磁盘配额功能。

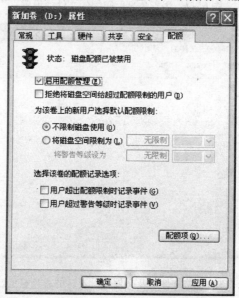

图 6－9 启用磁盘配额

注意：磁盘配额只适用于 NTFS 文件系统的分区。对于用 FAT、FAT32 文件系统格式的分区不能设置磁盘配额，需要先将 FAT32 格式转换为 NTFS 格式，转换时可以使用命令 CONVERT。如：将 D 盘转换为 NTFS 格式用 CONVERT D：/FS：NTFS。

6.3.2 设置磁盘配额

Windows XP 系统的 NTFS 文件系统支持用户磁盘配额管理功能，可有效地跟踪以及控制网络用户的磁盘空间使用情况。

在启用磁盘配额时，可设置两个值：磁盘配额限制和磁盘配额警告级别。例如，可以把用户的磁盘配额限制设为 500 MB，并把磁盘配额警告级别设为 450 MB，如图 6－10 所示。在这种情况下，用户可在卷上存储不超过 500 MB 的文件。如图 6－11 所示，如果用户在卷上存储的文件超过 450 MB，则可把磁盘配额系统配置成记录系统事件。只有 Administrators 组的成员才能管理卷上的配额。

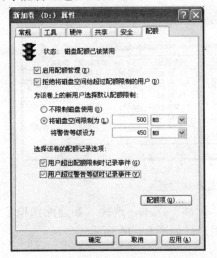 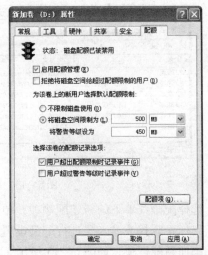

图 6 - 10　磁盘配额记录设置　　　　图 6 - 11　磁盘配额空间大小限制的配置

　　可以指定用户能超过其配额限度。如图 6 - 12 所示，如果不想拒绝用户对卷的访问，但想跟踪每个用户的磁盘空间使用情况，可以启用配额且不限制磁盘空间的使用；也可指定不管用户超过配额警告级别还是超过配额限制时是否要记录事件。

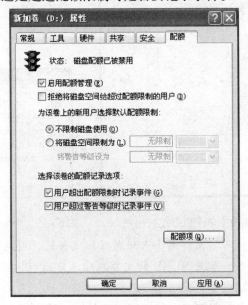

图 6 - 12　启用所有用户的磁盘配额管理

　　启用卷的磁盘配额后，系统从那时起将自动跟踪所有用户对卷的使用。只要用 NTFS 文件系统将卷格式化，就可以在本地卷、网络卷以及可移动驱动器上启用配额。另外，网络卷必须从卷的根目录中共享，可移动驱动器也必须是共享的。Windows 安装将自动升级使用 Windows XP 中的 NTFS 版本格式化的卷。

　　在配额项中还可以针对单个用户设置磁盘配额项，具体方法如下：

（1）打开配额项，在"属性"对话框中的"配额"标签中单击"配额项"按钮，打开"配额项目"窗口，如图6－13所示。

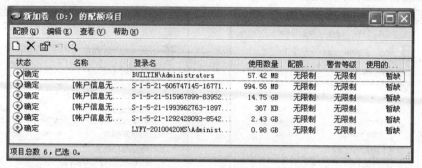

图6－13 磁盘配额项管理

（2）选择配额菜单下的新建配额项，单击"配额"菜单，选择"新建配额项"命令。

（3）选择、查找或输入要进行配额设置的用户，如图6－14所示。

（4）添加新配额项，如图6－15所示。

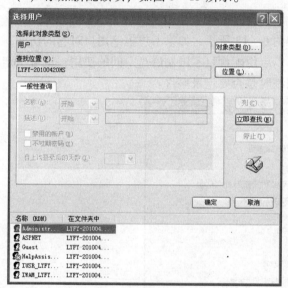

图6－14 在磁盘配额项中单个添加控制用户　　图6－15 为单个用户配置磁盘配额项

注意：由于是按未压缩时的文件大小来跟踪压缩文件的，因此不能使用文件压缩来防止用户超过其配额限制。例如，如果50 MB的文件在压缩后为40 MB，Windows将按照最初50 MB的文件大小计算配额限制。

用户磁盘配额管理是服务器管理中的一项重要任务，特别是在大型企业网络中，网络磁盘空间非常有限，如果不恰当地管理用户磁盘配额，一方面将造成网络磁盘空间的大量浪费；另一方面也可能带来严重的不安全因素，还可严重影响整体网络性能，用户可能无法登录。

6.3.3 确定磁盘配额的状态

通过检查磁盘"属性"对话框上的交通灯图标和阅读其右侧的状态消息，可以确定磁盘配额的状态。其所表示的状态如下：

➤红色交通灯，如图6-16所示，表明磁盘配额已被禁用。

➤黄色交通灯，如图6-17所示，表明系统正在重建磁盘配额信息。

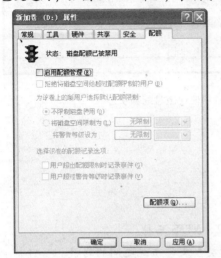 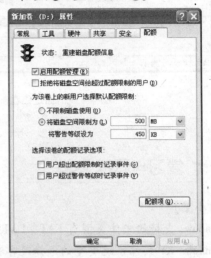

图6-16 磁盘配额禁用状态　　　图6-17 重建磁盘配额信息状态

➤绿色交通灯，如图6-18所示，表明磁盘配额系统已被激活。

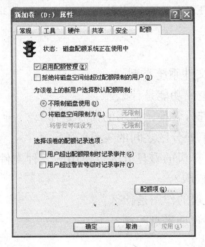

图6-18 磁盘配额系统使用状态

6.3.4 监视磁盘配额

在磁盘属性的"配额"标签中，直接选择"配额项"按钮，可以打开"配额项目"窗口（如图6-19所示），在窗口中可以查看状态、名称、登录名、使用数量、配额限制、警告等级、使用的百分比等详细配额状态，可以用于对每一个磁盘的每个用户的磁盘配额状况进行监视。

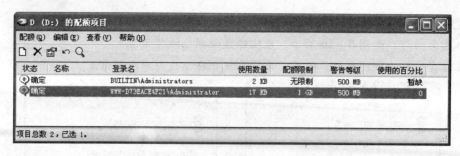

图 6 - 19　通过磁盘配置项监视磁盘配额状态

 复习与思考 <<<

【本章小结】

➤ Windows 支持的文件类型有 FAT、FAT32、NTFS 三种。

➤ Windows XP 文件系统类型的选择及各种类型文件系统之间的转换。

➤ Windows 中数据压缩的方式及操作方法。

➤ Windows 中磁盘配额管理的作用是可以控制用户及用来存储文件的磁盘容量。

➤ Windows XP 系统的 NTFS 文件系统支持用户磁盘配额管理功能，磁盘配额的具体操作步骤及方法。

【复习题】

1. 列出 Windows 支持的文件系统类型。

2. 什么是文件系统，其主要功能是什么？

3. 各文件系统之间可以进行转换，使用的命令是什么？

4. 简述分区、主分区、扩展分区之间的关系？

5. 运行 Windows XP 的计算机的磁盘分区可使用的三种文件系统有哪些？

6. NTFS 有哪 6 个基本的权限？

7. Windows 中磁盘配额管理的作用是什么？

8. 在 Windows XP 中如何管理磁盘配额？

9. 数据压缩的作用有哪些？

10. 在 Windows XP 中如何进行数据压缩？

【实验项目】

实验 6 - 1：练习文件格式转换

假设你的计算机的 C 盘、D 盘分别为 FAT32 文件格式的分区，可尝试使用系统安装光盘将 C 盘转换为 NTFS 文件系统格式，通过 convert 命令将 D 盘转换为 NTFS 文件格式。

实验 6 - 2：练习卷的压缩

尝试在对你的计算机的 D 盘进行卷的压缩，查看压缩前后文件的大小变化。在 E 盘选择一个文件夹进行压缩，查看压缩后的效果。

实验 6 - 3：练习压缩文件的移动和复制

在 D 盘建立一个名为 A 的文件夹，同时在 D 盘建立名为 a. txt 和 b. txt 的两个文件，在 F

盘建立名为 c. txt 和 d. txt 的文件，压缩 A 文件夹，将 a. txt 移动到 A 中，b. txt 复制到 A 中，将 c. txt 移动到 A 中，d. txt 复制到 A 中，查看 4 个文件的压缩状态，得到关于文件移动和复制对压缩状态影响的结论。最后将 A 文件夹复制到 F 盘中查看状态，再将其移动到 F 盘中查看状态。

实验 6 - 4：练习磁盘配额设置

分别完成以下磁盘配额任务并验证：

对 D 盘启用磁盘配额，配置所有用户对于 D 盘的配额为 1 GB，警报配额为 900 MB，对于 Guest 用户的磁盘配额为 500 MB，警报配额为 450 MB，查看并记录下 D 盘的各个用户的全部配额信息以及全部的磁盘配额日志。

■Part
7

第七章 监视与诊断 Windows XP 性能

情境引入 ○○○

　　王明在公司中负责支持一些运行 Windows XP 的计算机,但他所支持的用户中有人抱怨说在运行多个应用程序时,计算机性能较差,请你为他找出是哪些应用程序造成了该问题并给予解决方案。

　　对于 Windows XP 技术人员,需要及时监视系统资源,以衡量计算机的工作负荷,观察资源使用情况,对配置更改进行测试,优化系统性能,诊断各种问题,帮助查找操作问题出现的地方和原因。

　　本章主要描述如何通过 Windows XP 的系统资源工具来监视和诊断系统性能。"系统信息"显示了对硬件、系统组件及软件环境的全面概述。"任务管理器"显示了运行在计算机上的程序和进程的摘要信息。"性能和维护"中的工具可以查出并纠正系统错误。"系统监视器"可以让你了解你的计算工作负荷以及对系统资源的相应影响。

本章内容结构 ○○○

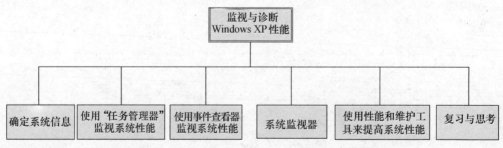

本章学习目标 ○○○

　　➢确定重要的系统信息以便帮助排除故障。

　　➢掌握使用"任务管理器"监视计算机性能。

　　➢掌握使用事件查看器监视系统性能。

➢了解系统监视器。

➢熟练使用性能和维护工具。

7.1 确定系统信息

Windows XP 提供了一种简便的方法来确定在计算机上运行的操作系统和 BIOS 的版本，也可查找有关内存、硬件资源、组件和软件环境的信息，这些信息集合称为"系统信息"。

要访问系统信息，可在"开始"菜单中选择"所有程序"选项，在其级联菜单"附件"中选择"系统工具"中的"系统信息"菜单命令。"系统信息"由以下四部分组成。

1. 系统摘要

"系统摘要"文件包含操作系统和基本输入/输出系统（BIOS）的名称、版本和其他相关信息，还包括处理器和可用内存的相关信息。通过这些信息既可确定计算机的 BIOS 是否为最新版本，也可确定计算机的内存大小。

2. 硬件资源

"硬件资源"文件夹包含有关资源分配信息及直接内存访问（DMA）、强制硬件、输入/输出（I/O）、中断请求（IRQ）和内存资源之间存在的共享冲突信息。通过这些信息可以确定硬件设备正在使用或正在共享哪些资源，如端口等，并解决资源冲突。

3. 组件

"组件"文件夹包含计算机中每个组件的信息，以及正在使用的设备驱动程序的版本。"组件"下的"有问题设备"文件夹包含了驱动程序已损坏设备列表，所以是非常有用的。

4. 软件环境

"软件环境"文件夹包含了有关系统配置的信息，包括有关系统、设备驱动程序、环境变量和网络连接的详细信息。使用这些信息既可以确定设备正在使用哪一个版本的驱动程序，也可以确定计算机正在支持哪一个服务的任务。另外，还能够查出与任何应用程序相关的动态链接库（DLL）的名称、版本和路径。在应用程序找不到 DLL 时该类别的信息尤其有用。

如果安装了其他应用程序，如 Microsoft Internet Explorer 或 Microsoft Office，"系统信息"也包括特定应用程序的信息，如应用程序的位置和专用文件夹的安全性设置等。

小技巧：右击"系统信息"中的某一文件夹，然后单击"这是什么"，就可以得到该文件夹帮助信息。

7.2 使用"任务管理器"监视系统性能

监视系统性能是维护和管理 Windows XP 的重要部分。使用性能数据可以：

➢了解工作负荷以及对系统资源的相应影响；

➢观察工作负荷和资源使用的变化趋势，以便计划今后的升级；

➢利用监视结果测试配置更改或其他调整结果；

➢诊断问题和目标组件及过程，用于优化处理。

"任务管理器"是一个提供了计算机当前运行程序实时信息的工具。应用程序的有效信息包括处理器时间和应用程序正在使用的内存等。"任务管理器"也提供了计算机性能和网络连接的有关信息。

小提醒："进程"是保留内存空间中运行的程序，它执行特定的任务，如启动一个程序。进程可以在前台运行，也可以在后台运行，它是应用程序的一部分，一个应用程序中可有多个进程。Excel. exe 和 Svchost. exe 都是进程的名称。

可以使用"任务管理器"来监视应用程序或正在使用的系统资源情况。另外，"任务管理器"状态栏提供了系统或程序活动的一些属性。

可以用下面三种方法中的任何一种来打开"任务管理器"：

（1）按 Ctrl + Alt + Del 组合键。

（2）右击 Windows 任务栏，然后在快捷菜单中单击"任务管理器"命令。

（3）按 Ctrl + Shift + Esc 组合键。

7.2.1　监视应用程序

使用"任务管理器"中的"应用程序"标签能够查看当前登录用户"安全上下文"中运行的程序。"安全上下文"由用户的配置文件和权限组成。

如果计算机性能发生问题，就应该查看"应用程序"标签。例如，如果某一个应用程序好像运行很慢，或者已经停止运行，可以查看"应用程序"标签来确定程序的状态，此时，每个应用程序都将以"正在响应"或"没有响应"的状态列出来。

可以在"应用程序"标签上执行下列任务：

（1）查看应用程序的状态。

（2）通过选择没有响应的应用程序，然后单击"结束任务"，关闭该程序。

（3）通过选择另一个正在运行的应用程序，然后单击"切换至"，切换到该应用程序。

（4）通过单击"新任务"，并在"创建新任务"对话框中，输入想要打开的资源的正确名称，可以打开一个新的应用程序。"新任务"和"开始"菜单上的"运行"命令类似。如果"运行"命令无效，则"新任务"选项也无效。

（5）右击应用程序，然后单击"转到进程"，就会切换到"进程"标签，并且高亮显示与该程序相关的进程。这样可以确定和该应用程序相关的进程。

7.2.2　监视进程

使用"进程"标签可以查看正在运行的进程列表和它们的属性。"属性"包含了进程的有关信息，如总的处理器时间或进程使用的内存数量。进程标签的列表中显示了所有运行在自己地址空间中的进程，包括所有应用程序和系统服务。"地址空间"是处理器专用的内存部分。

用户和系统都能够启动程序，但是用户只能结束由用户启动的程序。要结束一个由系统启动的程序，一般需要重新启动计算机。

1. 何时需要查看进程

每一个应用程序至少有一个进程，但是大部分应用程序有多个进程。当想要确定特定进程是否使用非正常数量的内存或 CPU 时间时，可以查看"进程选项"卡。

在结束进程时也需要查看"进程"标签。当一个应用程序没有响应时，关闭"应用程序"标签中的该应用程序不一定能关闭所有相关的进程。例如，如果 Word 没有响应，你可以从"应用程序"标签上结束该应用程序，同时也需要在"进程"标签中结束 Winword. exe 进程。

2. 查看进程属性

每一个进程有 25 个不同的有效属性，可以通过"查看"菜单选择显示这些属性，下面描述了"任务管理器"中"进程"标签上一些常用的进程属性。

➤映像名称：进程的名称，默认显示该属性。

➤ PID（进程标识符）：当进程运行时，分配给它的标识符。

➤用户名：使用该进程的用户名，默认显示该属性。

➤ CPU：进程当前的 CPU 时间使用率。如果操作系统没有运行特定进程，它便运行。

➤ CPU 时间：进程使用的总处理器时间，从进程启动开始计算。

➤内存使用：进程使用的主内存数量，以 KB 计算。

➤ I/O 读取字节：进程在输入/输出（I/O）操作中读取字节的数量，包括文件、网络和设备 I/O。

➤ I/O 写入字节：进程在输入/输出（I/O）中写入字节的数量，包括文件、网络和设备 I/O。

➤基本优先级：显示分配给特定进程的优先级。其值可为"实时""高""高于标准""标准""低于标准"和"低"。

➤ I/O 读取：进程读输入/输出操作的次数。

➤ I/O 写入：进程写入输入/输出的次数。

➤非页面缓冲池：进程使用的内存（KB）中不会被换页到磁盘上的操作系统内存。

➤页面缓冲池：进程使用的由系统分配的虚拟内存（KB），可以换页到磁盘中的部分内存。换页就是把 RAM 中不常用的数据移动到硬盘的页面文件中的操作。

➤页面错误：从硬盘页面文件中恢复数据的次数。

➤内存使用高峰值：进程启动后使用内存的最大值。

➤线程计数该进程中运行的线程数量。

要显示其他属性，可以单击"查看"菜单，然后单击"选择列"，选择想要作为列标题显示的项目，然后单击"确定"按钮。

3. 使用进程属性来标识资源使用

可以使用"任务管理器"中的"进程"标签来标识进程使用的资源。进程可以根据任何属性来进行排序。

例如，要标识哪个进程占用的 CPU 时间最多，可以单击 CPU 列。第一次单击该列时，它以 CPU 使用量的升序形式排列这些应用程序。再次单击该列时，将以使用量的降序形式排列这些应用程序。

4. 提高和降低进程优先级

计算机上运行的每一个进程都被分配一个基本优先级。要查看该基本优先级，可以单击

"查看"菜单，单击"选择列"，选择"基本优先级"，然后单击"确定"按钮。

分配给进程的优先级确定了进程被分配能够访问系统资源的次序。提高进程的优先级可加快该进程的运行速度，反之降低进程的优先级就可减慢该进程的运行速度。要更改进程的优先级，可右键单击该进程，指向"设置优先级"，然后单击想要分配的优先级。一般地，提高或降低进程优先级不应该超过一个以上的等级。例如，如果进程的优先级被设为"标准"，则不应当将它提高超过"高于标准"，或者将它降至低于"低于标准"。

小提醒：更改进程的优先级可能会对该进程或其他进程有不利的影响。例如，提高一个进程的优先级可能会造成其他进程占用处理器的时间，从而减慢它们的运行速度。

7.2.3 监视性能

要监视计算机的当前性能，可以使用"性能"标签。"进程"标签显示了各个进程的属性，而"性能"标签显示了整个计算机的性能信息。该标签显示了计算机当前性能的动态情况，包括了处理器和内存使用情况下的数字形式显示和图形显示。

1. 进程图表

"CPU 使用"显示了当前处理器的使用情况，"CPU 使用记录"显示了处理器使用的历史情况。该历史情况是指"进程"标签上 CPU 列的所有历史信息的组合减去系统空闲时间所得的值。

"PF 使用"显示系统使用的页面文件的数量。如果计算机运行时页面文件数量接近最大值，则可以增加页面大小。

2. 查看性能属性

以下描述了"任务管理器"中"性能"标签上一些可以查看的性能属性。

➢总数：计算机正在运行的句柄、线程、进程数量。"句柄"是一个变量，用它来访问设备或对象，如文件、窗口或对话框；线程是进程的一个执行单元。

➢物理内存："总数"是计算机上安装的物理 RAM 的数量，以 KB 为单位；"可用数"是进程可使用的物理内存的数量，以 KB 为单位；"系统缓存"是需要释放给文件缓存的物理内存的数量，以 KB 为单位。

➢内存使用："总数"是指所有进程使用的虚拟内存大小，以 KB 为单位；"限制"是指虚拟内存的数量，以 KB 为单位，所有进程都可以使用它，而无须扩大页面文件；"峰值"是指会话中使用的虚拟内存最大值，以 KB 为单位，如果认可峰值超过认可限制，则虚拟内存将临时扩大以容纳新的峰值。

➢核心内存："总数"为分页和未分页内存的总量，以 KB 为单位；"分页数"为分配给操作系统的分页内存缓冲池的大小，以 KB 为单位；"未分页"为分配给操作系统的未分页内存缓冲池的大小，以 KB 为单位。

3. 使用性能属性来查看处理器时间

使用"任务管理器"中的"性能"标签可以查看操作系统或应用程序正在使用的系统资源数量，也可以查看核心模式下的处理器时间使用率。"核心"是操作系统的核心模块，负责管理内存、文件和外围设备，维护时间和日期，启动应用程序和分配资源。

7.2.4 监视网络连接

如果在网络连接中遇到问题，可以使用"任务管理器"中的"联网"标签，该标签是 Windows XP 中新增的，它可以监视当前网络连接的统计状况。监视网络连接活动能够确定网络连接是否正常。

只有当计算机上安装了网卡时，该选项才有效，它有以下几个部分组成：

（1）配置视图和选项的菜单。

（2）显示每秒钟有多少字节通过网络接口的图表，以有效带宽的形式显示。带宽比例自动调整，并显示在图中。表 7-1 列出了 3 种可能的每秒钟字节数显示属性。

表 7-1 3 种可能的每秒钟字节数显示属性

属性（全部有效带宽的百分率）	图表颜色	默认显示状态
每秒钟发送的字节数	红色	关
每秒钟接收的字节数	黄色	关
每秒钟总的字节数，包括发送和接收	绿色	开

小技巧：要显示那些默认值为"关"的属性，可选择"查看"菜单中"网卡历史记录"菜单选项中的显示属性。

（3）每块网卡的属性列表。"网卡名称"中列出了网络连接的名称，其他列包括了每个连接的属性。要选择显示属性，可以选择"查看"菜单下的"选择列"中的查看属性。

与"进程"标签一样，单击任何属性的列标题可以根据该属性进行排序。第一次单击将按照升序排序，再次单击将按照降序排序。

表 7-2 所表示的是"联网"标签上属性的相关信息，默认情况下是局域网连接。

表 7-2 "联网"标签

联网属性	描述
网卡名称	在"网络连接"文件夹中显示的网络适配器名称
网络应用	接口初始连接速度的网络利用率
线路速度	从初始连接速度中获得的接口速度
状态	显示网络适配器是否正常工作

注意：为了节约内存资源，"联网"标签仅在"任务管理器"打开时才收集数据。在默认情况下"选项"菜单上的"选项卡始终活动"是选中的，该功能始终被激活。如果只想在"联网"标签活动时才收集数据，可清除"选项卡始终活动"选项。

7.3 使用事件查看器监视系统性能

在事件查看器中，使用日志可以收集关于硬件、软件和系统问题的信息，并可以监视 Windows XP 的安全事件。事件查看器允许用户监视在应用程序、安全和系统日志记录的事件。Windows XP 有如下三种日志记录事件：

➤**应用程序日志**：应用程序日志包含由应用程序或系统程序记录的事件。例如，数据库程序可在应用日志中记录文件错误，程序开发员决定记录哪个事件等。

➢系统日志：系统日志包含 Windows XP 的系统组件记录的事件。例如，在启动过程将加载的驱动程序或其他系统组件的失败记录在系统日志中。Windows XP 预先确定由系统组件记录的事件类型。

➢安全日志：安全日志可以记录安全事件，如有效的和无效的登录尝试，以及与创建、打开或删除文件等资源相关联的事件。管理器可以指定在安全日志中记录什么事件。如果已经启用登录审核，登录系统的尝试将记录在安全日志里。

7.3.1 事件查看器显示的事件类型

Windows XP 的事件查看器中显示事件的类型有错误、警告、信息、成功审核和失败审核。

➢错误：重要的问题，如数据丢失或功能丧失。

➢警告：并不是非常重要，但有可能说明将来的潜在问题的事件。

➢信息：描述应用程序、驱动程序或服务的成功操作的实践。

➢成功审核：成功的审核安全访问尝试。

➢失败审核：失败的审核安全登录尝试。

启动 Windows XP 时，EventLog 服务会自动启动。所有用户都可查看应用程序和系统日志，但只有管理员才能访问安全日志。在默认情况下，安全日志是关闭的，可以使用组策略来启用安全日志。管理员也可以在注册表中设置审核策略，以便当安全日志写满时使系统停止响应。

7.3.2 解释事件

解释事件包括事件头和实践说明两部分。

1. 事件头

事件头包含的信息，见表 7-3。

表 7-3　事件信息头

信息	含义
日期	事件发生的日期
时间	事件发生的当地时间
用户	事件发生所代表的用户名称。如果事件实际上是由服务器进程所引起的，则该名称为客户 ID；如果没有发生模仿的情况，则为主 ID。在可用时，安全日志条目包括主 ID 和模仿 ID（当 Windows XP 允许一个进程采用另一个进程的安全属性时则产生模仿）
计算机	产生事件的计算机的名称。计算机名通常是你自己的名称，除非正在另一台 Windows XP 计算机上查看事件日志
事件 ID	识别特殊事件的编号。说明的第一行一般包含事件类型的名称。例如，6005 是在启动事件日志服务时所发生的事件的 ID，这类事件说明的第一行是"事件日志服务已启动"。产品支持代表可用事件 ID 和事件来源解决系统问题
源	记录事件的软件，它可为程序名或系统或大程序的组件（如驱动程序名）

信 息	含 义
类型	事件安全的分类：系统和应用程序中的错误、信息或警告；安全日志中的成功审核或失败审核。在事件查看器中的正常列表方式下，它们都由一个符号表示
种类	按事件来源分类事件。该信息主要用于安全日志，例如，对于安全审核，它对应于可在组策略中启用成功或失败审核的其中一个事件类型

2. 事件说明

事件说明的格式和内容根据事件类型的不同而有所变化。说明通常是最有用的信息，它指出发生了什么事或事件的重要性。

7.3.3　查看和归档日志文件

1. 查找专门记录的事件

在事件查看器中选择日志后，可以搜索事件、筛选事件、排序事件和查看有关事件的详细信息。

当查看大的日志时，采用搜索功能非常有用。例如，搜索关于特定应用程序的所有警告事件，或从所有源中搜索所有错误的事件。若要搜索匹配特定类型、源或类别的事件，可以选择"查看"菜单中的"查找"命令，打开相应的"查找"对话框，如图 7 - 1 所示。

事件查看器列出了在所选日志中记录的所有事件。若要查看带有特定特征的事件子集，选择"查看"菜单中的"筛选器"菜单命令，在打开的应用程序"属性"对话框中的"筛选器"标签上指定筛选的条件，如图 7 - 2 所示。

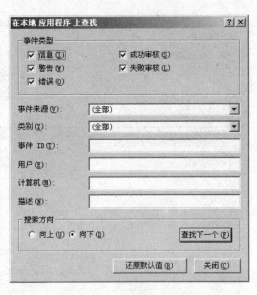

图 7 - 1　"查找"对话框

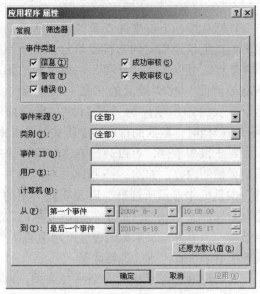

图 7 - 2　"筛选器"选项卡

筛选不影响日志的实际内容，它只更改查看方式。所有事件无论筛选器是否起作用，都连续记录。如果归档来自筛选器视图的日志，即使选择纯文本格式或逗号分隔的文本格式文件，所有记录都将被保存。在"系统日志属性"对话框中可获得的选项如表 7 - 4 所示。

表 7-4　"系统日志属性"对话框中获得的选项

用途	针对以下内容进行筛选
从以下内容查看事件	待定日期和时间后的事件。在默认情况下，它是日志中最早事件的日期
查看事件	到达并包括特定日期和时间的事件。默认情况下，它是日志文件中最近事件的日期
信息	描述主要服务成功操作的罕见重大事件。例如，当数据库程序加载成功时，可能记录的信息事件
警告	未必重要但指出可能在将来出现问题的事件。例如警告事件可在磁盘空间不足时记录在日志中
错误	重要问题。如数据的丢失或功能丧失。例如，在 Windows XP 启动时未加载服务，则记录错误事件
成功审核	已审核成功的安全访问尝试。例如，用户对登录系统成功的尝试可记录为"成功审核"事件
故障审核	已审核失败的安全访问尝试。例如，用户试过访问网络驱动而且失败了，则尝试可能会记录为故障的审核事件
源	记录事件的来源。如应用程序、系统组件或驱动程序
类别	根据来源定义的事件分类。例如，安全事件类别包括登录和注销、策略更改、特权使用、系统事件、对象访问、详细追踪和帐户管理
用户	匹配实际用户名的特定用户。这个字段不区分大小写
计算机	匹配实际计算机名的特定计算机。这个字段不区分大小写
事件 ID	相应于实际事件的特定编号

　　在默认情况下，事件查看器按照从最新到最旧的产生日期和时间来排序事件。若要制定排序顺序，可以选择"查看"菜单中的"最新的在最前面"或"最旧的在最前面"菜单命令。默认的排序顺序为"最新的在最前面"，当日志归档时，默认的排序顺序将被保存下来。

　　对于很多事件，可以通过双击该事件来查看更详细的内容，如图 7-3 所示。在"事件属性"对话框中显示所选事件以及任何可用的二进制数据的文本说明。以十六进制显示的二进制数据作为事件记录来源的程序所产生的信息，并非所有事件都生成二进制数据。

　　若要控制已经审核的安全事件类型，可在"组策略"中找到计算机配置/Windows 设置/安全设置/本地策略/审核策略。若要控制文件和文件夹的审核，可以显示文件或文件夹的"属性"。

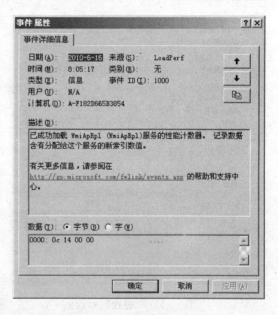

图 7-3　"事件属性"对话框

2. 为记入日志的事件设置选项

当启动计算机时，应用程序和系统日志将自动启动。当事件日志已满而且不能覆盖旧日志时，将停止进行日志记录。其原因要么是它已经为手动清除进行了设置，要么是因为日志中的第一个事件的时间还不够长。

要为每种日志定义日志参数，可在"事件查看"控制台中用右键单击这种类型的日志，再单击"属性"。在"常规"标签上，设置记录的最大长度并指定事件是否覆盖或存储一段时间。必要时，默认记录策略将覆盖记录，条件是事件至少有 7 天之久。可为不同的日志自定义该策略。"事件日志覆盖"选项的内容如下：

➢必要时覆盖事件：当日志已满时继续写入新的事件。每个新事件替换日志中最老的事件，该选项对维护要求低的系统是一个不错的选择。

➢覆盖超过 n 天的事件：保留在覆盖事件之前指定天数的日志，默认值为 7 天。如果想每周存档日志文件一次，该选项是最佳选择。该策略将丢失最重要日志项的几率降到最小，并同时保持合理的日志大小。

➢不要覆盖事件：手动而不是自动清除日志，只有在对丢失事件无法承受时才选中该选项（例如，安全性非常重要的站点的安全日志）。

注意：当日志已满且要再记录事件时，你可能过清除来为日志腾出空间，如果允许下一个日志记录被覆盖，那么减少你保存事件的时间也可为日志腾出空间。

每个日志文件的大小都有一个初始的最大值，即 512 K。你可以将最大的日志大小增加到磁盘和存储器的容量，也可减少最大日志的大小。在减少日志大小之前，必须清除该日志。

3. 日志归档

当事件日志进行归档时，可用以下三种文件格式之一保存日志：

➢日志文件格式（*.evt）：允许在事件查看器中再次查看归档的日志。

➢纯文本文件格式（*.txt）：允许使用类似文字处理程序中的信息。

➢逗号分隔的文本格式（*.csv）：允许使用类似电子表格或平均文件数据库等程序中的信息。

将事件描述保存在所有归档的日志中。每个独立事件记录中的数据顺序依次为：日志、事件、源、类型、种类、用户计算机和说明。

小提醒：若以日志文件格式归档日志，则二进制数据将被保存；若以文本或逗号分隔的文件格式归档日志，则二进制数据将被丢失。

归档不会影响活动日志的当前内容。若要清除源日志，必须选择"操作"菜单上的"清除所有事件"命令。

7.3.4　监视安全事件

1. 监视 Windows XP 安全事件

通过在组策略中启用的审核，可以跟踪 Windows XP 安全事件。在执行某种操作或访问文件时，都可指定将审核项目写入安全事件日志。审核项目显示执行的操作、执行它的用户以及执行操作的日期和时间。可以审核在操作时成功和失败的尝试，以便审核指示器显示谁在网络上执行操作以及谁试图执行不允许的操作。

事件在默认情况下是未经审核的，如果有管理员权限，则可通过组策略/计算机配置/ Windows 设置/安全设置/本地策略/审核策略指定审核哪些系统事件。

对于文件和对象访问，可以指定监视的文件和打印机、文件类型和对象访问，以及对哪些用户或组进行监视。例如，当启用"审核对象访问"时，可用文件或文件夹中的"属性"对话框的"安全"标签（通过 Windows 资源管理器访问）指定审核哪个文件和为这些文件审核哪种类型的访问事件。

2. 管理审核策略

Windows XP 可以记录一系列的事件类型，从诸如用户登录的系统范围事件到由特定用户读取特定文件的尝试。操作执行的成功和非成功尝试都可被记录下来。

采用审核策略选择将要审核的安全事件的类型。当这类事件发生时，在计算机的安全日志中将添加一项，可使用事件查看器来查看安全日志。

由于限制了安全日志的大小，因此要仔细选择审核的事件，并考虑用于安全日志的磁盘空间的数量。安全日志的最大长度在事件查看器中定义。

3. 审核文件和文件夹访问

在 NTFS 卷上审核文件和文件夹访问，可以识别谁对文件和文件夹采取了不同类型的操作。当审核文件和文件夹时，只要以特定方式访问文件和文件夹，在事件查看器的安全日志中就会写入一项。管理员可以指定审核哪些文件和文件夹、审核谁进行的操作以及审核了哪些类型的操作。

为设置对文件和文件夹的审核，使用"组策略"来启用审核，然后使用 Windows 资源管理器指定审核哪个文件以及审核哪种类型的文件访问事件。可以审核的目录和文件类型访问的成功和失败尝试见表 7-5。

表 7-5　审核的目录和文件类型

目录访问类型	文件访问类型
显示目录中文件的名称	显示文件的数据
显示目录属性	显示文件属性
更改目录属性	显示文件的所有者和权限
创建子目录和文件	更改文件
转向目录的子目录	更改文件属性
显示目录的所有者和权限	运行文件
删除目录	删除文件
更改目录权限	更改文件权限
更改目录所有权	更改文件所有权

4. 当安全日志写满时暂停运行计算机

确保所有可审核的活动都在安全日志写满时暂停运行计算机来记录。这样做，可将安全日志设为"覆盖超过 n 天的事件"或"不覆盖事件（手动清除日志）"。然后，使用注册编辑器指派注册表项。

➢配置单元：HKEY_ LOCAL_ MACHINE \ SYSTEM \ CurrentControlSet \ Control \ Lsa

➢名称：CrashOnAuditFail

➢类型：REG_ DWORD

➢值：1

小提醒：所做的更改将在下一次启动计算机时生效。

7.3.5　查看事件日志

通过"事件查看器"可以刷新事件日志、查看事件的详细信息、选择其他计算机。

（1）在"开始"菜单的"程序"菜单选项中，选择"管理工具"中的"事件查看器"菜单命令，打开"事件查看器"窗口。

（2）在控制台树中单机需要刷新的日志，选择"操作"菜单中的"刷新"菜单命令，刷新事件日志。

小提醒：由于存档的日志不能再刷新，因此"刷新"命令不能用于存档的日志。打开日志时，事件查看器显示日志的当前信息。查看日志时，这些信息只有在刷新日志后才能被理会新，如果切换到另一个日志后返回第一个日志，则第一个日志将自动更新。

（3）当双击详细信息窗口中的事件时，将打开"事件属性"对话框，对话框显示了事件的详细信息，如图 7-3 所示。

（4）若要添加事件日志的其他视图，首先在控制台树中选择添加其他视图的日志，然后选择"操作"菜单中的"新的日志查看"命令，新建一个视图的日志，并且对它进行重命名。

（5）若要搜索特定类型的事件，选择"查看"菜单中的"查找"命令，在打开的查找对话框中，制定查找的事件类型、来源、类别、事件 ID、用户、计算机或描述等查找信息，如图 7-4 所示。

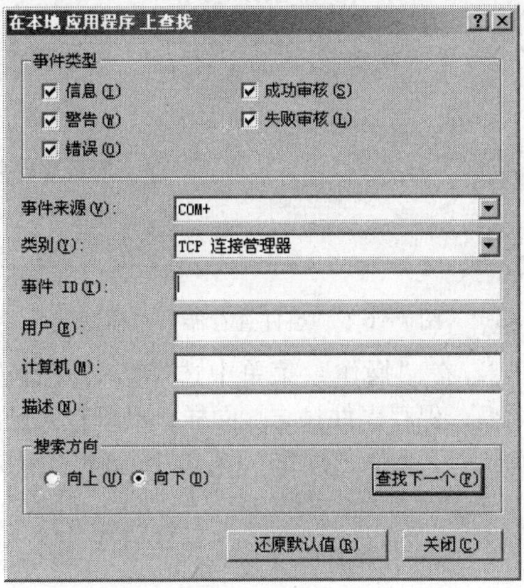

图 7-4　查找特定类型的事件

（6）若要选择另一台计算机，可选择"操作"菜单中的"连接到另外一台计算机"命令，打开"选择计算机"对话框，选择"另外一台计算机"单选按钮，在其后面的编辑框中输入计算机的路径和名称，单击"确定"按钮即可，如图7-5所示。

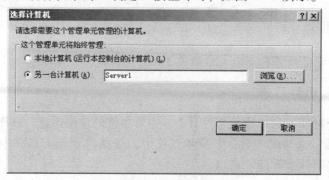

图7-5 "选择计算机"对话框

7.3.6 管理事件日志

管理事件日志包括清除事件日志、存档事件日志、打开存档的事件日志以及在事件日志被装满时释放日志。

（1）打开"事件查看器"。

（2）在控制台树中选择想要清除的日志，然后在"操作"菜单中选择"清除所有事件"菜单命令，此时将弹出"事件查看器"对话框（如图7-6所示），单击"是"按钮，在清除之前保存该日志；单击"否"按钮，将永久丢失当前事件记录，并且开始记录新的事件。

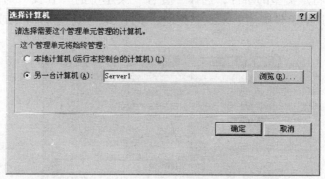

图7-6 "事件查看器"对话框

（3）若要存档事件日志，在"操作"菜单中选择"另存日志文件"命令，打开"将'应用程序'另存为"对话框，保存事件日志。同样，也可打开已经存档的事件日志。

（4）当事件日志装满时，可以在"操作"菜单中选择"清除所有事件"命令，释放日志。

小技巧：日志装满时就会停止记录新的事件，清除日志是释放日志并开始记录新事件的一种方法。

也可通过改写事件的方法释放日志并开始记录新的事件。若要改写事件，选择"操作"菜单中的"属性"命令，然后单击"按需要改写事件"。这样可以确保即使在日志装满时也能将所有的新事件写入日志。

可通过增加日志大小的最大值来记录新事件。若要增加日志大小，选择"操作"菜单中的"属性"命令，然后增加"最大日志文件大小"。

7.3.7　自定义事件日志

在"事件查看器"中，可以自定义事件日志，指定事件日志的排序、筛选事件日志中的事件、设置事件日志的选项等。

（1）在"事件查看器"中，选择"查找"菜单中的"后进先出"或"先进后出"命令，可以按时间排序。

（2）选择"操作"菜单中的"筛选"命令，在"应用程序属性"对话框中指定所需特性，如图7-7所示。

（3）在控制台树中，单击想要设置选项的日志，选择"操作"菜单中的"系统属性"命令，在"常规"标签页上指定设置的事件日志选项，如图7-8所示。

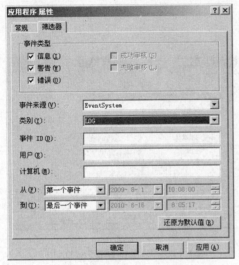
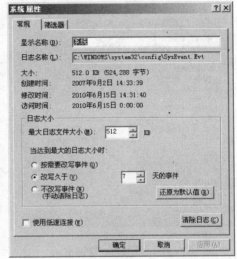

图7-7　筛选事件日志中的事件　　　　图7-8　固定设置的事件日志选项

若要恢复默认设置，单击"还原为默认值"按钮；若要清除日志，单击"清除日志"按钮。

在"日志大小"选区中，还可进行如下设置。

➤如果不想对该日志进行存档，单击"按需要改写事件"。

➤如果想以计划的时间间隔对日志进行存档，单击"改写久于"，并指定适当的天数，确保"最大日志文件大小"足够满足时间间隔。

➤如果必须保留日志中的所有事件，单击"不改写事件（手动清除日志）"；此选项要求手动清除日志；达到最大日志文件大小时，将丢弃新事件。

7.3.8　使用安全日志

安全日志记录有效的和无效的登录，在创建、打开或删除文件等资源使用相关联的事件，因此使用安全日志，可以指定在安全日志中记录什么事件，指定想要审核的文件和文件夹等。

（1）打开系统的"运行"对话框，在"打开"编辑框中输入 mmc，然后单击"确定"按钮，打开"控制台"窗口。

（2）选择"控制台"菜单中的"添加/删除管理单元"命令，打开"添加/删除管理单元"对话框，在"独立"标签中，单击"添加"按钮。

（3）在打开的"添加独立管理单元"对话框的"管理单元"列表中，选择"组策略"，然后单击"添加"按钮，如图 7-9 所示。

（4）在"选择组策略对象"对话框中，单击"本地计算机"，单击"完成"按钮，再单击"关闭"，然后单击"确定"按钮。

（5）在控制台树中，定位到"本地计算机策略"→"计算机配置"→"Windows 设置"→"安全设置"→"本地策略"→"审核策略"。

（6）在详细信息窗格中，单击想要审核的属性或事件。

（7）选择"操作"菜单中的"属性"命令，打开相关事件"属性设置"对话框，如图 7-10 所示。

图 7-9　添加独立管理单元

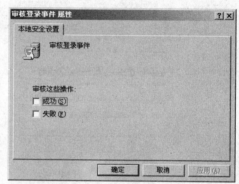

图 7-10　"属性设置"对话框

（8）在"本地安全策略设置"对话框中，单击所需的选项，然后单击"确定"按钮。

7.4　系统监视器

使用"系统监视器"可以衡量计算机或网络中其他计算机的性能，收集并查看本地计算机或多台远程计算机上的实时性能数据；查看计算机日志中当前或以前搜集的数据；在可以打印的图形、直方图或报表视图中表示数据；利用自动操作将"系统监视器"的功能并入 Microsoft Word 或 Microsoft Office 套件中的其他应用程序；在性能视图下创建 HTML 页；创建可用 Microsoft 管理控制台在其他计算机上安装的可重新使用的监视器。

使用"系统监视器"可以搜集和查看大量有关管理的计算机中硬件资源使用和系统服务活动的数据。可以通过下列 3 种方式定义要求图形搜集的数据。

➤数据类型：若要选择搜集的数据，可指定性能对象、性能计数器和对象实例。一些对象提供有关系统资源（例如内存）的数据，而其他对象则提供有关应用程序运行的数据（例如计算机中正在运行的系统服务或 Microsoft BackOffice 应用程序）。

➤数据源："系统监视器"可从本地计算机或网络上用户拥有权限的其他计算机中搜集

数据（默认情况下，应该拥有管理权限）。此外，可以包含实时数据和以前使用计数器日志收集的数据。

➤采样参数："系统监视器"支持根据需要手动采样或根据指定的时间间隔自动采样。查看记录的数据时，还可选择开始的停止时间，以便查看跨越特定时间范围的数据。

除了定义数据内容的选项外，在设计"系统监视器"视图的外观时还可定义显示类型的显示特征。

➤显示类型：系统监视器支持图形、直方图的报告图。图形视图为默认视图，提供的可选设置最多。

➤显示特征：可以定义三种视图显示的颜色和字体。在图形或直方图中查看性能数据时，可以多种选项选择，如为图形或直方图指定报头并且标记垂直轴线；设置图形或直方图描述值的范围；调整绘制的线条的分栏的特征来指定计数器的值，包括颜色、宽度、样式等。

可以利用自动操作，将"系统监视器"的功能并入 Microsoft Word 或其他 Microsoft 应用程序，进一步扩展"系统监视器"的用途。

7.5　使用性能和维护工具提高系统性能

Windows XP 通过提供的性能和维护工具来帮助用户提高计算机性能。在"控制面板"的分类视图窗口中，可以选择"性能和维护"工具。

7.5.1　使用维护工具提高性能

经常对计算机进行维护对提高计算机的性能很重要。下面列出了"控制面板"中的一些维护工具。

➤调整视觉效果：配置计算机的视觉效果，配置处理器计划、内存使用和虚拟内存。

➤在硬盘上释放空间：清理硬盘，收回临时文件和不必要的程序文件占用的空间。

➤重新安排硬盘上的项目，使程序运行更快：运行"磁盘碎片整理程序"工具，重新将文件、程序和不用的磁盘空间整理到连续的磁盘空间中，这样能提高文件和程序的打开速度。

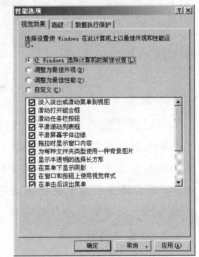

图 7 – 11　"视觉效果"标签页

7.5.2　配置视觉效果性能

选择"调整视觉效果"选项后，"性能选项"对话框便会打开。该页中包含了"视觉效果""高级"和"数据执行保护"三个选项。图 7 – 11 是"视觉效果"标签页。

"视觉效果"标签页可用于配置视觉效果，从而平衡视觉需求和计算机性能。视觉效果的默认设置取决于计算机的性能。通过选中或取消与某个视觉效果对应的复选框可以启用或禁用该视觉效果。另外，可以直接使用 3 个自动配置的选项。下面列出选项及其功能。

➤让 Windows 选择计算机的最佳设置：Windows 根据计算机性能选择最适合计算机的选项。

➤调整为最佳外观：启用所有有效的视觉效果。该选项提高了 Windows XP 的视觉需求。但由于这些视觉效果使用了更多的内存，可能导致系统性能降低。

➤调整为最佳性能：禁用所有可能的视觉效果，这样就节省了内存，从而提高了性能。

➤自定义：自由选择需要在计算机上应用各种视觉效果。

7.5.3 配置"处理器计划""内存使用"和"虚拟内存"

"性能选项"对话框中的"高级"标签可用来配置"处理器计划""内存使用"和"虚拟内存"。图 7 - 12 是"高级"标签页。

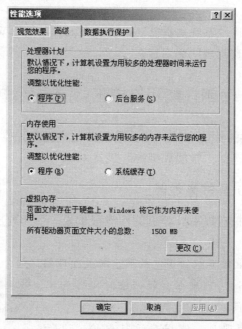

图 7 - 12 "高级"标签页

1. 配置"处理器计划"

可以通过配置"处理器计划"来优化"程序"和"后台服务"：

➤程序：当需要前台程序尽可能快速、平衡地运行时，可选择"程序"选项，这样前台程序比后台程序分配到更多的处理器资源。从而提高了前台应用程序的进程优先级。

➤后台服务：当需要使磁盘备份等后台操作能够尽快地运行，可选择"后台服务"选项以使得所有运行的程序接收同样数量的处理器资源。

2. 配置"内存使用"

可以通过配置"内存使用"来优化"程序"或"系统缓存"。Windows XP 将磁盘中的信息缓存在内存中，以方便再次使用。为了实现这些功能，操作系统使用了计算机的一部分 RAM。

➤程序：应用程序被赋予使用计算机 RAM 的优先级，应用程序的运行速度将因此加快，这是默认设置。

➤系统缓存：操作系统为交换页面分配更多的 RAM，将信息从硬盘移到 RAM。一般当许多应用程序需要并发运行时使用。

3. 配置"虚拟内存"

增加或减少虚拟内存或页面文件大小会影响性能。通常，设置的页面大小应高于推荐大小，推荐页面大小是计算机中 RAM 的 1.5 倍。要配置虚拟内存，在"性能选项"对话框上单击"更改"，此时将出现"虚拟内存"属性对话框，如图 7 – 13 所示。

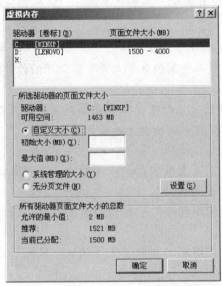

图 7 – 13 "虚拟内存"对话框

各选项含义如下：

➤自定义大小：当用户希望指定页面文件大小，特别是在其大小设置超过默认页面大小时。

➤系统管理大小：希望 Windows XP 指定页面文件大小时。

➤无页面文件：不希望在选择的驱动器上使用页面文件。

与操作系统相关的页面文件的位置会影响计算机的性能。一个页面文件可以由计算机上所有的分区使用。当计算机上存在多个硬盘时，可以把页面文件存放在不包含操作系统的硬盘上，从而获得最佳的性能。当计算机上只有一个硬盘时，把页面文件存放在操作系统所在分区上获得最佳的性能。

注意：当页面文件和操作系统不在同一个物理磁盘上时，由于系统出错信息无法写入页面文件，因而不能用它来确定系统出错的原因。只有具有管理员权限的用户才能够使用"性能选项"对话框来增加页面文件的大小。

复习与思考 <<<

【本章小结】

➤ Windows XP 提供了一种简便的方法查找有关内存、硬件资源、组件和软件环境的信息，这些信息集合全称为"系统信息"。

➤ 在 Windows XP 中，可以使用"任务管理器"来监视应用程序或正在使用的系统资源情况。

➤ 在事件查看器中，使用日志可以收集关于硬件、软件和系统问题的信息，并可以监视 Windows XP 的安全事件。

➤ Windows XP 有应用程序日志、系统日志和安全日志三种日志记录事件。

➤ 使用"系统监视器"可以搜集和查看大量有关管理的计算机中硬件资源使用和系统服务活动的数据。

➤ Windows XP 通过提供的性能和维护工具来帮助用户提高计算机性能，包括调整视觉效果、在硬盘上释放空间、重新安排硬盘上的项目等。

【复习题】

1. 计算机上运行着多个需要大量内存的应用程序，若要确保每一个应用程序都能在需要时获得充足的 CPU 时间，该怎么做？

2. 当你的计算机中某个应用程序似乎运行得比平时慢，请问哪些操作能够有助于解决此问题？

3. 你的计算机上由于正在使用的端口发生了错误，从而导致硬件模块发生了问题，怎样才能找出有关端口的信息？

4. 用户的计算机网络连接似乎不能有效地接收和发送数据。怎样才能找到有关数据接收和发送速度的有关信息？

5. 某个应用程序的运行导致了系统性能的下降，试描述怎样在应用程序日志中定位相关事件。

6. _____主要是为了查看方便，包括创建日志查看、设置日志常规属性、保存日志和删除日志方面。

【实验项目】

实验 7-1：调整进程优先级

王明负责支持一些运行 Windows XP 的计算机，他的用户抱怨说当运行多个应用程序时，再打开 PhotoShop 处理照片时计算机速度非常慢。请你通过调整某些正在运行的应用程序进程的基本优先级来提高计算机运行 PhotoShop 的性能。

实验 7-2：将应用程序日志存档

你有一台计算机出现了问题，你想以一个具有初始状态的事件日志来启动，并且需要保存已存在的事件日志。请你完成上述应用程序日志存档的操作，具体要求如下：

（1）把计算机的应用程序日志存档。

（2）将"应用程序日志"以 yyyy-mm-dd（其中 yyyy 代表年份，mm 代表当前月份，dd 是当前日期）为文件名保存下来。

（3）清空原始应用程序日志。

参考文献

［1］ Windows XP 使用详解. 钟凌伟. 科学出版社，2002 年.

［2］ Windows XP 基础与上机实训. 兴图科技产品研发中心. 南京大学出版社，2006年.

［3］ 操作系统的安装、配置和管理. Microsoft 著. 高等教育出版社，2003 年.